我老曹:
行　踪

上海文艺出版社　　　　　　　　　　　　　曹景行——著

目录

自序
为啥会有这本书 | 001 |

第一辑
新闻采访篇

马年台北访马 | 002 |
章孝严认祖归宗志在再起 | 006 |
约访陈文茜 | 013 |
给吴小莉拍照片 | 018 |
"十六大"采访"花边" | 021 |
"开讲",其实很简单 | 025 |
草间弥生的片断印象 | 030 |
十年前,那一场汶川地震 | 035 |
双城十年两岸缘 | 040 |
把我们的血肉,筑成我们新的长城 | 046 |
带着美国大兵逛上海滩 | 052 |
非典逼着我们学会说话 | 055 |
学做新闻杂志编辑的日子 | 059 |
直播是电视新闻"最高境界" | 064 |

第二辑

杂文时评篇

清华园的三千天印象 | 070
报摊之恋 | 076
莫言小说是姜奶奶的识字课本 | 079
还是不开书单为好 | 084
五千"廉价"劳力编《辞海》 | 088
来聊聊养狗吧 | 092
厕所的稀缺与小农的终结 | 096
"双十一"百年之际 | 099
你还想加我的微信吗？ | 103
我的世博，最好的世博 | 106
我与香港 | 112
大雨冲刷香港回归夜 | 115
香港街头看回归气氛 | 120
过几天香港老人的日子 | 123
香港最神秘的货柜车"司机大佬" | 128
与梅娘同行的香港女孩长大了 | 131
搞电视的还是玩不过搞政治的 | 136
细微之处看李敖 | 139
澳门其实很不小 | 145
香港内地"礼"尚往来 | 150
香港原来是戒烟好地方 | 153
做新闻的和开的士的谁更倒霉 | 157

第三辑

亲情忆旧篇

爸爸的"大书"	162
爸爸和家	167
四十年后魂归上海：记我们的兄弟曹景仲	176
只求心之所安	188
台海波涛：两代人的见证	194
我也是珠海人	201
我们是幸福的小学生	205
好想重读一次我的初中	209
上海解放的"家庭记忆"	214
蒲汇塘路的802车队	218
黄山打蛇	224
黄山给了我们承受力	228
奇异果还是洋桃？	232
婆婆教我做烂面饼	235
今天你还会抄书吗？	239
伴随我们的这些电影	244
我被隔离了	248
依然心想天下的知青一代	252
"非正规教育"的一代	256

第四辑

行走世界篇

"八百岁"东瀛赏樱	260
东京自行车	265
宾州州立大学冰淇淋,全美最馋人	269
企鹅的味道不好闻	274
有伤心故事的波尔多酒庄	280
在德累斯顿乐声中告别2016	285
格但斯克:历史伤口还在痛	294
在台阶上打手机的不丹喇嘛	297
巴黎寻墓记	302
武科瓦尔淡去的伤痕	306
莫斯科"偶遇"扎哈罗夫的葬礼	310
博卡的颜色	315
天不亮出门看世界	319
安那波利斯军校挺好玩	324
鬼话连篇的异国行	327
首陀罗也要站起来:导游陈香	330
印度街头的当头棒喝	335
他乡"香港":巴拿马的故事	341

第五辑

他们眼中的曹景行

来自曹雷：我的弟弟在凤凰卫视 | 346 |
来自曾子墨：曹先生是个年轻的老头 | 352 |
来自师永刚：他鬼月鬼日出生 | 355 |
来自董嘉耀：为电视评论而生的银发师奶杀手 | 367 |
来自卢梦君：1978年，三十一岁曹景行和妻子
　　　　　　一起走出大山 | 373 |

附记

上海之子：曹景行最后的拍摄（陈丹燕　作）| 384 |

自序
为啥会有这本书？

做了三十多年媒体人、新闻人，每天都在紧追最新消息，关心明天的事情，没时间也定不下心来整理自己的"故纸"，反正可以拖到以后再说。

没想到 2020 年会成为我人生的一个"坎"。"新冠"开始爆发时，我正在东京和长崎拍摄《老曹日本新观察》视频系列。对疫情的严重，应该有点预感，早在 1 月初我就力劝北京好朋友全家退了机票，别回武汉过年。告别长崎，我同老伴带了一大纸箱口罩飞回上海，这时已是 1 月最后一天，一出机场就觉得气氛严峻。

长崎方面希望我们过些日子再去拍摄，当然很好。只是全球疫情爆发，我们只能转向上海本地和周边寻找题材，照样达成全年推出 365 集视频、每天一集的目标。好在去年 8 月，我得病前已完成大半采访和拍摄，治疗当中断断续续也能参加拍摄，没误事。

我得的是癌。听上一辈说过，七十三、八十四是人生两道关坎，去年我正好七十三，就在生日前几天查出胃癌。可以说不幸又很幸运，因新冠"困守"上海，也就有了体检的想法。

我和老伴已好几年没做体检了，上次做胃肠镜还是 2013 年。年复一年拖着，对自己的身体不那么放心，但也没那么紧迫。直到 2020 年 8 月，有机会跟上海长征医院的朋友说起体检的事，马上得到安排。

第一天检查下来大致没事，一些指标偏高已好些年，知道如何对付。第二天一早再去做胃肠镜，全身麻醉。推进手术间刚做胃镜，医生就召唤我女儿进去说发现明显癌变。就此开始，我的人生出现了重大转折，与癌对抗成为我和家人头等大事。先化疗，再动大手术切除五分之四的胃和周边已扩散的淋巴，伤口愈合后再放疗，接着又化疗……

除了住院那些天，大部分时间在家服药治疗和休养，一下子就有许多空余时间要打发，首先想到可以着手整理旧稿了。正好去年开始同陈丹燕女士合作摄制了多个视频系列，如和平饭店及上译厂老人邱岳峰等。期间谈起出书的事，她马上就联系了上海文艺出版社的李伟长先生，很快定下，于是就有了这本书。

编辑陈蕾女士既认真又高效率。我把理出的一大包文稿加上硬盘给了她，没多久就传来了初定的篇目，几百万字中选出二十万字，于是我在家有事可干了。

看自己过去写的这些文字有一种特别的感受，好像在回顾人生。说是杂文集，但一篇篇串起来，这本书便有点像我的回忆录，只是不那么正式。所以与陈蕾最后商定书名时，我说就用《我老曹：行踪》吧。

七十多年人生，行踪难定，行踪不定。从"文革"开始，我们这一代老三届知青就不可能再有什么人生规划和目标。作为上海的中学生没想到会下乡，在农场干活时没想到还有机会读大学。毕业后也没想到会去香港，更没想到会做新闻工作，年过半百头发花白居然出镜干起电视，当然也没想到后来能回内地大学教课、做广播、跑两会，尝试玩各种新媒体而且挺有成效，七十出头又成为中国最老的电视新闻节目主持人……

　　现在有机会回头看自己的人生行踪，这一件件事情还是挺好玩的，有点意思。所以就用书里的片片段段，与各位分享我的行踪。

曹景行

2021 年 4 月

第一辑

新闻采访篇

马年台北访马

凤凰卫视到台北采访市长马英九之前，胡一虎要到新加坡主持一项电视活动。当他告诉那里的女性同行下一个采访对象是谁时，她们都惊叫起来，万分羡慕。马英九的"女人缘"居然扩展到了那么遥远的地方，在台湾的政治人物中绝对是个异数。采访完成后不久，我在台北传来的电视新闻中又看到一个相仿的例子：陈水扁陪同某位外国客人参观台北一所女子中学，女孩子们却把跟随在后的马英九团团围住，又蹦又跳又嚷又笑，拉住手拍了照片又要签名。

香港女记者对马英九的一片"痴情"，表现为心甘情愿清早摸黑起身同他一起跑步。我们这次却发觉，那是件蛮累的事情。清晨我们在马英九市长官邸门口架好摄影机时，天还没有发亮，街头空无一人，也不见警卫人员站岗布哨。所谓"官邸"，也就是马英九当市长前早就买下的那套公寓住宅，在一幢灰灰的旧楼里面。他家下面二楼的一个空单位正在放售，窗口贴着业主的电话号码和开出的价码，我粗粗估算，大约花港币百多万，就可以成为马市长的楼下邻居了。

近半个小时的雨中跑步使马英九精神十足，可怜的胡一虎脸上却带着未消的睡意，两人看起来似乎同样年龄，实际上则有十来岁的间距。马英九还得寸进尺，建议我在他们一起跑步的照片下面加上一行说明："旁边的那位是马英九的叔叔"。马英九的外貌确实不像半百之人，尤其是头天下午接受我们专访时，每个镜头都显得神采奕奕。但一个多月之后，有位台湾电视新闻记者告诉观众，马市长也开始掉头发了。一叶能知秋，一发能知岁月？

我们采访马英九，每天都要早起身，第一天清晨就跟随他到内湖地区去看水利工程。他穿上胶靴，同工程人员一起脚踏泥泞跑来跑去，问得仔细，听得用心。去年（2001 年）9 月的"纳莉"台风带来的大水，可能是马英九当台北市长三年来最大的失误和挫败。那几天市内到处汪洋一片，连台北市民引为骄傲的地下"捷运"（即地铁），好几个车站及调度中枢都悲惨"泡汤"，瘫痪了好几个月。今年如果再来一次类似灾难，他年底竞选连任至少就会失去一半希望。目前他得到七成以上市民的支持，在全台湾的县市长中名列第一，比民进党的高雄市长谢长廷高出两成还多。

做事认真，是马英九的特点。每星期七天，每天十六七小时的工作，也实在辛苦。我们采访他的那个星期天，从早到晚他参加了近十场活动，哪些是他身为台北市长工作之必须，哪些是他作为政治人物"作秀"之必须，可能已经很难区分开来。我们同其他媒体一样，一定会问他有没有"更上一层楼"的打算，他也照例把"现在只考虑年底连任市长"的标准答案再复述一遍，滴水不漏。但他真的不想同陈水扁再来一次全方位的较量吗？

第一次见马英九的"人气",是1998年12月他击败陈水扁当选台北市市长那一刻,受到现场气氛的感染,一起去采访的曾瀞漪高兴得同身边的孩子跳起舞来。一年多后李登辉帮助阿扁赢得了政权,大批民众包围国民党党部,激烈声讨李登辉,国民党高层人物中只有马英九敢于走进抗议队伍之中,即使被丢鸡蛋也没有落荒而走。6月,国民党在失败的颓丧气氛中举行"临全会",马英九以最高得票进入党的核心,一群年轻党工欢呼着把他抬了起来,"百年老店"国民党似乎有了一点生气,对明天也多了一点期盼。但在台湾的政治气氛中,马英九这个"外省人"能不能得到中南部"本省人"的认同,已成为判断他未来发展空间有多大的关键性指标。

2001年12月台湾选县市长(不包括台北、高雄二市)和"立法委员",马英九第一次高调走出台北市,到中南部一些县市辅选,甚至还深入到阿扁故乡台南县,所到之处都受到当地民众相当热烈的欢迎,出乎许多人的预料,也给了他新的信心。接受我们专访时,他还特别强调了这件事情,选举结果对他有利有不利。有利的是台湾中部以北县市大部分由国民党当政,几乎连成一片,马英九自然成为蓝军县市长的龙头,声势更壮。不利的是国民党在"立法委员"改选中大败,不仅失去了"立法院"的多数,而且也不再是"立法院"第一大党。尤其是台北市多位现任国民党"立法委员"竞选连任失败,对马英九年底的选举当然不是好事情。

专访开始之前,马英九在会议室开会,任由我们在他的市长办公室里面布置和拍摄。胡一虎坐上了市长"宝座",我靠在他前面的办公桌旁,抬起头,透过窗,穿过濛濛的细雨和隐隐约约的雾气,就可以看到五公里外的"总统府"轮廓。我们马上想到问一个问题:在台北市最有名也最漂亮的仁爱路那头,是阿扁办公的地方,而这一头则是马英九的市政府,他们两人每天抬起头来时,会不会都想到对方?真是冤家对头啊!

(2002年)

章孝严认祖归宗志在再起

多年前蒋宋美龄同台湾挥手告别，身后留下《圣经》中的"我将再起"四个字。岂料一语成谶，不过是在相反的意思上：不仅国民党在李登辉的调弄下一再沉沦，交权下台，就连蒋氏家族也似遭受神秘的诅咒，人丁日趋稀疏，男性的第三代只剩下并不姓蒋的章孝严孑然一身了。但蒋家的事情，在台海两岸都还在延续，更没有被人遗忘，最新的话题即是章孝严终于要认祖归宗了（不知台风会不会打乱他的行程）。

今年（2000年）6月国民党在台北举行"临全会"，我同凤凰卫视主持人曾瀞漪小姐前往采访，约了章孝严先生，想听听他身为蒋介石、蒋经国的后人，对国民党的败局和前景有何感想。地点在国民党"五星级"党部大楼（后出售给长荣集团）顶层的会客厅，窗外就见顶着他祖父名字的蓝色琉璃瓦纪念堂。靠墙的那张枣红色大办公桌，上面空空的，只有一块铭牌说明它是蒋经国的遗物。章孝严告诉我们，经国先生去世后，这张桌子不知道哪儿去了，直到他出任国民党秘书长，才发现它被一位工友拿去用了。

开始采访，没等我们发问，章孝严就说他已经向"陆委会"

提交申请，要求批准他于初秋时分率全家到大陆认祖归宗。这可是新闻，凤凰卫视当晚播出后，《亚洲周刊》也作了报道，台湾的同行才发现自己被阿扁搞昏了头，竟然走漏了眼皮底下的事情。最近几天，随着祭祖之行日子临近，一度被媒体冷落的章孝严和夫人黄美伦，重又成为各色记者轮流约访的新闻人物。

"三·一八"国民党败选之后初见章孝严，第一个感觉是他开始丢掉做官必备的面具，变得比先前松弛许多。国民党下台了，他的空间反倒开阔起来，一些本来不能做的事情，如今可以做了，首先就是名正言顺到中国大陆走一遭。三年前他收到三位奉化蒋氏族长的回乡祭祖邀请信时，谁也没有告诉，因为当时他的"外交部长"身份容不得去考虑这种事情。现在他却有了一种紧迫感。

上星期，我们到敦化南路上刚布置好没几天的"章孝严工作室"再度采访。章孝严颇有感慨地说，时间总是比自己想象的要过得快，眼前的机会如果再不抓住又会消失。国民党败选后的第三天，他就找出三年前的那封信，同妻子及三个子女（蕙兰、蕙筠、万安）商量回乡祭祖的打算，全家皆无异议。

他又同孪生弟孝慈的夫人赵申德通了电话，她和子女（劲松、友菊）及儿媳妇江亭宜都愿同行。

事情就这样定了下来，但章孝严当过高官，按规定须在卸任三年之后才能去大陆。而"陆委会"即使轮替到了阿扁政府管辖之下，仍然改不了"安全第一"的保守本性，拖了一个多月才给了肯定的回复。章孝严对我们说，审批的时间过长了一些。不过，也许有了章孝严的先例，前"陆军总司令"李桢林也获准到大陆探亲，据说后面还有一长串卸任高官、退休将领的申请等待批准。

　　这时又出来了一点杂音。章孝严异母弟弟蒋孝勇的夫人方智怡说："蒋家还有大家长在，章先生要做什么事情，总该问问大家长吧？他以为我们蒋家只剩女流，没人了吗？""大家长"就是那位百岁人瑞宋美龄女士，章孝严说他四次经过纽约时想去拜访，都吃了闭门羹，祭祖之事又如何去问呢？方智怡的话虽然刺耳，他还是在8月11日约她见了面，但看来也没有太大的作用。倒是接受我们采访的台湾民众，无人不赞同章孝严认祖归宗，理由几乎都一样："中国人么，应该的。"确实，祭祖也好，归宗也好，都是中国人传统中才有的事情，既然如此，"大家长"、方智怡甚至经国先生的遗孀蒋方良，都是插不上多少嘴的。

　　据一位熟知蒋经国江西时期内情的人士记载，当年章亚若在桂林生出那对双胞胎时，蒋介石曾从重庆打去电话说："我承认你是我的媳妇，你好好休养。"章亚若的死因，至今仍然是谜，但蒋介石愿意接纳她的孩子，应该不成问题，否则就不会按"孝"字辈为他们起名。受蒋经国之托长期关照这对兄弟的王昇以及秦孝仪、李焕等蒋经国的"旧臣"，都知道蒋经国生前就有意让孝严、孝慈认祖归宗。而这次又有奉化蒋氏的三位族长来信说："你俩宗嗣地位不容置疑，认祖归宗是符合族规的，是合情合理的。"

　　8月17日上午，章孝严来到新竹市郊外青草湖畔的灵隐寺灵骨塔，向抚养他长大的外婆上香，告诉她要去奉化的事情。从塔中默祷出来，他的眼圈已经泛红。22日上午，他又到慈湖和大溪，拜谒祖父蒋介石和父亲蒋经国。踏上了回乡祭祖之途的他，尽管还是章姓，却已经成为蒋家政治遗产的唯一继承人了。有人劝他"不必多此一举"，在美国为《中国时报》写专栏文章的林博文就说，章孝严即使不入蒋家族谱，"还是照样可以做一个顶天立地的人"。董桥则在香港说："蒋家那株兰花草反正也过了花时了，何必一日望三回？"

但今年五十八岁的章孝严显然不是这么考虑的，因为他身上流动着的的确是蒋家的血。知道自己是蒋经国的儿子，身份却一直不明不白，这种感受不是旁人所能体会的。章孝严告诉我们，最难受的时期是他成人之后步上仕途，与蒋经国越来越靠近，还是不能公开相认。夫人黄美伦也再次提起章孝严多次在梦中呼唤"父亲"、流泪抽泣而醒的往事。蒋经国的去世，使父子相认的梦想永远无法实现，而今天到奉化祭祖，也算是一种迟来的弥补，却要等到蒋家经营了六十年的国民党被选票赶下台，实在是一种历史的讽刺。

章孝严强调，认祖归宗的事情是"很单纯的"，同他参选"立法委员"没有关联；他决定先回乡祭祖，然后再考虑参选。话虽然这么说，但别人很难不把这两件事情扯到一起。6月我们采访他时，他还没有确定明年12月在台北市选"立委"，还是到新竹市选市长，眼前最紧迫的是要在"临全会"上竞逐国民党中常委。新任党主席连战似乎不把章孝严视作"嫡系"，党部发出的辅选名单上并没有他的名字。靠着亲笔写下的一封封拉票信，处在政治生涯最低谷的章孝严不仅保住了中常委的席次，而且得票率位居第十四，令人刮目相看。这同他是蒋家后人没有关系吗？

1996年去世的蒋孝勇一直排拒章孝严，一个主要原因是他不满章甘心为李登辉所用。确实，靠着李登辉的提拔，章孝严才有可能升上党政高位，但他的政治生命也差点断送在李登辉的手中。一般人都认为，章孝严的大跟斗是栽在桃色事件上面，实际上，李登辉把章放到国民党秘书长的位子，已经是把他作为政党轮替的"牺牲打"了。记得当时一位同章氏兄弟相熟的朋友曾对我说，李登辉是要经蒋家后代之手来结束国民党的"外来政权"统治，用心良苦啊！等到云林县补选国民党莫名其妙乱成一团，败相毕露，本来就被"李家军"看笑话的章孝严，理所当然成为替罪羊，丢进"总统"府里冷冻起来。偏偏他还要闹出绯闻，连"冷冻库"都待不下去。

　　换上别的人，也许就从此退场，销声匿迹，章孝严却不然。但他也很清楚，要在台湾政坛上再起，只有参选一条路了。在国民党"临全会"上的成功，无疑增强了他明年参选的信心。8月初我到台北拜访他，地点已改到刚搬入的"章孝严工作室"了。这次再见面，客厅墙上原来挂他自己照片的地方，换上了台北市南部几个区的地图。国民党以往在台北市南区虽然占优势，但明年底的这一仗并不好打，连同章孝严，下台的国民党官员已有四人要到那里参选立法委员，包括前"经济部"部长王志刚，据说民进党的罗文嘉、郭正亮也会加入战圈。倘如此，章孝严有几分胜算？

　　他的策略之一是抢先起跑。这些天，他已经开始同夫人一起勤跑基层，一一拜会选区的里长。说到底，他如果只靠自己以往的政绩，恐怕很难吸引选民的支持；许多人对他的热情，很大程度是出于对蒋氏父子的怀念。可以预料，今后一年多阿扁和民进党越是无能,就会有越多的民众把不满情绪,变为对他这个蒋家第三代唯一后人的支持,能说蒋家的政治遗产对他不重要吗?但对年轻选民来说,这方面的效用就会小得多。我们曾遇到一些中学生,他们认识章孝严,却不知道他是蒋经国的儿子。

章孝严决定选"立委"而不选新竹市长,显然他志在参与更高层面的政务,而不是做地方官。其实,他在新竹市倒有不错的人缘。从七岁跟外婆来到台湾,直至赴台北入读东吴大学,新竹就是他的家。我们同他一起到新竹市重游旧地,在他读过的小学和中学(新竹高级中学,李远哲比他高几届),在他住了十年的中央路,在城隍庙的小吃摊,在青草湖旁的灵隐寺,都不断有人认出他来,上前握手交谈,拍照留影。

到了新竹,我甚至感到他身上冒出了一点草根的味道。他的老家现在成为一家文具店,他同老板陈铿章兴致勃勃地谈起外婆和舅舅如何把这所房子卖给了陈的父亲,多少价钱。在城隍庙卖肉圆的黄进良说,一次他发现有个人戴着墨镜坐在角落里吃肉圆,感到有点面熟,原来就是早年经常光顾此地的那个中学生,后来知道他到台北当了官,据说还是蒋经国的儿子。而他的双胞胎弟弟则喜欢到隔壁摊子吃鱿鱼羹。那天,我们吃完肉圆,章孝严特地买了好几碗鱿鱼羹带回台北给孝慈家。

章孝严对两岸事务的兴趣,看来也是国民党下台之后才变得浓厚起来的。本来,他强调这次的大陆行只是单纯的认祖归宗,只到奉化、桂林两地,但在正式公布的行程表上面,已增加了上海、昆明等地的观光,还有与台商的晤谈。当我们谈起9月初,位于广东东莞的大陆第一所台商子弟学校就将落成,他马上考虑把最后一段行程改到广州。在去新竹的车上谈起两岸的问题,他认为以自己蒋家后人的地位,今后可以在两岸事务上发挥特殊的沟通作用。

"我将再起",会在章孝严身上应验吗?变数还很多很多,实现再起的愿望,还是要靠自己的努力和智慧,不是蒋家的祖宗能够保佑的。

(2000 年)

补记:上文刊出时,章孝严在奉化溪口的蒋氏"报本堂"祭拜了列祖列宗。2001 年年尾,章孝严全力参选"立法委员",有个晚上,我跟着他跑了四个"场子",多是支持者的婚礼,到场祝贺也就是拉票。我又一次感觉到,章孝严不当官了,他身上本来就有的一种草根味道,开始散发出来。结果,他高票当选。后来国民党改选中常委,他再次不在内定的"规划名单"之列,又以自己的力量成功当选。如今,章孝严已正式改名蒋孝严,完成"归宗"。

约访陈文茜

我们的读者一定都知道台湾有个李敖,但台湾还有个叫陈文茜的奇女子,知道的人可能不会太多。除了她是女的,除了她比他小二十岁,除了她是台湾出生的"本省人",而他是所谓的"外省人",陈文茜可以说是另一个李敖。她认为,李敖同她意气相投,因为他们两个都喜欢骂人。我对她说:"听你们骂人很痛快。"当然,前提是被骂的人绝不能是自己,否则就只有"痛"而没有"快"了。

2000年初台湾大选前后,看了《中国时报》女记者夏珍写的《陈文茜半生缘》一书,就请她介绍认识陈文茜。我和陈文茜的助手通了几次电话,都因为时间对不上,失去了采访的机会。5月她去了上海,那是她第一次实实在在踏足大陆的土地,真真切切看到了那里的变化。回到台北,她在《商业周刊》专栏写了自己受到的震撼,也写了她对台湾未来以及两岸关系前景的新思考。带着这篇文章留下的深刻印象,我6月到台湾采访国民党"临全会",期间总算同陈文茜约好见面时间。

谁知就在采访前两天,她在家中储藏间里拿东西时,额头狠狠地撞在水泥斜墙上面,差点晕过去。第二天代她主持电台节目的周玉蔻向听众解释说:"陈文茜实在太过聪明,这么撞一下,就可以把她同我们的差距缩小。"尽管脑震荡不轻,陈文茜并没有改变我们约定的时间,见面的地点在北平东路她的办公室楼上。办公室名为"姑娘庙",几乎是"全女班"的工作人员,十分女性化的工作环境。采访时还有三只小狗相陪,其中两只一雌一雄跟随她已有许多年,她说,按照狗的寿命,它们的年龄与现居美国的蒋老夫人和张少帅差不多。采访中不知它们中的哪一只老是舔我的脚趾,让我有点分心。

后来陈文茜告诉我,那天她头痛欲裂,但因为凤凰卫视是从香港来的,所以她忍着不适,拼命集中注意力来回应我的提问。她的谈话在《时事开讲》中播出,我记得她说到上海的现实使她不得不反思台湾政治变革的成败得失,这可是非同小可的改变。她涉入台湾反对运动之久之深,决不亚于陈水扁,反抗国民党独裁统治,曾是她投入政治的理念;从美国回到台湾,她为民进党主持文宣工作;这个党的历届文宣主任中,就数她干得最有声有色,但她却对民进党的狭隘保守越来越失望。民进党步步走向执政,她不仅慨然退出,而且更成为民进党和阿扁最头痛的批判者。她投资经营的"梦想家"公司,则要通过互联网在台海两岸编织她的新梦想。为此,她也开始穿梭台北、香港、上海、北京等地,还打算在上海买一幢小洋房。

2000年7月初我到台湾,凤凰分公司的同事预先为我约了时间拜访陈文茜,时间是星期五下午5点。那天中午的电视新闻却告诉我们,陈文茜上午主持电台节目后突然晕倒,被医院急救。看到镜头中她出院时的脸色,我知道今天的采访一定泡汤了。她的助手打来电话，我只能请她转告对陈文茜的问候。至于她为什么会晕倒，晚报说她吃坏了肚子，上吐下泻，她的好朋友施明德（民进党前主席，同陈文茜一样，也因失望而退出）关心之余，一口咬定她节食减肥过了头，要其他女孩子引以为鉴。而她自己则告诉记者，她晕倒是因为听到周玉蔻嫁给了某个丑八怪政客（周小姐赴美国秘密结婚的事情正好这天曝光，不过对方并不从政，更不丑）。其实，据她本人的说法，她有时会心跳过缓，大脑缺氧，这次即如此。

过了十来天我又到台北，再与陈文茜定下时间为星期四下午6点钟，以完成上次被耽误了的采访。正好，在上星期四发售的《商业周刊》里，我看到她的专栏重又出现，洋洋五整页，写的是她同许信良（她的又一位好朋友，民进党的又一位退党前主席）到北京去听"三大男高音午门演唱会"。历史和现实的强烈对比，刺激她再次深思台湾的未来究竟在哪里。我很高兴，文章中的许多新见解，一定能够成为采访中很好的话题。只是没有料到，她在下一期《商业周刊》上面的专栏文章，差点又叫我采访不成。

有了前两次的经验，我和凤凰的台湾同事都说，这次采访陈文茜，应该不会再出什么事情了吧。所以，到了星期四中午，当我们看到台湾所有的电视新闻都以陈文茜疑患乳癌为头条时，都大呼"不可思议"。实际上，她上次晕倒后进医院检查，就发现硬块，有的医生说恶性的可能为一半，也有的医生看法更加乐观一些，但不管如何，在她四十多年的人生历程中，生与死的大题目，第一次如此现实地摆到了面前。种种思考和感慨，都写进

新闻采访篇

了新的一期《商业周刊》的专栏文章,又是五大页。周刊星期四发售,陈文茜立即成为媒体记者围攻追逐的目标,无论她到哪儿,摄像机和转播车都紧紧相随,连亲民党主席宋楚瑜都要上门凑热闹,同她在电视镜头前面一起亮相。而我们原来约定的采访,只得改到第二天傍晚。

她这次遭灾,不再有什么朋友拿她开玩笑,倒是她自己说了一大堆玩笑话,半正经又半不正经。她向《花花公子》公开喊话,说是在动手术前可以拍一次写真集,要价新台币三百万,足够她买一架相思已久的名贵钢琴。《花花公子》见到报道上门商谈,却又被她回绝。她的说法是,拍写真集只是讲讲而已,并不真的会做,就像陈水扁要开什么"经发会"一样,也只是讲讲而已,并不打算执行(有了陈文茜这张嘴,陈水扁活该倒霉)。后来,她在采访当中对我说,讲拍《花花公子》是为自己打气,哪有什么人会花钱看她这种四十多岁女人的照片?我不敢说没有,但认为有更好的办法。我建议她如果真要动手术,可以电视现场转播整个过程,那比现在许多莫名其妙的实况转播有意义得多。她马上接着说:"还可以把转播费捐给癌病基金会。"即便如此,我还是祝愿她不必动手术。

那天的采访完全没有触及她生病的事情,我问的是台湾年底的选举、当前的经济困境以及这两件事对两岸关系的影响。她很高兴谈她最想谈的题目,我问得很少,她讲得很快,很多。我一边听着一边想(小狗又来围着我的脚打转),陈文茜和李敖一样,别人常常以为他们玩世不恭,其实他们对这个世界都很认真,甚至比别人都认真。最后记上一段对话。她讲到阿扁政府一方面拒绝两岸"三通",另一方面又大力争取加入世贸组织(WTO),完全弄不明白两件事情彼此矛盾,"就像又要结婚又不想上床一样"。我说:"或者反过来,想上床又不想结……"她马上打断我:"你的想法还是传统那套,当然可以只上床而不结婚……"她似乎很得意,笑着要求我一定要在节目中把这段对话保留下来。同她对话不轻松,但我仍然希望今后有机会再采访她,更希望她别再遭灾。

(2001年)

给吴小莉拍照片

春节在上海整理几大箱子旧照片，好些是拍凤凰同事的，包括吴小莉。我1998年进入凤凰卫视，与小莉合作却是一年半之后，那是1999年5月北约轰炸中国驻南斯拉夫大使馆事件。事发的当天，小莉和凤凰的大队人马都在湖南长沙，香港人单力薄，但高层当机立断，撤下原定播出的文娱晚会，换上特别节目《中国人今天说不！》，两个小时，此后每晚都如此，连续直播了一个星期。

《中国人今天说不！》第一天仓促上阵，当班主播是曾瀞漪，第二天下午的特别节目也是她主持，晚上则换上了刚从湖南赶回来的吴小莉，直到最后一天。那些日子，我们半夜时分收工，一起打计程车回家，先送吴小莉到半山，再送编辑王若梅到北角。第二天下午又再见面。

无论是曾瀞漪还是吴小莉，她们在主持和播报时都真的动了感情。使馆事件发生的那一天，正好是母亲节，我们为节目定下的基调就是："今天是母亲节，本来是个温情的日子，但美国总统克林顿送给中国母亲的礼物，却是夺走了母亲的孩子，又夺走了孩子的母亲。"吴小莉在直播中与遇难记者邵云环的儿子曹磊电话连线,无法再保持声音平稳,眼泪差一点夺眶而出。这一场面,在那个周末深圳的《中国人今天说不!》晚会上再次出现,打动了全场人心。那晚我拍了一组照片,小莉是主角之一。还有一张是我们两人的,每人胸前都有一个大大的"不"字。

| 1999 年 5 月,与吴小莉在深圳《中国人今天说不!》晚会现场 |

《中国人今天说不!》的连续直播和最后的那场晚会,后来由上海一家公司制成光碟套装。吴小莉和我到上海图书馆参加了首发签售仪式,我用相机拍下了当时的情景。八年多来,我在凤凰拍过好多张吴小莉的照片(最新一次是今年"两会",以人民大会堂的顶灯为背景),却还以这次的最好,尤其可看出她同观众面对面交流时的真诚。在回北京的飞机上,我们还遇到了上海市市长徐匡迪。

还有一组照片是小莉的婚礼。小莉是凤凰开台元老,是凤凰的头牌新闻女主播,又是凤凰建台以来第一个结婚的女主播,后来也是第一个怀孕生孩子的。2000年7月22日,小莉和周秉钧在香港举办婚礼,凤凰同事大多到场庆贺,老板刘长乐脸上喜气洋洋,好像出嫁的是自己的女儿。之前他们在台北已经办过一场,我和曾瀞漪正在台湾采访,也到场"观礼"。

结婚后的小莉仍然事业至上,不过在同她闲谈时,多了先生、孩子等家庭生活话题。晚上下班时,常有专车在楼下等着,司机就是周秉钧。小莉经常出差,只要有可能,她的先生也常会陪同。小莉婚后两个月,她和我就到上海参加国际电视节,接着分别采访了黄菊和徐匡迪,并拍摄了关于上海发展的专题。那一天秋风很劲,我带着她兜了半个上海市区,边走边拍摄。中午时分,在我老家附近的吴江路,我特别要她尝一尝闻名上海的"小杨生煎",她是否还记得包子的味道?

小莉很看重凤凰的几位评论员"老头",她的"家有三宝"之说,上了《人民日报》,倒叫我们有点诚惶诚恐了。另一方面,小莉也感受到"老头"的压力:我一次在清华大学"开讲"时曾自夸"凤凰就数我们几个老头最用功",没想到这句话她记在心上,变成新的激励。早知如此,我就不讲了,因为小莉已经够"用功"了。

(2005年)

"十六大"采访"花边"

1. 大会工作人员对"凤凰"特别友好

2002年11月8日早上大会开幕前,我和鲁豫在休息大厅忙着采访各地代表,鲁豫还被一群群代表及工作人员围住拍照、签名。等到我们去领《江泽民报告》时,已经所剩无几。一位工作人员认出我们是凤凰的,转身就拿出两份。14日大会闭幕前,上千名中外记者在大会堂安徽厅和甘肃厅等了两个小时,却找不到喝水的地方。谢亚芳口渴,我们去问大会堂工作人员,他们歉意而又略带困惑地说"没有安排"。我们不免有点失望。过了一会儿,有人悄悄往我手里塞了一瓶矿泉水,想来是从宴会厅取来的。我把那瓶水给了亚芳,在这里代她向那位不知名的大会堂朋友说一声"谢谢"。

2. 他向刘海若问候

海若,你最近有没有收到一个寄自人民大会堂的"十六大"首日封?寄信封的小伙子与你同姓,是大会堂的工作人员,高个子,相当英俊。那天采访后,我去大会堂邮局买"十六大"首日封,不料早已售完。在场的这位小伙子对我说:"明天找我,我留了几个。"

第二天见面,他问我能不能给海若寄一个,并说他从一开始就关心着她的病情和康复。原来,他曾有个舞蹈演员女友,和海若长得非常相像。她在一次车祸中受了重伤,送进医院没能救过来,现在看到奇迹在海若身上出现,他受伤的心感到某种安慰,期待在电视上重新见到她。

幸运的海若,你若收到那个首日封,会知道北京人民大会堂有位小伙子在祝福你。

3. 长安街上的凤凰车队

台湾新闻界的朋友一见面就说,一看大会堂前那三辆带着凤凰金黄色标志的越野车,就知道你们这次一定出动了大队人马。这倒不假,我们的三辆车只要一上街,立刻会吸引四周路人的目光。尤其在"十六大"期间,长安街经常实行交通管制,让大会代表的车畅通无阻,媒体的采访车也"享受"同样待遇。我们那三辆车每天奔波在会场、大会新闻中心和西单住处之间,很有点威风凛凛的感觉。不过,看着街道两旁排着长队等待的车辆,还有许多在冷风中等候公共汽车的市民,我心里难免有些许歉意。

一中全会召开的那天下午,我去《北京青年报》。3点半左右就往回赶,没想到长安街又交通管制(后来知道是"十六大"代表与新老高层班子集体拍照)。车子被堵在建国门外,不知何时才能到"家"。情急之下,我向民警要求让我们的车拐上旁边的慢车道,开到前面的地铁站口。等我搭乘地铁回到饭店,离卫星传送的时间只差半个小时,而司机师傅一个半小时后才开车回来,天都快黑了。

4. 把民企代表"劫"出来采访

"十六大"期间,几位民营企业家代表成为中外媒体争相采访的"明星"。《凤凰周刊》的主编叮嘱我们无论如何要采访到江苏沙钢集团老总沈文荣。这给我们出了难题,因为大会规定记者不得进入代表驻地,也不能在分组讨论时把代表请出来。一天,江苏代表团的讨论开放给媒体旁听,大批记者都等在江苏厅通往洗手间的过道上,一有"目标人物"出来,便一拥而上,轮番"进攻"。这样热闹是热闹,却采访不成,抓住沈文荣刚问上一两句,就被别的记者打断扯开去。

好在大会新闻中心体谅我们的辛苦,第二天早上特意安排江苏省的三位民企代表答记者问,记者会后再接沈文荣到我们住处做专访。那天一早我和摄影记者高金光先到记者会,全程录下,带回去做新闻和《时事开讲》。记者会一结束,谢亚芳就把沈"劫"到我们住的饭店,做她的"十六大"代表专访,接着我又为《凤凰周刊》采访了这位饥肠辘辘(耽误了中饭)的"亿万富翁"。美国《福布斯》杂志把沈列为当年中国第三十七位最有钱的人,但光凭外表和穿戴,谁也看不出他掌握着一百二十亿人民币资产。

沈文荣是江苏南通人，口音很重，他在记者会上调侃外国记者："你们说的话我听来模模糊糊，我说的话你们听得也模模糊糊，彼此领会就可以了。"我们采访时，亚芳和几位北京同事听得一头雾水，只有我这个上海人心知肚明。

"老板"在中共党代表大会上开记者会是史无前例的事。第一场"老板记者会"上，浙江飞跃集团老板邱继宝一人"舌战群儒（记者）"。我问他民营企业中老板与党的书记究竟谁领导谁，他不假思索地说："生产是我领导他，政治是他领导我。"这条新闻在《时事直通车》播出的第二天，邱告诉我，他的话在浙江代表团内外都引起注意。他高兴，我也高兴。

（2002年）

"开讲"，其实很简单

去年，凤凰每个主持人都要为自己的节目写一段话，我写的是"好好学习，天天开讲"，最短。今年还是那八个字，还是最短、最简单。简单，正是《时事开讲》的特点，我相信，中国没有什么别的电视节目（即使是CCTV的天气预报），会比《时事开讲》更加简单。

四年多前（1999年）的那个夏天我休假回来，见到中文台副台长钟大年先生就问："那个新闻评论节目还做不做？"凤凰卫视策划一件新的事情，变数经常很多，我休息了一阵子后，必须确认先前的安排有没有改动。钟老师回答："没有变化，做啊！"我又问："取什么名字？叫《新闻开讲》好不好？""还是叫《时事开讲》吧。"就这样定了下来，前后大概一分钟。

凤凰的决策者偏好"时事"而回避"新闻"，从最早开播的新闻节目《时事直通车》取名就可以看出，有点玩弄障眼法的味道。"开讲"的说法则流行于台湾（TVBS就有一档王牌节目叫《2100全民开讲》），现在大陆媒体也接受了，应该与我们这个节目多少有点关系。

确定《时事开讲》的名称后，我们又用半个小时试了一次镜：

灯光如何打，开头结尾时董嘉耀如何转来转去，开场白"紧贴时事，现在开讲"何时道出……那是在正式开播前的三四天。"院长"王纪言（凤凰卫视中文台台长，曾任北京广播学院副院长）和钟老师还决定，节目时间接近午夜，气氛可以松弛点，开讲者不穿西装，只系领带。1999年8月23日（农历七月十三日星期一）我们第一晚"开讲"，此后每个星期一至五晚上，"天天开讲"，到今天已经讲了千多个晚上，看来还要再讲下去。

操作简单的好处，是让我们有可能把最多的时间和精力放到节目的内容上。凤凰体制的灵活，给了我们超出预料的空间；资源不足又迫使我们"另辟蹊径"，到头来反而成为某种优势。《南方周末》曾形容《时事开讲》是"不可复制"的，其实，真正"不可复制"的正是凤凰的这种体制。

"开讲"能够如此简单，因为我们可以不必做许多事情。不久前我对师永刚兄（注：《解密凤凰》一书的作者）列举了一连串的"不"，首先就是"不开会"。《时事开讲》四年多来，记不起正经八百开过什么会。反正就那么两个人，有事情见面谈上几句，或者打个电话可以解决，何必开会。这种作业方式特别合我的胃口。在我看来，有些事情非开会不可，更多的事情不用开会也能够解决。我在凤凰快六年，承蒙管理层照顾，很少要我参加会议，在此特别表示感谢。

还是因为人手少，时间紧，每天的《时事开讲》大致上由我们"自作主张"。一般来说，谁是主讲者，谁就决定当晚的题目，只要告诉对手董嘉耀。全部的准备工作完全是主讲人与嘉耀的事情，彼此简单沟通几句，就分头做自己的事情去了。找资料、上网、打电话向各地朋友请教，是我的主要工作。大概要到进录影棚前半小时，我会把三页字迹十分潦草的提纲给嘉耀，等他大致辨认出我写了些什么，进棚时间已经到了。

嘉耀晚上除了《时事开讲》，常常还要播报《时事快报》及《时事直通车》，我们根本没有时间"演练"一遍。而我们的录影等于直播，直接从棚里通过光纤传去"上天"的地方，到时就播出。所以，每次录完节目我们就完事了，也不再作剪辑或修改。实际上，我们也没有这方面的人手和经费。经常有观众来信，希望我们为《时事开讲》打上字幕，就像北京CCTV的许多节目那样，但我们今天仍然做不到，在时间和成本方面都不可能那么"奢侈"。对观众的要求，我们只能再表歉意。我们当然知道，我们这几个"老头"没有受过电视专业训练，普通话不标准，有时还口齿不清，观众半夜收看又不得不开低音量，实在说不上是什么享受，仍请多多包涵。

开始做《时事开讲》时，台里曾问我要不要配个助手，我考虑了一下，还是不要。首先，像这种评论节目主要靠自己的眼睛和头脑，靠自己挑选材料，靠自己思考，别人很难帮上忙，弄不好还会添麻烦。其次是为了节约开支。找一个有用的助手，在香港或许要一两万月薪，一年就是一二十万。我的想法是，如果这方面省下了，邀请嘉宾或外出采访或许能宽松一些。

这几年，不断有人问我们："你们的老板刘长乐从来不干预你们讲什么吗？"如果说他或其他管理层完全不管我们节目，那也不符合事实。偶尔，他们会提议讲一下某件新闻，也会告诉我们某次开讲引来怎样的反应。但那大多是办公楼里不期而遇或者饭桌边聊天时讲到，而那样的机会本来就较少。我知道刘老板一直盯着《时事开讲》，有时也会紧张，有时甚至承受压力。好在他并不把压力转移到我们头上，不改对节目的支持。这本身就是不容易的事情。

当《时事开讲》启播时，我就开始物色可以替代我的嘉宾，因为我还要出去采访，要休假，也可能生病，不可能天天都讲。第一个联系上的就是曾任香港《文汇报》主笔的何亮亮，我在报纸上看过他写的文章。通过朋友拿到他的电话号码，也知道他已经离开《文汇报》，去了亚洲电视台的网站。第一、第二次上节目，他还有些生疏紧张，但谁不是呢？多几次就行了。接着，又找来了两个朋友：阮次山和杨锦麟。

| 与凤凰卫视董嘉耀（中）、何亮亮（左）赴马来西亚"开讲" |

2001年凤凰资讯台开播，已多次上过《时事开讲》的何亮亮与阮次山，先后受聘成为评论员，连同我共为三人，凤凰也就有了专门的言论部，新闻评论节目从《时事开讲》一个，变成多元系列。评论员队伍此后逐年扩展，又有杨锦麟、石齐平、马鼎盛、马立诚（后回北京）、邱震海、梁文道、朱文晖等两岸三地的朋友陆续加入，也多是先当《时事开讲》嘉宾再正式"入伙"。2004年底我们拍过一张"全家福"，七个评论员加上《时事开讲》的"首席"主持人董嘉耀，可算是言论部人丁最兴旺的场面。

2001年5月，《时事开讲》已做了差不多五百期了，凤凰安排我和阮次山、董嘉耀去了次北京，一是与记者见面，二是到清华大学办一场"开讲"。到了北京，广播学院知道了，抢在清华之前就接我们去参观，并给同学讲了一场。接着就是"今晚清华开讲"，这是我们走出演播室，直接面对观众开讲的第一次，学生的提问毫不含糊，集中在台海两岸及中美关系上面。此后，我们几乎每年都会到大学开讲，同师生交流，从中了解他们最关心什么，又如何思考那些问题。

现在凤凰卫视共有九名专职评论员，每天总共要做三四个小时直播或准直播（即以直播状态提前一两小时录制）新闻评论，每年广告收入两三个亿，可能是世界各电视台中仅有的。这还不包括主持评论节目的多位主持人，也不包括经常上我们节目的那一群嘉宾。可以说，在华文电子媒体的"第一解释权"争夺中，凤凰卫视已经构建了自己的特殊位置。对我们的最好评价是："每有大事就想听听凤凰卫视那几个老头是怎么说的。"

(2003年)

草间弥生的片断印象

就见过一次草间弥生老太太,很有点喜欢她,喜欢她的认真。2013年初冬下午的日本东京新宿,天气蛮冷的。老太太来到她的工作室,坐着轮椅上到二楼的画室,接受我们预约的采访。握手时感到她的手比我还暖和,柔软得不像八十四岁老人。后来谈话中我特别提到这点,说她身体应该不错,她高兴地说谢谢。

虽然坐在轮椅上,老太太打完招呼就开始指挥助手布局。画室当中的工作台上本来摆放着一块两米见方的画布,已经上满了橙黄色,大概是今天作画的底子。她要助手搬走,换上旁边已经画好的一幅作品,应该是《我的永恒灵魂》系列中最新创作。

后来采访时,这幅画就像是一张大桌子,背后和四周是另外几幅《我的永恒灵魂》,色彩都很强烈。老太太身着红底色白黑大圆点外套,头戴红色假发,融入前后四周的画作,完全可以变成一款新作。采访开始了,一不小心,我把笔记本和笔搁在了面前的画上,还真当成是桌子呢。

整个采访一个多小时,有点超过预定。老太太头一天晚上刚获了日本一个最佳衣着奖,比往常睡得晚。午后还是如约到工作室见我们,从始至终精神不错,可谓目光如炬。事前已沟通过采访题目，英语问，日语答，助手安娜小姐翻译。老太太早年在美国生活了十六年，1973年四十四岁回日本后重拾母语，现在连一个英文字也不肯讲，说是忘了。

我主要在旁边听，最后插了几个小问题，与艺术其实没有多大关系。

问她，"四周的作品中为什么有那么多的眼睛，是自己的，还是别人在看着你？"她回答说："是我自己的，是我在观察世界。"

又问她，"为什么喜欢用红颜色？头发和衣服都是红色的，意味着火焰、激情、反叛，还是流血？"她说都代表。

再问她，"1960年代你们在美国反战、抗争，今天你还继续反抗这个世界吗？"她说，现在她更多的是不断改变自己，而不是像毕加索那样画来画去就是同一种风格。她还是要用自己的创作影响世界。

快结束采访时还问她，"你一天当中有笑的时候吗？"她听了安娜的翻译后笑了起来，这是我见到她的唯一一次笑。虽然已是八十老人，虽然已是国际名人，她在我们面前还是很认真，认真得有点紧张，双眼瞪着看你。

采访中她谈到死，不回避，坦然面对。"我感受到时间正变得越来越少……我需要更多时间。"所以她更是早起晚睡加紧作画，每天工作八小时以上。因为头天晚上的得奖，她今天来工作室比平时晚了一点，又被我们的采访占去了不少时间，所以她就要画到晚上八九点钟才会收工。"即使我死了，我也会继续画画。"我相信她这话。

新闻采访篇 | 031 |

为什么如此辛劳？她绝对不缺钱，一幅画就可以卖到几百万美元。她又一世未婚未育，父母早就断绝关系，全无家人的牵挂。我相信老太太所说的，她坚持创作是为了影响世界，让世界变得美好。她要留下更多作品给世界，让后人对自己做出历史评价。就在工作室小楼附近，一栋十层楼的草间弥生美术馆正在修建之中。

　　从 1960 年代至今，老太太作品的创作风格有明显的改变，但有一个主题始终没有离开，那就是和平，"我希望通过艺术促进世界和平"。当年为了反对美国把越战扩大到柬埔寨，她曾写公开信给美国总统尼克松，表示只要他下令停战，她愿意同他做爱。这个提议可是非同寻常，因为老太太说过，"在任何情况下，我对性都充满了恐惧"。她对男性阳具的厌恶，充分反映在 1960、1970 年代的许多作品中。

　　今天她依然是一位坚定反战的老太太。"我希望所有的人，不管是中国人还是日本人，都能在和平与爱之下高高兴兴地活着。"上次，上海当代艺术馆龚明光馆长一行为上海的展出到东京拜访她，快结束时她突然表示还想说一些话，对当年日本对中国和其他亚洲邻国的作为表示追悔，语气很是沉重。

　　老太太在创作中表现出令人震惊的想象力，确实异于常人。来自韩国大邱美术馆的策展人金善姬馆长认为，"强迫症或幻想症是她创作的源头，而艺术则成了她自我治疗的方式。"有人称她"疯婆婆"，或许有一定道理，她自己也不讳言每天都要靠吃药来克制自杀冲动，而且把精神病院当作家。

　　老太太的工作室坐落在新宿一条安静的小巷子里，附近街道对面大概一百米远，就是她的"家"。大门口的牌子上写着"晴和医院"，是日本神经研究所的附属机构，还注明是"完全开放型"医院，附近三百多米外就是地铁站。很想知道老太太在里面过着怎样的生活，能不能同别的病人交流交往，对她的创作有没有特别的启发。

在我看来，老太太的身上应该有一种很强的能量，她的病症或许正是这种能量同她肉体的冲突，精神要突破肉体的束缚。今天她已年逾八十，别人到了这样的高龄差不多已经油尽灯枯，她却还是如此精力旺盛，继续燃烧，无休无止，就像她所喜欢的红色。

不过，如果没有那许多作品的表达，她给人的印象也就是个普普通通的日本小老太太。她的工作室也很普通，也许是当今世界级艺术家中最普通的。四层楼的小房子与周围的旧住宅没什么两样，里面的小电梯刚够推进她的轮椅。二楼的画室大概三四十平米，四周摆满东西，包括已经完成的一二十幅作品，当中留下的空间正好可以让她作画时转身。也许她的内心世界无边无际，反而不需要更多的外部空间。

老太太还没有到来时，我把她的画室细细看了一遍，拍了一组照片。许多物件上面都有着她最显著的标记，各式各样圆点，散落在手提袋、笔记本、毛巾、拖鞋、袜子、披巾、纸巾盒、布料等物品上，当然还有大家早就熟悉的南瓜。挺温馨的，女性一定很喜欢这样的环境。

采访中，老太太说了很了不起的一段话："我敬重现在的年轻一代人的感受、看法和形象。我希望通过艺术，向他们传达爱与和平的讯息。""我对于这个世界的看法和见解是非常前卫的,我也正在引领年轻一代向前进发。这正是为什么年轻一代会对我之于世界的看法报以热情和兴趣。"(见《艺术新闻》2013年12月第10期李棋的报道)

这是不是"疯婆婆"一厢情愿的臆想?完全不是。这两天,只要你来到上海市中心人民公园内的当代艺术馆,就可以见证老太太第一次在中国办展引发的"草间弥生热"。开幕那天排长队购票入场的年轻人通过微信和微博发出的连串感想,完全印证了老太太所预料的"热情和兴趣"。

开幕后的第十天,星期三的中午,我和朋友再次进入展场。好些年轻人在售票口排着队,场内还有几条长队,参观者等着进入《无限镜室》《天堂之梯》等装置艺术专室。龚明光馆长说,上海当代艺术馆创办至今八年,以这次的盛况为最。我问他为什么参观者以女青年为主,起码占了三分之二,他没有答案,我也没有。

可惜,今年上海的冬天常有雾霾,不适合邀请老太太前来。如果以后有机会,很想办一场她同上海年轻人的对话。希望有机会吧。

(2013年岁末)

十年前,那一场汶川地震

十年前的 5 月 15 日清早,国航飞往成都的班机起飞了。很准点,难得,可能因为我们是"五·一二"四川大地震后首班飞向灾区的客机,满载紧急救援用品。乘客也全都冲着赈灾而去,起码一半为记者和医务人员,还有几位特殊人物,成为与我"不期而遇"的采访对象。空降兵某师师长坐我右边,两天后我就跟他上了安–26 运输机拍摄空投实况;左边是华航老总,他赶去成都迎接台湾运来的捐赠物资,两岸间的直航也就此开启。

快到成都双流机场了,我跟空姐要了几个小餐包,当作去灾区采访途中的干粮。她们二话不说,拿了一只大塑料袋把机上餐后余下的面包、黄油和果酱都放了进去,让我带给灾民,并带去她们的问候。

与以往正常采访不同,到了成都后一切都要自己想办法解决,首先是车。临走前一天在清华大学为继续教育学院的企业家班讲课,一位学员说他在成都的分公司可派车送我。出了机场接上头,又捎上同机来的央视记者李小萌和摄像,我们立即加入长长的车流直奔灾区。接着几天我还借用过中移动的车、空降兵的车、军区的车,才有可能进入灾情严重的地区四处采访,有时就连摄像带设备都借用他们的。

一天早上,我们赶去什邡市的蓥华,那儿的磷肥企业灾情严重,化工原料泄漏,空气中弥漫着淡黄色的雾气。军队救灾中心的指挥官正焦急地发出一道道命令,要求加紧搜索前方下落不明的数百名磷矿工人,时间越来越紧迫。结束采访,回程途中遇到对面过来一列车队,估计是某位中央领导前来视察灾情。仗着军队的车牌,我们立即掉头跟上。

环保部长周生贤下了车,见到我们颇有点意外,但也欣然接受采访。他强调要防止化工原料污染旁边的沱江,不能让2004年沱江污染事件再次发生。他还保证地震灾害并未造成放射性物质泄漏,首次明确回答了国际媒体那几天高度关注的问题。我们立即用手机与总部连线,发出这条重要的独家新闻。

十年前灾区采访中的一个个瞬间,已成为我们永久的记忆。在绵阳,清早我走出宾馆大门,前面花园那片帐篷里好多人已经起身,他们都是来自上海的医生。问一位医生为什么晚上住帐篷而不进房子睡觉,回答是救灾最需要医生,医生必须保护好自己,住帐篷是为防余震。只是从上海舒适的家突然来到灾区,在冰凉的草坪上打地铺,难免整宵辗转无眠。天一亮他们就收拾整理,立即赶往灾情最严重的地方救人。

灾民的安危牵动人心,绵阳体育馆和体育场都成为收容安置中心,从北川撤下来的北川中学师生暂栖长虹公司总部。体育馆门口小山般堆着各地送来的救灾物资,十分充足,领取的人却不多。成群的志愿者忙着登记灾民家庭信息,身后大块的布告板上贴满了寻人条子。场内挤满了打地铺的老老小小,却没有太大声响，好些人坐着躺着认真细读当天的报纸，好像要从字缝中抠出家乡和亲人的消息。

一位老人突然拖住我的手，说他是老师，常看我的节目。"两个孙子都没了，都没了，怎么办……"话音未完眼泪就流下来，一直停不住。我一个字都说不出来，只能把他的手握得更紧。离开体育馆时，我从志愿者桌子上取了一根红布条绑在相机上，意味着我也是一位志愿者。这时一队远道跋涉而来的灾民走进大门，一家接着一家，说是经过了几天的翻山越岭，满脸疲惫中夹带着宽心的神色，现在终于安全了。那天我在新闻直播的评论中特别提到灾民同样需要心理方面的帮助。

绵竹是名酒剑南春的产地，绵竹市内满街的酒香正是灾情严重的指标。在一处幼儿园废墟前，我从尘泥中捡起一只粉红色小鞋子，还有几页老师的课堂记录，却不知它们的主人是生是死。一位《工人日报》的记者拉我去街头另一角，只见一家杂货店的主人已经在倒毁的家门口摆起摊子，售卖地下挖出的残余生活用品。一对年轻夫妻坐在地上，用锤子敲开倒塌屋子的柱梁，取出里面的每根细钢筋。我跪下身子问他们在干吗，妻子说"再建个家，日子总是要过的。"眼角似闪着泪花。再往前，路口已经有人摆起了理发摊位。"日子总是要过的"，他们同样在抗震救灾，更带出了灾后自救的生气和活力。

在绵竹遇上一支别处来的基干民兵队伍，5月正是四川收割油菜籽和麦子的时候，他们放下家中农活前来救灾。我问一位五十上下的中年汉子怎么想的，他嗓门不大地回答了"国家兴亡，匹夫有责"八个字，很稳重。在都江堰一处倒塌的楼房废墟前，我见到来自河北唐山的一对叔侄。他们一听到四川大地震的消息就相约到北京，买了机票赶来灾区。那位叔叔说，三十二年前唐山大地震全国都来救灾，帮助唐山人渡过难关，"今天四川有难，我们义不容辞！"这样的唐山人不是一两个，还有整个企业全都过来的。

天气越来越热，烈日和暴雨交替，救灾官兵很是辛苦。公路边上停着上百辆旅游大巴，头尾相接起码一两公里长，车内狭小空间就是官兵临时营房。全新的野战炊事设备运到了救灾第一线，但首先要为灾民提供热菜热饭。成都太平寺机场是部队空投物资的基地，跑道旁边几张方桌就是指挥中心，也是临时用餐的地方。每有一架运输机降落，就有数十战士火速推去一车车物资，每堆上面都覆盖着白色的降落伞。

这些士兵都好年轻，在我眼中都还像孩子。他们已连轴转了好几天，极度疲累。那天完成空投回航时，师长下令"睡觉"，整机官兵"刷"的一声躺倒，一个靠着一个，没一会儿就在运输机的震耳轰鸣中睡着了。回北京后听说有些救灾士兵连日泡水出现"烂裆"，顿时想到那一张张稚气的孩子脸，心都揪起来了。

救灾分秒必争，我们抢新闻也如此，成败往往就在一瞬间。那天凤凰卫视同事胡玲与我在成都会合，为了采访总书记胡锦涛视察灾区，我们担心封路，早上3点多就摸黑出发，由成都赶往绵阳。经历了十二个小时的各种辛苦，终于在安置灾民的体育场内"堵"到了采访机会。但就在开始提问时，旁边的人群把我们的摄像记者越推越远。眼看采访就要中断，娇小瘦弱的胡玲一手把话筒塞到我手里，另一手抢过摄像机自己继续拍摄，镜头中的画面很快恢复稳定。胡锦涛谈到灾情和救灾部署时，还特别通过我们向香港同胞表示衷心谢意，"请大家相信，我们会努力把抗震救灾工作做好。"

十年过去了，又到了收获油菜籽的时候，似乎又听见当年"四川挺住，中国雄起"的声音。难忘啊！

(2018年)

双城十年两岸缘

|||||||||||||||||||||||||||||

《双城记》这个节目的播出时段一直蛮差的，早几年安排在半夜某个明星脱口秀后面，这两年是每星期六早上8：10首播，跟在《东方卫视》早新闻之后。常常有朋友说周末睡过头错过时间，我都会提醒他们可看回放，当然麻烦许多。但我们也有自知之明，很清楚这种时政类谈话节目收视率和广告收益远远比不上郭德纲们和真人秀，所以也一直安安心心待在自己的小角落里，看着同类节目一个个消失，暗中庆幸自己尚无生死之虞。

但我们也有把郭德纲比下去的底气。毕竟我们开播比他们早得多，而且我敢大胆预言两三年后我们的节目仍会继续下去，他们呢？再有我们节目的覆盖面很大，上海文广SMG和台湾中天电视在台海两岸七个频道同步播出，还扩散到了世界各地。前几年我去太平洋当中的关岛过年，打开酒店电视突然见到自己的大头特写，着实吓了一跳。

确实，大陆和台湾这么多电视台，能够两岸共同制作、同步播出的节目，大概就我们《双城记》一个，而且还是时政类的，想想挺不容易，也蛮牛的。2013年度的"中国电视榜"特别给了我们一个"最具地域交流性电视节目"奖项，同时还提名"最佳人文节目"；获奖评语说《双城记》"以多元的视角和敏锐的观察力，让新闻当事人跨越地域局限，真正实现了两岸三地的无缝对接……在跨越海峡的思想交锋中，我们读懂了中国。"2016年度，《双城记》又入选为"中国电视满意度"榜的"卫星频道新闻类栏目十强"。

《双城记》能存活到今天，还能得奖上榜，远超出最初节目策划时的预见。十年前的2008年正逢中国改革开放三十周年，我参与了上海东方卫视的一系列专题节目，年尾告一段落，主管新闻的陶秋石同我聊起还可以一起做点什么，兴趣都在两岸关系和台湾新闻上。那一年两岸关系出现突破性进展，民间交往越来越密切，更需要增加相互了解。

东方卫视与台湾中天电视已有合作关系，此时共同制作一个涉及两岸热点新闻的谈话节目，可说是因缘际会，于是就有了《双城记》。

还有另外一层特殊关系，因为我也曾是"中天人"，在香港当过半年"中天新闻频道"总编辑。没多久"中天"被台湾辜振甫家族吞购，后来又几经转手。我虽早就离开，却与台湾的几位"老中天"一直有联系，去台湾时还会被他们半开玩笑称作"老长官"。

作为一个两岸电视人共同制作的节目，《双城记》从一开始就合作得很好，稳扎稳打、逐步推进，如今已进入第十个年头。幕前幕后人员虽有一些变动，如中天的主持人由卢秀芳替换了平秀琳，上海方面王津元离开后主持人由雷小雪和李菡轮替，两岸制作团队却越来越像是一家人。卢秀芳早已成为所有成员口中的

"秀芳姐"，就连我有时也会脱口而出。每星期录节目时，卫星信号把我们连接起来，平时则通过电脑和手机。尤其这两年微信大行其道，两岸间几乎随时都可以讲上几句。

除了我"曹老师"和卢秀芳，其他成员多为八零后或者九零后的"小朋友"，只是台北中天的全是女生，上海东方卫视多为男孩。久而久之，上海的那几位都成为新一代的台湾通，甚至比好些台湾人还熟悉台北。有时候，中天那边的女孩要去台北什么地方买什么东西，居然会先询问上海如制片人安乐的意见，得到的信息往往更加精准。

我们这些年在节目中介绍了好多位以上海为家的台商和青年创业人士。去年3月《双城记》为纪念开播八周年，上海录影棚里特别请来了嘉宾海丽，她原来是我们制作团队中天方面的成员，因节目而了解上海、移居上海。有趣的是，那期节目结束时我们都打出"八"的手势合影，一只手竖起拇指加食指，那是大陆的"八"，另一只手却多了一根中指，那是台湾的表示方式，或许正是《双城记》"求同存异"的最贴切表示。

我们节目的样式主要在各自的摄影棚里隔空对谈，由于卫星连线的技术原因，声音传到对方耳里总会有两三秒钟的延迟，弄不好就会抢话"打架"；或者两边都停下来让对方先讲，接着又同时说话，马上又都尴尬地停下。时间久了，彼此间有了默契，大概到什么时候就会把说话机会"抛"给对方；有时我要插进去讲什么问什么，只要简短一声"秀芳"，她马上就会"制造"给我说话的空隙。我们使用录影棚和卫星连线的时间都有限制，好在双方都很有效率，协调配合，每次只要一个小时左右就可完成录制。再经细致的后期制作，每星期呈现在观众面前的最新那集，一定既紧凑又顺畅。只是好些观众看完会说"意犹未尽"，我们只能希望他们下星期同一时间继续收看。实际上，节目时长四十五分钟已经不短了。

年复一年，《双城记》的形式也多样化起来，《两岸青年论坛》就是每年的重头戏。2014年9月的论坛请来了两岸知名人士陈文茜，并同在场的几百名两岸大学生对话，很是精彩。但那天晚上主持论坛的我，却被北外滩会场对面灯火全开的陆家嘴夜景迷住了，甚至有点震撼、有点分心。

我生在上海、长在上海，却没料到那天晚上的景色会那么美，何况对台湾来客。记得1998年10月台湾海基会董事长辜振甫到访上海，我同台湾媒体朋友完成采访报道走出外滩和平饭店，来到黄浦江边享受半夜的拂面秋风。一位台湾女记者看着对

| 2016年10月，两岸青年论坛，台北 |

面一栋栋拔地而起的高楼问我用了多少时间盖起的，我说"大概五年"。她同其他台湾记者都默然了。十多年过去了，又是秋风拂面的晚上，又是从外滩眺望黄浦江对岸……

我们也把两岸青年论坛的会场放在对岸的大学校园里，前年请来了姚明，去年的嘉宾是北京拍摄《我在故宫修文物》的叶君与曾任台北故宫博物院院长的周功鑫。挤满会场的除了台湾本地的大学生，也有不少在台湾就学的"陆生"。今年请谁做嘉宾呢？前些日子讨论时，我想到了上海仁济医院的夏强医生和台湾高雄长庚医院名誉院长、著名肝脏移植专家陈肇隆。他们去年4月就上过我们的节目，介绍两岸肝脏移植技术的交流。在陈院长的帮助下，上海仁济医院已经建立起大陆数一数二的肝脏移植医疗团队，去年手术量超过八百例，创造了全世界单中心全年肝脏移植手术的最高纪录。希望下个月将在高雄举行的两岸青年论坛能够告诉在场学生和电视前的观众，两岸关系虽然起起伏伏，但民间交流仍然可以扎扎实实往前推进，我们《双城记》节目也一定会与此同步。

两岸间的彼此吸引，往往也在吃喝玩乐方面。就像那年陈文茜来上海参加我们的论坛，整个白天就待在和平饭店没出来一步，关在房间里专心对付朋友送来的一堆大闸蟹，"九雌十雄"正当令呢！在我们每年的两岸主播游台湾、游上海、游澳门的特别节目中，美食起码占有内容的一半。我虽然算是老上海，但毕竟离开了二三十年，如今多亏带着卢秀芳游上海，才有机会去了不少没去过的地方，品尝了不少好久没吃过的美食，等于重新认识了新上海。在台湾，我们更想全岛玩玩透，今年就先去澎湖又去花莲，拍下了许多精彩镜头，包括我在花莲七星潭海滩欣赏蓝天白云时，差点被突如其来的大浪卷进太平洋。

再过两天又要拍摄"两岸主播游上海"了，会不会向秀芳介绍上海的旗袍呢？记得1993年深秋我第一次到台北采访，电影"金马奖"颁发的第二天，台湾电影界数百名人明星会聚来来饭店，女士一色旗袍，派对名称就叫"夜上海"。还可以去感受一下进口博览会的准备情况，那是上海的大事，也应该会引起台商和台湾媒体朋友的关注。其实不用我多想，我们的上海团队早已开始策划，一定会给台湾老朋友许多意外惊喜。

(2018年)

把我们的血肉，筑成我们新的长城

2015年是抗战胜利七十周年，我在上海四行仓库纪念馆遇到了上影厂编剧沈寂老人。不到一年，他以九十二岁高龄去世。在沈老最后作品《四行孤军血战记》中，他用工整字体写下："1937年，我十四岁，中学生。我家住在新闸路口，隔苏州河就是四行仓库。我登高楼，用望远镜观望，亲眼目睹一位战士全身挂满手榴弹，从空飞下，炸死日军……"那天他在纪念馆内一人独处时默默流泪，谁能体会他内心的翻腾！

沈老走了，过去十年我做口述历史采访过的许多老人也都走了，我们这些所谓的"抗二代"也都七老八十，今天的年轻人真能感受到八十年前的生死存亡吗？前年夏天我同上海纪实频道一群八零后同行合作摄制《行走战场》系列专题，盛夏的三个月间从东北兴安岭的抗联"密营"拍到西南怒江的通惠桥，最大收获是对《国歌》里的"中华民族到了最危险的时候"，有了前所未有的理解，"留下壮怀激烈的记忆"。

在上海拍摄时，有机会同台湾演员秦汉见面，话题就是父辈的抗战。他的父亲孙元良当年为88师师长，与我父亲曹聚仁是朋友；淞沪战役爆发后，孙邀我父亲入住四行仓库指挥部帮

| 2011年，北京钓鱼台，与抗战老兵同台 |

他打理新闻发布事务，前后四十多天。见到秦汉，我不禁感慨说："当年要是日本人的炮弹正好打中他们，今天也就不会有我们了。"我们都是战后出生，他长我一岁。

战争是残酷的，尤其是八十年前的那场战争，每天都实实在在"冒着敌人的炮火"。淞沪战役是整个抗战期间中国军队损失最大的一次。秦汉的父亲告诉他，88师的官兵早就死伤大半，一批批的新兵补充进来，很快又折损殆尽，他作为师长连他们叫什么名字、长什么样子都不知道，一直深感愧疚。

史料记载，后来以四行仓库"八百壮士"名留青史的四百多官兵，一半以上来自湖北通城县的保安大队；他们作为第六批补充兵员上阵时，88师一个连队最多只剩下七八个人。他们大概都不识几个字，看到一个桶上面文字中有个"油"，就用里

| 2015年6月，与台湾电影演员秦汉。秦汉的父亲孙元良抗战期间曾是88师的师长，淞沪战役爆发后，孙元良与身为战地记者的我父亲曹聚仁，一起在上海四行仓库指挥部生活了40多天。|

面的东西炒菜，结果因为误食桐油而闹肚子。在云南腾冲抗战博物馆，我看到一面"嘉善县义勇警察第一区队部"的战旗，淞沪战争中成为敌军的战利品，现由博物馆创办人段生馗用高价从日本购回，旗帜背后的故事或又是"把我们的血肉筑成我们新的长城"的写照。

拍摄中我们也来到山西忻州，来到八十年前忻口战役旧战场，那是与淞沪战役后期同步进行的华北一场大战。蓝天白云烈日下，我们攀上了曾经鏖战的山头。我在"行走战场"的微博中说："这是1937年10月16日郝梦龄军长阵亡之地。忻口战场的204高地前后十三次易手，一个团上去半个小时就没了。那儿的泥土里今天仍可见到白骨碎片，难以计数的不知姓名的壮士，也没有留下任何音容笑貌。"那天下山时，陪同我们的一位老农民突然走不动了，坐在小路旁边哭着说："他们都是孩子哪，他们也有父母哪！"

我在另一条微博中说："站在204高地上，拿起牺牲战士的头盖骨的感触，是在历史书里永不能体会到的。那是一种愧疚。"后来在抗战胜利纪念日的央视连线采访中，主持人董倩问我为什么会有这样的感觉，我说："自己重返战场采访，面对累累白骨，至今仍不知他们姓甚名谁，想到我们仍不能把自己的事情都解决好，这种愧疚的感觉尤为强烈。"

在204高地我还捡了几块弹壳碎片。当地农民说，小块的都是日本人的炮弹壳子，炸得很碎，杀伤力大；我们自己的炮弹都是炸成大块，钢铁质地不一样。在当地农民自己办的抗战"博物馆"，馆主指给我看：咱们的大刀早已生锈了，日本鬼子三八枪上的刺刀今天还是发亮。

可以说，在二次大战的所有参战国当中，我们中国军队应该是装备最差、供给最差的，因为我们最穷、经济最落后。在四川安仁办抗战博物馆的樊建川先生送我一枚陶瓷的中国军人帽徽，可见当时金属之匮乏。腾冲抗战博物馆创办人段生馗先生珍藏着一套中国远征军少尉的军装，粗布做的短裤短衫，官兵穿上就进入缅甸的热带丛林。

我们真的是以血肉之躯抵抗日本。根据各种资料和统计，抗战期间战死的中国军人数量是日本人的五倍，也就是咱们是用五条命换他们一条命！除了装备、训练远达不到现代战争的要求，整个后勤调度和组织动员也都如此。尤其是国民党的正面战场，还有高层指挥屡屡失误的问题。

在台儿庄战役中担任胡宗南部队师参谋长的金式先生后来总结说,日本人一个团(联队)就可以对付我们一个师,一个重要原因是我们的铁路、公路缺乏大规模运兵能力,一个师的兵力只能一个团一个团往前线送,到了就投入作战,形成不了师的战斗力。另外,直到抗战胜利,国统区都没有建立起现代征兵制度,只能用"抓壮丁"来弥补兵源,结果是逃兵很严重。

如此敌强我弱,八十年前的中国却不顾一切地奋起全面抗日,而且如此地坚持,最终把强敌拖弱拖垮,直到胜利。从欧洲到亚洲,向法西斯残暴屈服的国家何止法国,但中国就是不投降。抗战第二年就病逝的军事家蒋百里生前就预见到中国会"通过时间的消耗,拖垮日本",坚持"胜也罢,败也罢,就是不要同他讲和"!

而全民抗战的历史意义之深远,一直延续到今天。引用两位历史学家的看法。刘大年先生把中国的抗日战争视为"中国复兴的枢纽",把百年来落后挨打、四分五裂的中国,一步步引上了民族独立、统一和复兴的新的历史起点。杨奎松先生也认为,正是在应对现代侵略战争的过程中,远远落后于日本的中国,一步步开始迈入了现代国家的行列,迅速转向日渐具有组织力的一体化的现代民族国家。

八十年前的中国,正处在这样的转折点。从"七七"卢沟桥事变到"八一三"淞沪抗战,日本的侵略把中国人逼到了生死存亡、无路可退的地步,只有奉献自己的血肉和生命来做最后的抗争。前线官兵留下无数绝命诗和信,无不视死如归。给我印象最深的,还数淞沪前线率领十四师子弟兵抗敌的郭汝瑰将军信中那段话：

　　我八千健儿已经牺牲殆尽——如阵地失守，我就死在疆场，身膏野草。他日抗战胜利，你作为抗日名将，乘舰过吴淞口时，如有波涛如山，那就是我来见你了。

　　八十年后又是盛暑八月，我们不会忘。

(2017 年)

带着美国大兵逛上海滩

凤凰卫视上海记者站建立没多久，我们就和美国领事馆建立起联系。2004年3月的台湾大选逐渐临近，陈水扁不断制造麻烦，两岸关系又趋紧张，中美关系也变得更加敏感。就在这样的气氛中，美国国务院主管台海事务的副助理、副国务卿薛瑞福到访上海，美国领事馆的官员主动联络我们，表示可以安排专访。

专访在下午4点多开始，为了节约时间又能保证意思准确，我用中文问，薛瑞福用英文答，都不用翻译。采访结束后，再由领事馆的华人官员和凤凰卫视的王旻彦一起整理出中英文稿，当晚9点的《时事直通车》和11点的《时事开讲》就已播出。我把完整的文稿马上传给《凤凰网》刊出，又通知了凤凰卫视台湾记者站的游本嘉，请他转告其他台湾媒体有这么一个专访。薛瑞福的访谈第二天上了岛内主要媒体的要闻版面。那是春节刚过的时候。

紧接着又有一次涉及中美关系的采访，2月24日，美国第七舰队旗舰"蓝岭号"到访上海。除了上海记者站的人员，凤凰卫视还从香港调来了《军情观察室》的评论员马鼎盛和主持人王菁锳。大批记者到码头采访，但只有少数几个能够上舰，我们派出了王菁锳和摄影郭宝春，几家台湾电视台的同行就只能望舰兴叹了。王菁锳以她中英文"双声道"的明显优势，保证了采访的顺利。

在码头上，王旻彦又抓住机会，独家采访了中国东海舰队司令员赵国钧中将，旁边的中方军官感叹说："凤凰卫视的记者真厉害，冲上来就问问题。"他们所不知的是，王旻彦还只是凤凰的实习生，而"时刻都准备着把话筒塞上去"，早已是每个凤凰卫视记者的本能。

上午的欢迎仪式结束，我们留下几个记者守候在码头外面，专打美国大兵的主意。下午，"蓝岭号"的官兵换上便装，乘坐一辆辆旅游车前往市中心商业区，我们的采访车就紧跟在后面。等他们下了车找人问路时，王旻彦等立即迎上前去，先表明自己的记者身份，再表示愿意为他们带路，于是皆大欢喜。三名美国军人上了我们的采访车，其中一位还是舰上负责通讯的工程师。

他们的最大兴趣是购买电子产品，特别是 MP3 和数码相机。在凤凰记者帮助砍价下，个个都圆满完成采购任务，而我们的记者也圆满完成采访和拍摄。三位美国军人对着镜头，表达出他们对中国的看法，以及对上海所见所闻的感受。我们报道播出后，香港报章立即引用了其中的内容。

下午 4 点多了，我打电话给我们的记者，问他们对美国大兵的采访做得怎么样了，回答是美国人正要求带他们去买 DVD 光碟，怎么办？我说，千万别带他们去买盗版碟，把他们放在一家比较像样的影碟店里，就"Bye bye"了事。

一次次这样的采访，我希望上海的新同事能够从中体会到，

"新闻就是这样做出来的"。而我在这不到一年的时间中,最大收获是找到了这群生气勃勃的新同事、新朋友。此外,我发现资讯科技的迅速发展,大大改变了电视新闻采访手段,也大大降低了采访成本。像上海记者站,平均每条新闻的全部成本(包括工资、办公室租金),已低于人民币一千元,而且还可以进一步减少。

今后最理想的电视新闻记者,应该是单兵作战,最多带个实习生作助手。自己开车,自己采访和拍摄,用笔记本电脑编辑,通过无线上网或路边网吧就可以传送。哪儿有新闻就去哪儿,连办公室都是多余的。在中国大陆,每个月的工资加费用,两三万元就足够了,每个月如果能够发稿五十至一百条,每条成本更可低至四五百元,与报纸差不多了。再过几年,当手机都可以无线上网做直播了,电视新闻采访和报道更会发生根本性的变革。

(2006年)

非典逼着我们学会说话

2003年金秋时分，非典疫情已经过去，各地的采访报道活动又多了起来，甘肃和新疆邀请我们香港一些新闻工作者组团前去。结束喀什的两天行程，下一站伊犁，突然接到电话要我尽快赶去北京。搭乘早班飞机，乌鲁木齐转机延误了五个小时，傍晚才入住北京机场附近一个以"国门"为名的度假酒店。

到了还不知道来干吗，赶紧了解一下，才知道要参加国务院新闻办"第一期全国新闻发言人培训班"，以香港新闻人的角度讲一下海外媒体运作和信息传播的规律。只有不到一天的准备时间，感受到一种紧迫感。正如时任国务院新闻办主任赵启正在培训班开幕时所说："改进和完善我国政府新闻发布工作已经成为一项十分紧迫的重要任务。"大的背景，是为了适应非典之后国家社会发展的"新形势"，中央领导特别提出要"及时准确传播信息，积极有效引导舆论"。

国庆节过后一个月，紧接着又在北京办了第二期，参加的也都是省部级新闻发言人。再接着我们几乎去了全国每一个省市自治区，从黑龙江到西藏、从海南到新疆，为当地各级新闻发言人办班讲课。2004年12月28日国务院新闻办举办新闻发布，公布了国务院六十二个部委的七十五位新闻发言人的电话，意味着国家层面的新闻发言人体制全面提升。

用赵启正的话来说，我们培训的目的是"如何告诉大家"，而且要清楚、准确，积极引导社会舆论和影响国际舆论。看来简单，其实要求很高。在第一期全国培训班上，他就提出了政府新闻发言人的九项素质标准：政治成熟，立场正确，勇于负责；内知国情，外知世界，兼修文化；讲究逻辑，有礼有节，善待记者。任何一项都不可缺少，却又都不容易达到，要有高水准的政治家底子。

十七年过去了，这三十六个字标准不仅没有过时，反而更加应该坚持，尤其在越来越多元复杂的国情和世界环境中。直到今天，每次看到电视直播新闻发布会或政府官员接受媒体采访，不管哪儿的或哪个部委的，都会用这个标准对照衡量，给台下记者的提问和台上官员的回答心中默默打分，就像当年培训班的模拟发布时那样。

赵启正自己就有丰富的新闻发布和传播经历，后来汇集成书《中国故事 国际表达》，由资深媒体人贾树枚"解读"。赵启正担任全国政协发言人那几年，每年3月2日下午，作为"两会"开场活动的政协新闻发布会结束，都会有其他媒体记者问我对他的看法。我归纳了三点：第一，他实实在在地回答问题；第二，不回避敏感问题；第三，有自己很生动的语言。

十七年前最早那批培训班学员后来被媒体称作"黄埔一期"，其中好几位担任部委发言人多年，在实际运作中积累了很好的经验，后来再办新的培训班常会请他们来讲课，传授心得体会。曾任教育部新闻发言人五年的王旭明，转职后写了一本书《为了公开：我当新闻发言人》。在北京西单书城的新书发布会上，我特别说到称职的新闻发言人不是靠培训出来的，而是靠自己在实践中跌跌撞撞摸索出来的。

每次培训班到了最后都会有突袭采访和模拟发布的环节，对学员压力最大，但也让他们受益匪浅，最受欢迎。令王旭明印象深刻的一次，是一组电视台记者没打招呼就出现在他面前，就所谓大学生不满伙食质量闹到教育部的突发事件作采访。"我毫无思想准备，当时头脑发懵、一片空白。我慌慌张张地站起来，一边用手遮挡着镜头，一边语无伦次地说'你们不能录……'"结果都被录下，还好只是模拟事件"实战演习"。如果不是演习，有的发言人可能严重受伤甚至就此"阵亡"，教训并不少。

我在培训班上主要讲新闻作为一种媒体的"产品"，是如何"加工"出来，背后又有哪些力量的运作。掌握了其中的规律，新闻发布本身只是"出发"，更重要的在于能否有效"到达"；好的传播不仅能为目标受众接收，而且能够实现甚至超出预定效果。新媒体时代更是如此，"如何告诉大家"难度更大，对长期习惯于传统思维和传播方式的尤其如此。

如果忽略了"如何告诉大家"的本义，学员们只是记住一些技巧方面的内容，像如何开场、如何比手势、如何用眼光，还有哪些用语最好不讲，如何避开无法回答的问题等等，回到现实工作中仍然很难成为称职的新闻发言人。每期培训班最后的模拟发布会上，学员从自己的磕磕绊绊中总结出的教训，还有讲师根据他们的问题和漏洞不留情面的点评，往往比所有听课更有价值。

已经退休的王旭明最近向新闻发言人同行"郑重推荐"中国驻美国大使崔天凯的一篇访谈,他引用一位"老领导"的话说:"访谈固然有技巧,有些问题拷问灵魂,只能以人格担当,不是技巧能绕过去的。"王旭明自己则认为:"发言人技巧永远是第二位的,如果你不是真爱祖国、只是当任务完成,如果你患得患失、斤斤计较,如果你只唯上、唯书而无一点创造精神,徒有再多技巧也不可能如崔大使这样优秀!"

今天我们更需要学会"如何告诉大家"。

(2020 年)

学做新闻杂志编辑的日子

2017年年尾，美国历史最久的新闻周刊《时代》在评出年度风云人物之前，就先把自己卖掉了。九十六年前创办《时代》的老亨利·卢斯如果地下有知，一定会辗转反侧，难以安眠。曾在《时代》集团里面打过几年工的我，闻此消息也五味杂陈，不由得回想起当年初入这行时"受训"的经历。

三十年前亚洲经济持续腾飞、中国全面走向改革开放、香港加快回归祖国的进程……总部在美国纽约的《时代》集团开始向东南亚和"大中华"地区扩张地盘。先是收购了香港英文新闻周刊《Asiaweek》（亚洲新闻），接着又在那儿创办了中文新闻周刊《亚洲周刊》；两家杂志名字容易混淆，其实在同一办公楼里面各有自己独立的编辑部。1980年代末我移居香港，找到的第一份工作就是《亚洲周刊》的撰述员（Writer），从此开始新闻人的生涯。

那时香港报刊市场特别繁荣，五花八门，没几天就有一份新的报纸杂志创刊面世。我们杂志作为一份严肃的国际新闻周刊，同香港地方性刊物很不一样；不仅内容和风格不同，整个编辑过程也特别严谨，完全依照美国《时代》周刊的作业模式。像我这样一个刚转入新闻行业的新手，能够一开始就在那种体制中起步，实在获益匪浅。

就拿研究员（Researcher）这个名称来说吧。在上海我就经常翻看《时代》周刊，发现他们编辑部里设有这么一种职位，心想到香港后能当个研究员应该很不错，因为自己在上海社科院工作六七年也只升到助理研究员。只是进了《亚洲周刊》才知道，他们所说的研究员其实等于内地的资料员。但又不只是收集剪报管理资料室，而是要为撰述员和编辑提供所需资料，还要负责核对文稿中的新闻事实。

作为撰述员，我的工作是综合改写记者来稿，或者译写《时代》集团其他杂志的文章。每篇报道动笔之前，就会有研究员送来一叠内容相关的报刊剪报，多为英文。我完成稿子打印出来再送一份给研究员复核，他们不仅校对错别字和标点符号，更要查对我所用的每一个新闻事实、每一句引语、每一个专用名词……有错必纠，最后签字认可。那时还没有互联网，遇到弄不明白或有争议的地方，他们就要再去翻字典找资料，多重核对查证。也会直接打国际长途电话或发传真给散布世界各地的记者、采访对象，一一核对清楚，不容留下含糊。

后来我改做编辑和资深编辑，要处理的稿子更多，每天都要面对好几位研究员同事。尤其是每星期最后截稿的日子，我们称作deadline，我写字桌前常常坐着好几位研究员，排队等着我讨论稿子。他们多为大学毕业没几年的香港年轻人，女生占了一大半，一般只会讲广东话和英语，普通话连听都成问题，更谈不上说了。这就逼着我尽快学会广东话，才能在很紧迫的时间里同他们讨论许多复杂的新闻事件，比如菲律宾军事政变或俄罗斯经济"震荡疗法"。可以说，多亏了《时代》周刊建立的研究员制度，我今天还能讲一口"不咸不淡"但至少香港人能听明白的广东话。

在《时代》杂志建立的新闻"生产流水线"中，研究员只是初级把关人。那时，记者发来的采访内容由撰述员统一改写，成稿后交编辑和分管不同领域的资深编辑多次修改，末了由副总编辑和校对员做最后修改，交总编辑审阅签版。做新闻周刊最要命的是截稿当日发生重大新闻，不得不更换上万字的封面专题，时间极为紧迫。但上述编辑环节一个都不能忽略，往往拖到深更半夜、口枯眼昏才能送印刷厂。

这种严谨的编辑程序，可说是知识劳力密集的高成本作业；有的报道如有可能引发法律纠纷，刊发前还要再请公司内的法律顾问仔细审阅，确认没有问题才可以付印"出街"。即使如此，仍然难免出现大小差错，甚至被告上法庭判罚巨款。我在那儿打工的几年中，周刊就发生两起重大官司，都是在新加坡被起诉，也都是因为引述了错误的信息。法院判决诽谤成立必须罚款道歉，分别赔给对方九十万美元和一百五十万新元，金额真不算小。

第二起官司发生时，周刊已经换了老板。1990年代初《时代》集团与华纳电影合并为世界最大传媒企业时代－华纳，1994年调整资本结构，把一直亏损的《亚洲周刊》卖给了香港《明报》集团。重组编辑部时，最大的变化除了把撰述员与编辑合二为一，就是取消了研究员部门，只保留了两位研究员。另外，原来与《Asiaweek》共享的资料室连同几十万份剪报也留给了他们,新编辑部不再设立自己的剪报档案库。这样做一是为节约成本而缩小编制,再就是顺应数码科技对报刊出版行业的冲击。

三十年前我在香港开始新闻工作时,正逢印刷媒体由原先的铅字排版转为电脑排版。排字房消失了,好多几十年前就入行的老员工一夜之间失去工作,有的只能改行去做大楼门卫当"看更"。对媒体记者、编辑来说,开始还可以继续用笔手写稿子改稿子,另有专门的电脑打字员帮你打稿。没过几年,编辑部里所有人都自己学会电脑写作,否则就难以继续任职。

| 在凤凰卫视评论部的办公室,每个人就一张桌子 |

接着又有更大的变化。1993年我第一次接触到internet这词,最初连中文译名都不统一,也有叫"国际网络"的,后来才定于一尊为"互联网"。很快我就用上了,不仅可以及时接收新闻信息,查找资料更是方便。在编辑流程方面,各地的记者把电脑文字稿直接传到香港编辑部内部网络,编辑完成后又经电脑直接送去排版。这样的作业流程今天早就成为常态,当时却是平面媒体的一场技术革命,一场残酷的生死淘汰。

互联网的另一大变革是极大地提升了新闻图片的品质，从此我们随时都能收到摄影记者和通讯社网上发来的高保真原图，电脑上选用后略加裁剪立即就可以进入排版，完全取代了以前的"三色纸"。所谓"三色纸"是通讯社把新闻图片分解为三种原色，再分别用电传送给订户，我们收到后再把三色叠加恢复原图，质量往往很差，有些还可以勉强刊印，多数根本不能采用。也因为互联网带来了难以想象的便利，好多报纸开始改成彩印，图片越来越多，文字越来越少。

我们取消了研究员部门和资料室，取消了撰述员和编辑的分工，缩短了作业流程，让编辑承担起更多职能和责任，有效控制了编辑成本。但从《时代》那儿学来的那种严谨风格，还是用心保存下去，也就是特别注重新闻事实准确和文字一丝不苟。

那七年编辑工作的"训练"，加上早先在上海社科院的七年研究工作，成为我后来做电视新闻和评论的根基。当前新媒体繁荣兴旺，传统媒体扎堆投入融媒体，信息之庞杂远非我们当年能够想象。与此同时，有些新闻平台也变了味道，新闻品质更加不敢恭维，常常触碰专业底线，编辑中的低级错误更是时有所见。有感于此，写下上面这些陈年旧事供新一代新闻人参考；也有无可奈何花落去的担心，算是为过去留下几笔记录。

(2018年)

直播是电视新闻"最高境界"

2018年9月23日秋分,咱们中国农民第一个"丰收节",早上6点多我就出门去上海电视台。中午我在朋友圈里说:"好久没做连续两个半小时的直播,只觉得一会儿就过去了,好看又好玩。有观众留言问东西哪儿可买到,是给我们点赞哪!"

这两个半小时挺过瘾,在我看来直播就应该这样。早上到了化妆间见到何婕,才知道就我们两人进演播厅,她主持,我评论。原定两小时,因为各地提供的片子内容丰富,加上记者现场连线,临时决定增加半个小时,《东方卫视》8点30分开始直播。

或许因为早年当过知青干过农活,这些年做新闻评论时对三农新闻一直很关注,有机会不时去乡下看看、听听,还多次参加央视农业频道的年终盛会节目。何婕与我是浙江兰溪同乡,在农村环境中长大。直播中我们聊起乡村的话题,一下就兴奋起来。原来拟定了四段穿插交谈时间,最后增加到了八九段,加上最后的收尾总结,内容都相当实在。

我一直认为直播是电视新闻的"最高境界",主要就在于现场的不可控。那种事前把每分每秒都安排得死死的,还要层层审阅,到时只是照着本子"上演",其实算不上新闻直播。

即使像这次"丰收节"直播准备算是充足,到时还是需要应变各种状况。

评论在直播中起了时间的"松紧带"作用,随时可以填补空当,衔接上下环节。评论也必须根据直播内容的推进和新的变动,及时提出相应的观点和信息,起到丰富和深化之效,有时更可画龙点睛。如何临场发挥,就看评论员平日的功底了。

这次直播对我还有特殊意义。今年正是我做电视新闻节目二十年,也是直播新闻评论二十年。1997年2月邓小平去世,我当总编的香港中天新闻频道作了通宵独家直播报道。但我自己从幕后转到台前,还是进了凤凰卫视之后。当时的凤凰卫视初创未久,一切都可以尝试,做人家没做过或不敢做的事情,包括即时新闻评论。最早一次是1998年3月北京"两会"报道,那时我连聘用合同还没签,就被推进演播室做评论,穿插在"两会"新闻特别节目中,每晚五分钟直播。

这种做法对我来说是第一次,对于中国电视新闻来说也可能是第一次。背后的原因还是资源实在贫乏,增加我的五分钟"口水",或许让我们的"两会"专题显得不那么单薄吧。题目我自己定,说什么也自己考虑,没有任何限制当然也没人帮你。好在我在平面媒体上写了十来年的新闻评论,就看如何用声音来表达。我不怎么怕镜头,就是对着灯光眨眼多了,内心还是有点紧张。

那年夏天美国总统克林顿夫妇访问中国期间,我们先后做了八场直播,也第一次有意识地安排我同主持人一起"撑"场面,第一次感受到现场评论成了很有用的"松紧带"。像克林顿专机飞抵咸阳机场,停机坪前欢迎仪式准备就绪,但机门久久没有打开。如果只是杨澜或陈鲁豫一人独白,很难维持太久。现在可以两人对谈,多聊聊他们到访的背景,美中可能触及的话题,甚至还扯到不久前刚闹出来的莱温斯基事件,直播气氛就好许多,内容也丰富许多。

最后一场直播克林顿到香港开的记者会,美方把香港本地记者和内地记者都安排在边缘位置,而且不给一次提问机会。结束时我对美方目中无人的做法给予评论:"克林顿的这场记者会好像是在白宫举行的,而不是在香港!"

当晚焦晃老师从上海传来一句话:"你应该就这样保持自己的语言风格。"太高兴了,这是我上电视后第一次得到观众的肯定。而且焦晃老师上一次见到我时我可能才十岁出头,他居然还能认出、还能记得。

| 凤凰卫视评论员团队:随时准备加入新闻直播 |

后来，新闻直播加评论成为我们的常规，尤其遇到重大突发新闻事件。1999 年的北约轰炸我驻南斯拉夫大使馆事件、2000 年的台湾选举、2001 年的南海中美撞机事件和美国"9·11 事件"，接着就是阿富汗战争、伊拉克战争……我们还发现，直播不仅能对新闻事件最快做出反应，而且还能够大幅降低运作成本。由此又萌发出新的节目形态即新闻评论，其重要性和盈利能力很快就超过新闻节目本身。

随时准备直播成为我们的职业习惯。像"9·11 事件"发生时我已下班回家，听到最初的报道马上打车返回电视台，一路打电话了解最新情况。其他同事不用通知也都赶了回来，有的主持人穿着汗衫短裤就坐上主播台。说直播是做电视新闻的"最高境界"，就是这个意思，如此经历人生能有几回！

时间最长的直播要数 2001 年北京申办奥运成功那次。报道的主场本来安排在莫斯科，因故临时转回香港，留守总部的我们只能仓促上阵，两组人马轮流，从早到晚坚持了十二个小时，第二天晚上又直播了六个小时的专题。我同陈晓楠一组，发现直播开始前她就不吃也不喝，直播中也不上洗手间。她说吃了东西上节目会妨碍思路，要把全部注意力放在看、听和讲上面，难怪被同事谑称"打铁的"。

直播也会有有趣的小插曲。北京申奥成功，全国欢腾，我们直播也在相互拥抱中结束。后来有观众特地问我："电视上看见吴小莉对你张开双臂，你却转过身去，为什么？"不为什么，我转身去取放在脚下的酒瓶；怕台里没有准备，我早上带了一瓶两公升装的澳洲红酒，那时派上用场了。

新闻直播最痛心的记忆，一定是大灾大难、战火腾起时同前方记者连线对话，结束时除了叮嘱他们注意自身安全，会感到自己帮不上一丁点忙，有一种无能为力的悲伤。再有就是直播中出了无法弥补的差错。记得十多年前曾有几位中国工程师在巴基斯坦被极端势力绑架，下午突然收到外电报道说巴军方开始武力解救人质，而且已经救出一位。

我们立即开始直播，导播接上了那位工程师山东家中的电话，主持人把外电所讲的告诉了他的父亲，老人当然十分高兴激动，连连表示感谢祖国。但没过多久又有更新的消息，那位工程师实际上已中枪死亡。直播结束后，年轻的女主持人为此痛哭不已，尽管很难说是她的责任。

最近十年，广播电台的新闻节目也加入了评论，包括直播。在担任中央人民广播电台《中国之声》特邀评论员那三年中，印象最深的是两次大直播：2009年的国庆节阅兵和2010年青海玉树地震后的全国哀悼。哀悼日那天全国停止娱乐，所有广播频率都并机直播，我们的声音覆盖了神州大地每一个角落。

未来新闻直播又将如何？我期待5G时代带来新的机会和新的刺激，电视新闻频道甚至平面媒体都可能转变为内容极为丰富、成本大为降低的新闻直播平台。有才华的新闻工作者，不论记者还是评论员，不论年轻的还是资深的，不论原来是传统媒体的还是新媒体的，不论原来是电视台、电台的还是报纸杂志的，都将到新闻现场拿着手机做直播。那一定是未来整个新闻事业的"最高境界"，今天已隐约能见雏形。

(2018年)

第二辑

杂文时评篇

清华园的三千天印象

最能感受到清华园之美的那一刻，是 2008 年 5 月末的那个早晨。结束汶川地震现场报道，我上一晚刚回到北京。早上骑车去"六教"（第六教学楼）上课，经过挂着"清华园"三个大字的"工字厅"（校长办公室）附近，突然停下来就想坐一会儿。四周是翠柳和各色花丛，美得不像是真实世界，尤其和脑子中仍然十分强烈的灾区印象对比着。

清华很大，从我住的"西南小区"宿舍楼去新闻传播学院小红楼或者去几处教学楼，都有好几条路可以选择。无论春夏秋冬，我最喜欢的就是绕行"工字厅"前的这一片花园，而且每次都会放慢骑车速度，多享受一下四季美景和空气中的负离子。明清在北京留下的皇家园林，今天平民百姓任何时刻都可以随意走一下的，大概就这一两处了。

能在清华园里面住上三千天，应该是我的福分。去年底重回清华参加一个全国新闻教学研讨会，我表示一个老新闻人能够退下来到大学教书，才算是完整的专业生涯。我自己年近六十时就有三个愿望，一是能到北京住上几年，感受国家政治中心的氛围；二是能到大学住上几年，边教书边整理提升；三是最好能到清华大学住上几年，那是我哥哥景仲读过书的地方。他比我年长两岁，1968年工作后不到两年因公殉职；我对那个特殊年代的清华有着特殊的记忆和怀念。

| 清华大学新闻传播学院小红楼。3楼左边第一扇窗户，即我待了九年的办公室。 |

2005年7月，我来到清华大学新闻与传播学院任教，三个愿望就这样同时实现了。开始的打算是三年，没想到延续到三个三年，成了老清华。学校提供的最好待遇，就是在老宿舍区有一套不大不小的住房，配备家具电器，三十年的旧楼冬暖夏凉。已从香港中文大学退休的妻子，和我就在清华的这个家中生活了三千天，同我们早年皖南上山下乡时间差不多长久。

一进校园马上就有松弛下来的感觉。学生已经放暑假，白天除了外来游客，只有刚入学的新生穿着迷彩服在大操场上列队军训。这场面还第一次看到，一张张红润的面孔让我感到自己真正老了。休息时间，他们拿起整齐排列在操场边的水杯，五颜六色一片。回想一下自己读大学时上课用什么样的杯子，最后记起根本就没有杯子。旁边传来一位女孩的稚嫩声音："曹爷爷，我爸爸一直看您的节目……"

从那一天开始，我就成为清华学生口中的"曹爷爷"，新闻学院还有"范爷爷""刘爷爷""王奶奶"。学院的小红楼在清华园的正中央，左邻为灰色的百年"清华学堂"，正面朝着校内最著名地标大礼堂和大草地，再往左就是毁后重建的"二校门"牌楼，上面有着清朝垮台前夕军机大臣那桐题的"清华园"三字。大草地一直让我惊奇，四周没有围栏绳索却极少有人上去走踏穿行。外来游客也如此，即使每天都可见到的拍婚纱照新人，最多也只是踩在边角上摆摆姿势，是尊重传统还是敬畏这一大片绿色？

清华出名人，新闻学院右侧就是水利系老楼。我们所在的小红楼建于1930年代，底层楼梯前有文字说朱镕基总理七十年前就在这里读书，那时为电机系。我的办公室在三楼朝西方向，外面红墙上缀满了爬山虎，新嫩的枝条甚至伸进关不严密的旧窗。夏天早上看出去一片浓绿，傍晚则是满屋金光渐渐转成赤红，与对面西下的夕阳融为一片。冬天为了挡风只能用塑料布把窗子覆盖严密，免得先前久住曼谷的米勒老师（美国人）受不住寒冷。小红楼属于历史文物，学院还不能随便自己修理。

骑车穿行校园，常觉得自己就在历史中漫游。清华人也许见惯世面，2005年李敖到北大访问时被围得重重叠叠，几天后到清华就自在许多，好多学生看了他一眼就去干自己的事情。对历史名人好像也如此，要不是别的老师指点，我就不知道每天都要经过的那片灰不喇唧旧砖房,正是林徽因、梁思成、杨绛、钱钟书的"新林院7号"故居,也就是他们做学问以及为猫闹架的地方。

后来旅游卫视要我拍一集片子介绍北京我最喜欢的地方,我立马就说拍清华,私心也想趁机增多了解它的过去。如朱自清"荷塘月色"一带的熙春园和近春园,就是咸丰皇帝当皇子时的府邸,也是清王朝巨典《古今图书集成》修书之地。又如"工字厅"西侧校宣传部所在的"古月堂",早年为女生宿舍,学生戏称作"胡堂"。男生不准入内,要追女孩只能隔墙飞书或者门口约会,钱钟书与杨绛一见钟情也是在"胡堂"门口。

有朋友来清华,除了会去"荷塘月色",也一定带他们去看"海宁王静安先生纪念碑"。那是王国维自沉后两年竖立,由梁思成设计碑式,陈寅恪撰写铭文,其中"独立之精神,自由之思想"一句应可流芳永远。纪念碑位于第一教学楼外面的小坡上,离"二校门"不远,与"工字厅"也只隔着一座小石桥,只是附近没有特别的标识,还常常停放许多学生的自行车,不那么好寻找。

我经常经过杨绛他们住过的"新林院",也应该不止一次经过老太太讲的"鬼打墙"地方。那是搭着一块石板的小沟,当年日本鬼子杀了好多战士百姓。有天晚上她"独自一人,怎么也不敢过那条石板。三次鼓足勇气想冲过去,却像遇到'鬼打墙'似的,感到前面大片黑气,阻我前行,只好退回家。"我很想知道"鬼打墙"到底怎么回事,所以每次深夜人稀灯昏一个人骑车回家,总有着这样的期待,可惜一次都没遇上。

开头几年清华家中上网不便，常在晚上去办公室。一天熄灯回家，只见整个校园都被大雾压得严严实实，只有近处的大礼堂和"二校门"还剩下朦胧的影子，真是难得一见的美景。一路慢骑慢行，也感觉不到有什么"大片黑气"。只是扛着自行车气喘吁吁爬上三楼，却发现家门变了，原来自己错进了前面那栋楼。想起早先看过的苏联电影《命运的作弄》，那个年月造的"火柴盒"居民楼都是一模一样，那晚也算是一种"鬼打墙"吧，还好没有开门进去。

在清华住了这么久，新事旧闻纠缠一起真是写不完。最深刻的印象是校园里四季分明而强烈的色彩，还有好多好多的大树。我家四周就如此，白天阳光晚上月光都会把枝叶的影子投入窗内，随风摆动。北京本来多树，几十年前从西直门外到清华的白颐路两边都是大树，现在大概就数清华保留最多，夏日尤为浓绿。

我办公室窗外正对着一棵高大的银杏树，秋风起时树叶几乎一夜间就会变成金黄，太阳照射下强烈得刺眼。"二校门"外的那排银杏树，更是每年秋天清华的一道风景，落叶把半条道路都铺成金色，叫人舍不得踩踏。我住的"西南小区"没有银杏，但梧桐树秋天落叶同样壮观。有一晚风大雨大，早上出门只见地下厚厚一层落叶被晨光照得一片金黄，抬头看树上的叶子也是一片金黄，上下包裹着四周楼房的红墙，宛如一幅巨大的立体油画。

又过了些日子北京开始下雪，整个清华园就会被白色覆盖。我遇到时间最晚的一场大雪，也带来了最美的雪景，记得是3

月18日，我刚完成"两会"采访回到学校。早上一睁眼发觉外面特别明亮，窗台上已积起几寸厚的白雪。我提前半小时去上课，为的就是一路看雪景、拍雪景。天空已经放晴，蓝天白云下的积雪特别耀眼，色彩对比也特别强烈。等我上完课出来，早春的阳光已把雪融化得差不多了。那是我在清华度过的最后一个春天。

（2017年）

报摊之恋

||||||||||||||||||

上海家附近的报摊消失快两年了,原址在造新的地铁站,每次经过那儿都有说不出的伤感失落。作为一个不甘寂寞的老媒体人,我成天上网玩手机;大概没几个人像我这样,知道微信朋友圈每天最多发四百条,超过了就会被关"禁闭"直到午夜12点正,因为我被罚过多次。但我还是离不开报纸,每天要看一堆报纸,每到一个地方定找当地主要报纸浏览一通。

其实,翻报纸寻找有用信息要比上网快得多,不会一条条打开后才知道是不是废话。而且从排版、标题、配图都看得出编辑同行的想法,不像网上小编常喜欢惊世骇俗。还有,我每天做电视、电台新闻评论,翻报纸时看到需要的资料随手撕下剪下、圈圈画画,比上网看手机方便许多。

几十年同报纸打交道,也就对报摊有了特殊感情。每次换一个地方居住,最先认识的邻居应该就是附近的报摊主,每天一大早去光顾,很快成了熟人。我在北京清华园住了九年,西南小区门外朝南五十米有个报摊,由一位胖胖的中年妇女打理。没几天她就知道我要哪几份报刊,晚去了或外出几天都会给我留着。后来还会给我妻子带点郊区的新鲜蔬菜,她们也成为朋友,常常谈论北京日常生活中的许多事情，她还织了一件毛衣送我们。

同报摊主人聊天，可以获得报刊行业的第一手真实"情报"，胜过看什么专家的调查分析。哪一家最近卖火了，哪一家越来越不行要关门了；科技白领常看什么杂志，农民工最多买什么报纸；女学生喜欢什么，小学生喜欢什么……他们都了然于胸，并按此布置摊面，不断调整，把最热门的报刊放在最突出的位置。

一天去买报，她突然神神秘秘地告诉我，某份财经杂志早上刚到，就有人来全部买走，接着又去附近其他报摊如此"搜购"。她觉得里面一定有名堂，特意为我扣下一本。那本杂志我保留至今，因为封面故事涉及的大买卖影响深远。

这些年平面媒体受到互联网冲击，同样反映在报摊经营上。卖得出去的报刊数量一年年减少，销售总额更是萎缩。要撑下去只有增加卖饮料、电话卡，还有就是多卖童书游戏书，吸引上学放学都会走过的北大附小、清华附小学生。一到放假，生意就十分清淡，尤其是隆冬腊月北京滴水成冰，天又黑得早，她和读小学的女儿只能躲在摊位里面，开着小小的取暖器。我一直提醒她小心别着火，四周全是纸哪！

时间久了，谈的事情也多了，知道她从江苏扬州那儿来，离了婚。女儿大了，要回老家读中学，是她最担心的事情，常问我怎么办才好，到底该陪女儿一起回家，还是留在北京守着这个报摊。一天她喜滋滋地告诉我要回老家结婚了，不会再来北京。接手报摊的是位小伙子，不怎么上心，常常看不到人。最近北京的媒体朋友说清华大学里面已没有一家书报亭，不知西南小区门外的这家是否还活着。

我熟悉的北京另一家报摊在东四环大望桥附近，上海文广驻京办的大楼旁边。我每年3月都要为《东方卫视》做"两会"现场评论，那半个月就住到那儿。摊主是对三十出头的小夫妻，好像来自河南，也有个在北京读书的女儿。见到我打招呼："您又来了，两会要开了？"第二句就问，"这次会不会开放外来孩子在北京读书？"我只能如实答道："没有消息，大概不会吧。"

一年又一年的失望，终于今年他们不问了，反倒我问"孩子读书怎么啦？"听到的是一声叹息。"回老家上中学了，只能那样，不然跟不上课程考不上大学。"来北京打工的家庭，孩子都是这个命吧。他们自己呢？"原来租借的地方不让住了，只能搬得更远，也不知明年还让不让在这儿卖报。"

上海的报摊一个个消失了，连便利店也都不再售卖报刊，只能回到邮局去订阅，有点上个世纪的感觉。只是那时日报一早就送到信箱，《新民晚报》4点左右就可以让家家户户拿在手上。现在不知为什么日报要过了中午才能收到，晚报就成了名副其实的晚报，一般5点以后。曾对邮局抱怨，他们只能回以苦笑，意思是"你懂的"。其实我不懂。

经常去别的国家兜兜转转，看到人家国际大都会的报摊报亭都还在，难免心生羡慕嫉妒恨。但反过来想想，也许咱们这方面走在了前面，就像手机支付那样。

(2018年)

莫言小说是姜奶奶的识字课本

　　莫言又出新小说了，我想姜奶奶一定会抢着细读，因为莫言写的还是她最熟悉的山东老家事情。不过，她应该不会再靠着老乡莫言的小说来识字，现在她自己也成为名声在外的作家，也参加了中国作家协会。莫言自五年前获得诺贝尔文学奖后，直到今天才有新的小说面世，姜奶奶正好从莫言获奖那年开始发表作品，以后每年出版一本作品，比莫言多产得多。我问她今年打算出的那本会讲些什么，她说还是那些民间故事。这让我马上想起三四百年前，同样是她山东老乡的蒲松龄和他的《聊斋志异》，只是她把到乡下收集故事叫作"上货"。

　　姜奶奶大名姜淑梅，今年八十整，凤凰卫视的许戈辉在《名人面对面》节目中就叫她姜奶奶。姜奶奶本身就是奇人奇事，六十岁开始识字，七十五岁开始写作，有人称她"笔下故事篇篇精彩传神，每个字都'钉'在纸上，每个字都'戳'到心里"。但如果没有莫言和他的小说，也许就没有她的奇迹。早就有报道说，她就是因为看了那位山东老乡的《天堂蒜薹之歌》《檀香刑》《蛙》和半本《红高粱》，感到"这个我也能写"，于是中国就产生了一位新作家，也是"老"作家。

不久前，江苏卫视周六晚间节目《阅读·阅美》请来了姜奶奶和她女儿张爱玲（作家艾玲）。录制中我问老太太最喜欢莫言哪个作品，她说是《天堂蒜薹之歌》，里面讲的事情她最熟悉。她还告诉我们，正是因为熟悉，早先她也把莫言的小说当作识字课本，边读边猜，认识了好多字。大家都说莫言是最接地气的当代中国作家，但究竟什么叫接地气，姜奶奶的例子或许正是最好的说明。她喜欢的另一位作家是河南的乔叶，因为河南的风俗很像山东，她熟悉，"细节真细"。

姜奶奶六十开始重新识字主要不靠别人教，除了看书猜字，就是看电视戏曲频道，通过屏幕上打出的唱词来认字。她还会自编快板、歌词，自己说唱，叫孩子用文字记录下来，她再反过来把这些字都认出来。另外，走到街上看到路牌、广告、招贴等上面有不认识的字，随时就问身边的孩子甚至路人。认的字多了，就可以看书；看的书多了，就有了把自己经历和知道的事情写出来的冲动。

这种学习方式和途径很特别，而且是她自创的，够神奇。但人的学习能力本来就相当神奇，想想自己小时候认字看书，也不是光靠老师课堂上一个字一个字地教，也是连蒙带猜、生吞活剥，小学一年级就干掉了《水浒》，而且还是繁体直排的旧版。从姜奶奶又想到了我的祖母，在家我叫她婆婆。我们祖孙都属猪，我八岁那年她正好八十，我读小学二年级，她文盲。那时，上海里弄里面推行扫盲运动，祖母就要我教她认字。

不只我教，她同姜奶奶一样看到不识的字就问别人，还会一笔一画记在纸上，我母亲和兄姐都是她的老师。她也开始看家中的书，看我们孩子的书，这本看不懂就换别的一本，喜欢看的可以看到半夜，我们睡了她还"秉烛夜读"。不知什么时候她会写信了，写给儿孙。远在香港的父亲第一次收到母亲来信，真是又喜又惊，"句句中肯，十分恳切"。尤其是信中"钱不可不用，却不可乱用"的训示，让父亲的朋友都大为赞叹。

  八十识字或许晚了一些，不然我祖母也可能把自己的人生和乡下的故事写出书来。而且，她和姜奶奶都是很好的例子，说明老年人仍然有很强的学习潜能。同样在录制江苏卫视《阅读·阅美》时，见到了已经成为"网红"的志愿军老兵尹吉先。他为了告诉年轻人真实的战争，七十九岁开始学电脑打字，而且用的是汉语拼音输入法，尽管他自己仍然是浓厚的山东口音。我还知道，上海老人饶平如八十七岁那年妻子离去后开始作画，记录他们六十年的夫妻生活和感情，已出书十八册，还被外国出版社翻译出版。为了表达对亡妻的思念，他九十岁开始学钢琴。

  虽然不是每个人老了都能如此，但千万不要低估了老年人的学习和创造潜力。六十退休之后，好多朋友反而有更多时间去学去做自己喜欢的事情，尤其是本来一直想做而没有时间和机会去做的，甚至像姜奶奶那样进入人生的"第二事业期"。《阅读·阅美》节目中另一组嘉宾，四位平均年龄近九十的老爷子，就结伙闯到国际老年田径赛事中，最后"打遍天下无对手"，更破了他们那个年龄组的四乘四百接力世界纪录。前年为抗战胜利七十年到山东枣庄采访年逾八十的退休教师任世淦老人。他六十岁后即全力搜找台儿庄战役史料，骑自行车行走数万公里遍访一千五百村庄，成为名副其实的专家。

今天社会中，退休老人的各种活动主要还是自娱自乐，手机微信上也往往自成群体，结果是一起慢慢老去以至最后消失。外界很少去发掘他们学习新事物的能力，更谈不上去研究其中的普遍规律，为他们发挥仍然丰富的创造力提供机会和条件。实际上，阅历、经验、知识积累以及顽强和坚持，往往正是老年人有可能再创人生辉煌的优势和资本，"褚橙"的褚时健老先生不应该只是孤独一例。记得我祖母八十多岁还为全家大小做棉鞋，用家乡带来的麻搓成线再勒过蜂蜡，用平时捡拾的碎布片浆成又厚又硬的鞋底，用钻子加粗针一孔一孔地扳紧扎牢，其精细结实放在今天大概可以"申遗"了，却还有谁能做得出呢！

成见和常规应该颠覆，尤其是我们这一代人，由幼至老从来就不会按部就班过日子。最近母校复旦大学要纪念77、78级大学生进校四十年，颇为隆重。但如果还只是停留在歌颂恢复高考的历史意义，或者追忆那几年"史上最佳"的读书气氛，那就过于局限了。同当年西南联大一样，那几年中国大学教育恢复期之所以不同寻常，之所以值得留恋怀念，还因为其中一定有值得探讨的地方，也就是"兵荒马乱"状态下才可能发现的真正教育规律。

与今天一刀切的中学毕业读大学很不一样，我与同班的应届生同学年龄最多相差十二至十四岁；我们六六届是读完高中停顿了十二年重又进入课堂，比我们小六七岁的那些同学基本上没有接受系统的中小学教育，考入大学后才从 ABC 开始学英文。是不是这种出于历史无奈而造成的多元混杂，加上宽松的学校环境和密切的师生关系，反而有利于人才成长，让每个学生都有可能找到比较适合自己的学习方式？应该是，可惜至今没有看到这方面的深入研究。西南联大和我们 77、78 级的大学生涯，或许应该成为当前中国办世界一流大学的国内参照。

如今 77、78 级的也都老了，我们这些六六届高中生已入古稀行列，当年的应届生也接近退休。无所作为的养老不是我们心甘情愿的结局，用当年打破常规的心态来开创尚余的未来，不是更好？姜奶奶、我祖母和其他许多老人都可以做到的，我们当然可以。

（2017 年）

还是不开书单为好

北京有朋友最近组了个读书会，邀我加入并开个书单，以推动全民读书"开卷有益"。这可难倒了我，六十岁以后看书一年少过一年，到如今一个月翻不了几本，而且多是先前看过的老书。新书常常打开了只看了个头，有的打算过几天再看，但过几天就忘了。倒不只是老眼昏花，也没有懒了下来，而是可看的、要看的东西越来越多，光是打算看的电影片子就有成百上千部，何况每天都要对付可爱又可恨的手机微信，把报刊杂志都挤到边上去了。

如此状态，如何给年轻人开书单？首先是每天都有无数新书印出来，网上更多，这辈子绝对看不过来，哪还有资格给别人开书单推荐呢？另外，网络时代好书自有公论，各种列榜排位打分给星的办法早就流行，读者，尤其是年轻一代，真会把某某人开的书单当回事？到头来会不会只是一场"文化人"的自娱自乐？

或者可以做的，有点用处的，只是讲讲自己选书和读书的陈年往事，讲讲哪些书影响了自己的一生，就像鲁迅先生那样只是"略说自己的经验"。只是他的经验之谈"要少——或者竟不——读中国书，多看外国书"，这帖猛药比所有其他文化名人开出的书单都更惹人注目,居然引发一场笔战。

鄙人无胆学鲁迅先生把话说得那么透,还是从记忆中挖出五个书名给了北京朋友交差,不敢作为推荐书单,只能算是个人阅读经历的极简回顾。因为这五本,H.G.威尔斯的《世界史纲》,威廉·曼彻斯特的《光荣与梦想》,还有《聊斋志异》《史记》《共产党宣言》,都属于我的启蒙书范围。

不久前收到巴黎传来的一张照片,是法国"黄马甲"运动第二十个周末示威现场,一个挺帅的小伙子在街头全神贯注看着一本薄薄的书,封面为法文的《共产党宣言》,作者马克思和恩格斯。想想我读《共产党宣言》的年纪应该同他差不多,也是在热情澎湃的狂飙年代,步行串联两个月我打在背包里的就有这本书,一路读了又读。

| 2019 年 12 月,我和书房 |

途中还会与同行朋友一起放声呼喊:"一个幽灵,共产主义的幽灵,在欧洲游荡……无产者在这个革命中失去的只是锁链。他们获得的将是整个世界!"由此燃放的激动一直带入十年知青岁月,不只细读大部头的选集和原著,就连注解也不放过,从中吸取了许多人文知识,受用终生。

另外几本书都是我在复旦大学四年中细细读了的。《史记》和《聊斋志异》下乡时看过不止一遍。进复旦学历史后,《史记》成了我上中国古代史课的自选教材,接着又读前后《汉书》《三国志》和《资治通鉴》。《聊斋志异》最吸引我的除了故事,更有作者的文字和写作功力。我后来在大学教课时,经常劝新闻学院的孩子细读《聊斋志异》,看看蒲松龄怎样用短短几百字,一层扣一层,把一个复杂的故事讲得清清楚楚,一个多余的字也没有,却可以给我们留下丰富的想象空间。我们写新闻报道的能有这样的本事吗?

我从大学开始特别关注美国当代历史和美国经济,后来做新闻工作也对美国的事情喜欢深究,《光荣与梦想》正是引路之书;复旦的大学毕业论文以1940、1950年代美国的麦卡锡主义为题,也是读了这本书的结果。今天关于美国的各种权威专著多不胜数,但在中国产生的影响没有一本比得上《光荣与梦想》,因为那是1980年代,许多当年的文科生都有类似体会。

撞上英文原版H.G.威尔斯的《世界史纲》是我的幸运。说是撞上,因为之前我从来没听说过这本书,也不知道早就有中译本,当然更不可能知道吴文藻、谢冰心夫妇和费孝通先生等名家高手已经准备重新翻译。我只是希望在上世界历史和陈仁炳老师专业英语课的时候，找一本英文原版的教材，既读历史又学英文。

作者的名字也刚知道。恰巧那时正边抄边看内部出版的《光荣与梦想》第一卷，知道 1938 年让全美国都陷入火星人入侵恐慌的广播剧，依据的就是 H.G. 威尔斯的科幻小说《星际战争》。但他的《世界史纲》有着更大的影响力。已经忘了怎么拿到的，可能是向哪位老师借的，反正有差不多一整年放在手边，成为我这辈子花了最多时间的一本书，起码几百小时。

暗暗的蓝灰色硬封面，纸张泛黄，字小行密，看起来有点累。更累的是我那时的英语能力还差一大截，必须咬咬牙一个词一个词查字典，再把每一句的语法搞清楚，才能大致明白作者的意思。开始时一天读不了半页，后来逐渐加快到一天几页，等到读完最后一页，放在旁边的《简明英汉词典》早已翻烂，花六块钱换了本新的。

值不值？太值了！首先是一字一句读完《世界史纲》，词汇量扩大好多倍，复杂的多重句子看多了，再翻看其他英语书籍和报刊就不那么困难了。更大的收获是一面细看一面多想，对历史有了整体的思考和理解，不再因国别、断代的划分变得支离破碎。

我的看书方法应该只适合那个年代的我，今天的年轻人一定会有自己的选择。读自己的书，走自己的路，什么时候能够撞上一本特别喜欢的书，甚至改变人生轨迹，那就要看缘分了，别人开的书单帮不上忙。

(2019 年)

五千"廉价"劳力编《辞海》

我不清楚香港报刊的平均稿费是多少，但知道稍有点名气的专栏作者一天涂上几千字，每个月赚上几万元，大概是不成问题的。而上海的一位老教授，把几十年的光阴耗费在编写《辞海》的条目上面，所得的全部报酬，连同这些年的工资收入，也就是这么个数目。几十篇拉拉扯扯、看过即弃的"豆腐干"文字，其价值怎能同《辞海》相提并论，但用金钱来称量却差不了多少，世上岂有什么公平可言。

圣诞节我到上海拜访了这位沈蘅仲教授（他是上海第一批中学特级语文教师），获赠最新版《辞海》的缩印本。翻开前面的编辑委员会名录，内有他和夫人（王淑均女士，华东师范大学中文系教授）的名字。他又翻到已去世的编纂人员名单，指出他女儿的名字。对他说来，全家两代人的辛劳最后能够在《辞海》留下三个名字，已经是最大的满足，至于有多少酬劳，甚至有没有酬劳，都不是什么大不了的事情。像他那样参与《辞海》编纂的，前后共有五千多人，从没听说有什么人因为计较酬劳而拒聘。

最早的《辞海》于1915年开始编纂，历时二十年才出版。毛泽东主席把修订《辞海》当作一件大事，调集全中国的顶尖学者共同参与，1965年刚出了未定稿，就因"文革"而全面停摆。"文革"后我进大学读历史，好几门课程没有完整的教材，主要就靠未定稿的有关分册来对付功课。1979年新版《辞海》总算面世，厚厚的三大册，十万个条目，内容和份量都比1936年的旧版多几倍，差不多是一部百科全书，但不少条目仍然带有浓厚的特定政治色彩。

此后十年一修，又有1989年版和现在的1999年版，越修政治味道越淡，内容也越能够跟上时代变化。1999版"香"字下面，就增加了"香港特别行政区"和"香港电视广播有限公司"等条目。除了三卷普及本和单卷缩印本，另外还出豪华的五卷彩图本、各学科分册和光盘。缩印本最实用，查字比三卷本快得多，而且不那么占地方，价钱也低许多（人民币二百三十元，不到三卷本的一半），只是字号很小，不大适合老花眼的人。

修订《辞海》虽然是全国性工程，中心却不在北京，而是在上海。当年上海除了编纂《辞海》，还承担另一项全国重点项目：编写历史上最庞大的《英汉大词典》。1980年代初我在上海社科院上班，隔壁就是《英汉大词典》编辑部。每个办公室里起码摆着二三十张桌椅，挤得满满的。那时夏天没有冷气，冬天没有暖气，参加编写词典的学者从早到晚就在那里翻卡片、查资料、写稿子，每一个条目都翻来覆去，一遍又一遍改写。就这样一做就是十几年，许多人头发从花白变成全白，1993年《英汉大词典》才正式出版。编纂《辞海》的情况同他们差不多，只是工程更加浩大，时间更长，过程更加曲折，参与者更加辛苦。

《英汉大词典》出版后，立即被联合国选中作为典范，取代原来台湾出的英汉词典。估计今后许多年内，很难再有别的什么词典能够挑战它的权威地位。《辞海》也是如此。全球中国人的社会，除了中国大陆，谁还有本事集中这么多的顶尖学术人才，用这么长时间来编纂这么庞大的中文词典？参加过《辞海》编写的人士，前后共有五千多位，确切数字大概没有人弄得清楚了；中途去世的也有数百人之多。最近有人写了一本《辞海纪事》，为后人留下一点历史记录。

1999版《辞海》两千万字（缩印本一千七百零八万字），十二万个条目，除了新增加的，大部分是在上一版的基础上重新改写。每字每句至少经过几十遍的推敲、修改，审了又审，查了又查，才能够最后定稿。到了出版社，再经过三次审稿，三次通读，十次校对。1999年9月付印，但因12月澳门回归中国，2000年1月重印时又修订了相关条目。其中究竟用了多少人力，谁也算不清楚。

现在的问题是，参与前后三版《辞海》编纂的学者多已年迈体衰，2009年的那一版谁来修订？不是说中国出不了新的人才，今天光是博士生就成千上万，但愿意长年累月"坐冷板凳"的人毕竟越来越少了。加上市场经济使金钱变得越来越重要，政府也不可能一声令下就调集几千名专家教授来编词典，至少要按照市场价格支付报酬。也就是说，今后中国的知识分子再也不会是"物美价廉"，而是"物美价昂"。可以预料，下一版《辞海》的修订成本一定会增加许多倍，也不可能再搞人海战术了。

也有可能，随着计算机资讯科技和互联网的发展，原先那种完全靠学者来编纂大型工具书的方法将彻底变革。《辞海》或许应该像《大英百科全书》一样全部上网,这样就可以不断修订,不断增加新的内容;所有使用者都可以参与其事,都可以发表意见,特别是对尚无确切定论的新事物,可以让多种不同见解并存,还可以同其他网上工具书联网,成为真正的知识海洋。所以,到时候是不是还需要出什么 2009 年版《辞海》,今天都难以断言。有鉴于此,1999 版的《辞海》就可能变成珍贵的绝版,去买一套当作收藏品吧。

(2001 年)

来聊聊养狗吧

楼上搬来一家外国人，讲英文，一男一女俩孩子，看上去挺活泼机灵。只是傍晚或者周末常会听到顶上有奔跑跳跃的声响，有时还会震动天花板。一次在电梯里遇到他们下去遛狗，就问，"你们经常在家练舞蹈还是体操？"他们愣了一下，突然相视笑了起来，指着身边的狗说："是它！"

原来如此，我也笑了。可以想象白天家中无人，那狗是多么的无聊，弄不好还会被拴起来。到晚上总算见到主人，又有了活动的自由，当然就一个劲地撒野，四个爪子弄出的声响居然比大人小孩还厉害。

我也养过一条狗，四十多年前下乡务农的时候。小黄狗无主，大概来自附近村子，给了点吃的就不肯走了，就此跟定我。我叫它鲁彼特，一部阿尔巴尼亚电影里人物的名字。其实也不算养，它自己会在宿舍周围找东西吃，大家都会喂它一点。晚上以连队的谷仓为家，还会多管闲事追咬老鼠。

它很听我的叫唤。有时不知跑哪儿去了，放声一喊"鲁彼特"，对面小山坡的草丛里就会探出半个黄褐色的小脑袋，竖着俩耳朵，连奔带跳直窜过来、扑过来。养了一年左右，有一天它不见了，再喊也没用，听说被连队里几个小青年打了、吃了。

　　我没去追究是谁干的。那些年我们农场伙食差，曾有"三月不知肉滋味"的日子，又天天干重体力活。时有队友熬不住了，到附近老乡那儿弄只鸡、打条狗，回来放进铝制脸盆（也是脚盆）加点盐和葱姜，地上用砖头石块搭起临时灶头，点着柴火煮个半生不熟，一伙人你一块我一块饱餐一顿。

　　有人会到邻村偷鸡摸狗，被抓到难免挨顿揍。通常还是找老乡买，或者用粮票换。狗重几斤就给几斤全国粮票，用麻袋套着打死背回来。现在想想蛮残酷的，而且自己胡乱对付不好吃，但那时有肉就不错了。

　　以后回上海、去香港我都没再养过狗，主要没养狗的条件。一是狗要人照顾，没这份空暇；二是家小屋窄，没这个空间。到朋友家看到有狗少不了逗弄一番，就会想起鲁彼特。人狗情难了，养狗时间久了，对狗会像家人般难舍难分。有朋友因为养狗不再外出旅游，就是不放心托付别人照料。还有朋友因为养了十来年的爱犬去世，无法在原来家中住下去而搬去别处，以免见物生悲。

　　台湾的陈文茜女士出名的喜欢狗，"我的狗就是我的孩子"。问题是狗的寿命比人短得多，要养狗、喜欢狗就须有生离死别的心理准备。好多年前在台北采访她时，就看到书房地上趴着一条白色的狗，衰老得已快站不住、走不动了，爪子一直在地板上打滑。几年后这条狗以十八岁的高龄离她而去，她哭了又哭，"哭到两三条街外都听得见"。听说她已立下遗嘱，留下不小一笔钱用来照顾她的"孩子们"。

　　养狗要用心，要讲规矩，比如遛狗。这些年我去各国拍摄或旅游，见到有人遛狗就注意观察，看看有没有用带子牵着，再看看如何处理狗屎。最有趣的是阿根廷首都布宜诺斯艾利斯，有专门替人遛狗的职业，街头常看到一个年轻人牵着好几条狗慢跑快走。当地朋友说，法律规定一个人最多可以同时遛八条狗，再多就怕管不住会出事。但就算只能带八条狗上街，你有本事对付吗？

欧洲几乎每个小镇街头都会有放置专用狗屎袋的小箱子，任由遛狗的居民取用。都是差不多大小的塑料袋，颜色各地不同，上面都印着收拾狗屎的四个步骤：先把手伸进袋子，隔着塑料捏起地上那堆东西，再把袋子反过来，口上打个结丢进垃圾箱。我试过一次，挺好。

记得在阿尔卑斯山麓小国列支敦士登街头问一对遛狗的夫妇如何处理狗屎，他们拿出随身带着的专用塑料袋，说是超市里面都可以拿取，又掏出一瓶水说，"清理后还要用水冲洗干净"。这真叫我肃然起敬，但对他们或许就是理所当然的事情。

养狗是私人的事情，不能因为自己养狗就侵犯他人权益或公共权益，所以要有规矩。如果大家都能够守规矩，就不会发生多少纠纷和争执。有人养狗、喜欢狗，也有人不养狗、不喜欢狗，如果有的地方私人空间和公共空间都足够大，养狗和不养狗的一般可以相安无事，有关规矩和管理也应该比较宽松。至于像香港，人口密度世界第三、东亚第一，养狗就不是容易处理的事情，非要依法定规不可。

与上海朋友谈起近期因养狗引发好些社会矛盾，有人强调公民有养狗的权利，我说："养狗要看环境，要有前提。如果会妨碍别人，就可以限制以至剥夺你养狗的权利。香港就如此，这才叫法治社会。"我在香港居住的小区从一开始就规定不许养狗，已经三十多年。曾有住户违规养狗，又不听劝告，拒不把狗送走，结果被告上法庭，输了官司还罚钱。

香港地方小，楼挨着楼，好多住宅小区都立有禁狗令，写入小区自己制订的"公契"，也就是香港法律之下的小区内部法规。业主买楼时须接受这些规矩，入住后也必须遵守。如果规定不能养狗，而你一定要养，只有另找允许养狗的地方去住。

一个城市要把养狗的事情管好，不能只靠政府做出各种"一刀切"规定。实际上，政府规定得越精细具体，就越难有效施行。看看人家怎么管理的，或许会得到启发，有所醒悟，不再纠缠不清。

（2019 年）

厕所的稀缺与小农的终结

若问，2009年中国最重要的事情是什么？多数人或许会选中国刺激经济抗拒全球金融风暴的冲击，或者乌鲁木齐"7·5"事件。但在笔者看来，2009年到今天为止中国最深刻变化，是数千年以来的小农经济正加快走向终结。而同时出现的，是某些地方的厕所极度稀缺。

在浙江省的宁波市和嘉兴市，外来务工者（也就是农民工）人数已经同本地人口不相上下，甚至更多。在近郊或者工厂附近的村子里，原来人口一两千，竟然容纳了上万甚至更多的外来打工者和他们的家属。本来农家自住的房屋，现在分隔成了许多小间出租给外来者，多数是全家老少四五口、七八口挤在一个狭小的空间里。

我在宁波采访时，问他们最大的生活难题是什么，回答不是工作难找，不是工资太低，而是"厕所太少"。是啊，住的地方虽小，仍然可以多挤几个人，但厕所还得一个个上，还得有个先来后到。可村里就那么几个简陋的公共厕所，为了不耽误上班出工，他们每天早上5点就要起来排队。

嘉兴一个村子的外来者早先都是四处"方便"，弄得环境污秽不堪。加强管理后，村委会决定为他们建几个简易厕所。虽然新来的打工家庭仍然抱怨厕所里面很脏，但毕竟四周的情况好了许多，村里的河道也干净许多。当地政府也许应该像垃圾集中处理一样，购置一批流动厕所放到那些村子里，每天定时回收清洁，再放回去。这样一定可以显著改善外来打工人员的居住环境，减少疾病。

外来打工者就是在这样的环境中住下了，安了家，短的四五年，长的已有十来年。最新的变化，是他们开始把孩子从家中接了过来，一般还都不止一个，因为浙江这儿的学校要比他们江西、安徽、四川的老家好许多。为了孩子，住得再挤也可以忍受。

再有的已把家中的老人接了过来，那就不再回老家了。问他们家乡还有什么，回答说完全搬过来了，很少再回去。老家旧房子空关着，土地让给别人种，多少给一点口粮就行了。这些昔日的中国小农，就这样主要靠着自己的努力，大致完成了从农村小农到城市务工者的转换过程。

未来，再打几年工，积蓄了足够的钱，他们打算在城里买房。也许只是面积不大的二手旧楼，但他们终于可以搬出村子，不必早上 5 点钟起来排队候厕所了。更重要的，到那时，他们就成了真正的城里人，虽然还不像当地农民那样可以直接拿到城市户口。

年初春节前后，中国沿海出口加工业受到全球金融风暴的猛烈冲击，有消息说大批农民工举家回乡。但浙江那些村子里的外来居民告诉我，他们中大约有三分之一已经把家搬了过来，不会再回去了。

一边是千万劳动力从农村转往城市、工矿、工程建设，另一边是土地（使用权）的大规模集中和大农业的涌现，这是去年中共十七届三中全会之后，我在每一个地方都看到的事情。变化之快、规模之大也许超出主政者的预期，甚至可能已让他们担心，但其势难挡。

四川地震灾区都江堰的一个山村已经重建，村民分到一套全新的别墅式新居后，许多人都打算出租给别人办农家乐，农地则由村里集中流转给外来的专业大户，每亩每年租金五六百元，自己再外出打工。

河北最北边的贫困县沽源全部人口二十三万，就有六万人到北京及河北一些地方打工，等于每家每户都有壮劳力外出。另一方面，蒙牛及几家连锁快餐集团却到那里"圈地"种植，每亩水浇地年租二百，旱地一百。蒙牛租下六万亩旱地种青饲料，自己打井浇地。

至于大城市周边，那更是各地政府"城乡一体化"的大试验场，小农经济正在被连根拔起，彻底结束。

（2009 年）

"双十一"百年之际

从澳大利亚漫游三个星期回到上海，刚想就那儿的"双十一"百年纪念写点什么，就收到北京寄来的新一期《三联生活周刊》，封面大题为："一战"结束百年/中国：融入现代世界。数了一下，整个封面故事为四十五页篇幅，可见编辑之用心，有魄力、有格局，毕竟一战这个题目很冷，至少对于今天的中国距离很远，无论时间还是空间。

但在今年（2018年）11月11日（上午11时）一战停战一百周年之际，我们如果仍然只记得这天是"剁手节"狂欢，在世人面前未免显得有点轻薄可怜。我在上海外国语大学开课讲二十世纪的世界，一开头就说"不了解第一次世界大战，就无法搞明白今日世界和中国的演变"。

早几天我在墨尔本附近搭乘蒸汽小火车进山，站台上看到一位当义工的白胡子老先生胸前缀着一朵小红花。那是纪念一次大战阵亡者的熟悉标志，红罂粟花。去年此时我去南美，上了英国人占领的福克兰群岛（阿根廷称马尔维纳斯群岛），小邮局柜台上就放着一盒这样的小花，供人拿取佩戴。

在欧洲大陆，常常可以看到点点如血的红罂粟花在风中微微颤动。它成为对一次大战的纪念，或许因为加拿大军医麦克雷生前写下了著名战地诗歌《在弗兰德斯的战场》。百度老总李彦宏的宝贝女儿Brenda在电视节目《越野千里》中，对老爸用英文念了这首诗："In Flanders fields the poppies blow（在弗兰德斯战场，罂粟花随风飘荡）……"弄得他差点哭了。

小小的她会选这首沉重的诗篇送给父亲，大概因为她自幼在美国受教育。在许多欧美国家，每年的"双十一"都是阵亡将士纪念日，少不了朗诵《在弗兰德斯的战场》；今天欧洲旧战场上一望无际的红罂粟花，象征着永远长眠此地的无数生命。这场战争太残酷了，每天都是对成千上万年轻人的大屠杀。在法国凡尔登战役纪念地，人们可以发现堆积起来的头骨上"全都有漂亮年轻的牙齿"。

没想到，对距离战场万里之遥的澳大利亚（以及新西兰），一次大战也留下极深刻的伤痕。同欧美国家一样，澳洲大小城镇都有为当地一战、二战阵亡子弟兵而立的纪念碑墙，上面刻着一个个名字。在西澳大利亚的约克小镇，旧市政厅大门进去左右两侧分别为一战和二战纪念墙，只是一战阵亡者的铭牌许多被拿掉了，为什么？

一位"师傅"把我带到他的房间，俨然就是工匠作坊。他正用传统的工艺，把取下的三百枚铜牌一块块用酸液浸泡清刷，让每个年轻的名字重新发光。他说，马上就要到"双十一"停战百年的日子了，镇上会有隆重纪念活动。

一百年前澳大利亚人口才刚过四百万，为了支持宗主国英国，整个一次大战期间先后募集了四十万年轻人，与十万新西兰军人一起组成澳新军团,他们陆续被派送到欧洲等地战场,为协约国打了许多硬仗。尤其是拖延了十一个月的加里波利之战,因英国海军大臣丘吉尔指挥失当损失惨重,光是澳新军团就阵亡过万,伤逾六万,留给两国的巨大痛苦至今难忘。

到最后停战之日,已有六万澳大利亚年轻军人葬身一战战场,比后来的二次大战还多两万。加上战伤的十三万多,伤亡总数占澳大利亚全国人口的二十分之一,高于法国的二十八分之一、德国的三十二分之一,更远高于宗主国英国的五十七分之一。

澳大利亚此时正逢春暖花开,在西澳洲最南端的港口城市奥尔巴尼,一场特别的展示出现在一战阵亡将士纪念公园荣耀大道的山坡上。当年澳新军团四万一千多人就在这儿登船出航,其中的许许多多再也没有机会重返故乡。

今天,英国著名灯光艺术家蒙罗用光纤连接了一万六千颗小灯泡,布置出名为 Field of Light(光之原野)的作品。晚间我们与当地市民一起徘徊在道路当中,两侧的万千灯光在绿白金三色间不断变换,瞬间还会呈现出淡红色,犹如不散的亡灵仍与世人相伴。

第一次世界大战深刻改变了世界,改变了每一个参战国家。对于中国,《三联生活周刊》以"融入现代世界"点题,也只是一个侧面。从整个世界格局来看,如果没有一战严重削弱了西方列强老牌帝国,中国迟早会被他们进一步瓜分,难以成为统一而独立大国进入国际舞台。一战引发俄国"十月革命"并给中国送来了马克思列宁主义,又直接导致中国共产党的成立和中国新民主主义革命的开始。从今天一战"双十一"百年到明年中国"五四"运动百年,其间的历史脉络很是清晰。一战对于中国,真不是只派出十四万"华工"参战那么简单。

(2018年)

你还想加我的微信吗？

几乎每天都有新老朋友要加我的微信号，我的回答是："好的，不过……"

不过，这个"不过"没有一点拒绝的意思，只是想提醒对方可能的后果。"不过——加了我微信可能会'吃勿消'。我每天在朋友圈里发好多东西，会把你原来要看的都'淹掉'。如果受不了也尽管把我从你朋友圈里屏蔽掉，保持一对一联系就可以了。"有时我还没说，在旁边的妻子已经开始"警告"人家。

"那你每天究竟发多少条朋友圈？一百还是两百？"有朋友帮我数过，数到两百多条就乱了。想知道确切答案，谁能告诉我朋友圈一天最多可以发多少条？到现在为止，除了腾讯的朋友，真还没有人知道，在我告诉他之前。

大概没人像我这样疯狂"刷屏"，以至于没过几天就会一不小心碰触了"天花板"，被腾讯关禁闭不准再发。"天花板"究竟是两百条还是三百条，不妨自己试一下。不过，一旦发现自己也被关禁闭千万别慌，以前是二十四小时以后就会"重获自由"继续发朋友圈了，一秒钟也不会耽误，后来改为午夜 12 点解禁，新的一天开始了！

刚开始遭到"禁闭"难免有点郁闷，后来也找到了对付的办法，最简单的就是前仆后继、用另一个微信号接着发。还有就是接近开禁时刻，可以先积聚几十条要发的东西，时间一到批量齐发，很爽。

如果你已经发现一个微信号每天最多可发几条朋友圈，大概可以算出我一天最多发几百条了。常有人问，你又不是做微商推销什么，干吗一天要发这么多？只能说是我这种新闻人生性不安分吧，有点自虐。

我们四零后五零后经历过资讯极度匮乏并扭曲的年月，难免患上"资讯饥渴症"，像海绵那样拼命吸收一切可以得到的信息。到了互联网时代，犹如一下子就掉进资讯汪洋大海，畅饮畅游之余又想玩点别种新花样。

我在香港编过新闻周刊，到了凤凰卫视又做新闻评论和时事节目主持，有了互联网就一直摸索弄份个人的电子报，用现在流行的说法就是"自媒体"。北京奥运那年，我与凤凰网合作试着为中移动办一份个人手机报，每天选发十几条短新闻加短评，内部测试反映相当不错，可惜最后还是无法正式推出。

但我还是继续每天编写这种短新闻加短评，用电邮发给各方朋友，朋友再转发给朋友，读者中包括好些我本来不认识的。后来大概有两三年，上海《新民周刊》每期都从中挑选十条上下辑成一页专栏。那时常有人说"收到新的周刊就先翻'老曹酷评'"，我听了当然很得意。

那时又出现了微博这种新玩意，后来还有了微信。从手机开始，我对各种数码发明就挺感兴趣，但并不急于尝新赶热闹，先看一两年弄明白想明白怎么回事再动作。对我来说，微博可以成为重要新闻来源，速度也往往最快，还能用来查证新闻真假，但都要自己去找。微博也可以用来传播，面很广，阅读数一下就可以成百上千万，甚至上亿，但往往不知道受众是哪些人、在哪里，反应更是混杂。

微信比微博更像是社交媒体。大概三四年前用上了微信，我就发现它有很强的信息交换功能。交换就是定向传播，能不能把微信变成新闻接收平台，把朋友圈变成新闻信息和评论的发表、转发平台，有点CNN一类新闻频道和通讯社功能？

试了才知道会怎样，反正除了耗费手机流量和时间，弄不成也没有什么损失，这才是新媒体最可爱之处。开始时完全不知道效果如何，只是一天天坚持下来，除了发现了玩微信的好些"潜规则"，也发现我的朋友圈确实粘住了不少人；受不了我"刷屏"式转发的落荒而走，愿意留下来的就离不开了。

一天天下来，朋友传给我的信息和评论质量越来越高，可供挑选的范围也越来越广，当然每天发送出去的数量也越来越大，远远超出任何一个公众号。一定程度上，我的微信朋友圈变成资深媒体人的信息交换器。我想，如果有一百个新闻界朋友也这么做，各玩各的时间段，那该多好！

又常有人问"你一天多少时间在手机上？"版面有限，下次再回答吧。我倒要问，现在知道我怎么玩朋友圈，你还想加我的微信号吗？

(2018年)

我的世博,最好的世博

上海世博会十年过去了,每个参与者都留下自己的记忆,自己的世博。我的世博记录,就是全部七千多万人次进出中的一百几十次,就是同几位小伙伴一起为腾讯和优酷拍摄制作的两百集视频,加上手边"秘藏"至今的几千张数码照片。还有三伏天烈日灼晒的正午下酷热的感觉,拍完一个馆赶往下一个馆,穿越毫无遮蔽的水泥路面。有一天《中国青年报》组织的大学生记者团要跟我一起采访,下午到了丹麦馆就有人中暑……

我的拍摄一般都是约上一位或者几位朋友,去他们最感兴趣的某个馆,边走边看边聊边拍。记得与德国汉堡来的老友关愚谦与夫人珮春来到德国馆,我们在嵌入地面的一块小铜牌前停住了,珮春解释说,"这是德国街头的'绊脚石',记录下此地当年有人受到纳粹迫害,被抓去奥斯维辛或别的集中营杀害。"与香港城市大学郑培凯教授大雨中奔跑进入智利馆,我们看着1973年美国策动军事政变杀害总统阿连德的图片,谈了好多"如何直面历史",我们都是那个时代成长起来的一代。

年已八十的袁隆平老先生参观瑞典馆时,坚持要从三楼的管道滑下去,弄得旁边的年轻人好紧张。残疾运动员金晶带着我细细看了上海世博会特设的残疾人馆，领略处处都有的"生命阳光"。她告诉我，为残疾人开发的各种设施和器具，实际上都是为今天的健全人准备的，因为每个人日后都有可能遇上同样的需求。我还旁观了她的"特技"，用一根拐杖就挑起别人丢弃路边的汽水罐，用手接住投入垃圾箱。

| 2010年中国上海世博会，采访袁隆平 |

有时撞上适当机会马上就开机采访。4月3日是我们第一天进世博，下午约了邬君梅，上午就拍摄世博清洁工和正在各个馆场内外收尾赶工的工人。中午登上世博轴遇到几位铺路面的工人正在午餐，吃简单的盒饭。问他们世博开幕后有没有机会回来看看，或者带孩子来参观？他们好像还没有想过这两个问题：这儿的活干完了马上就转赴南京，那儿的工程正急着等他们过去。

大学生志愿者"小白菜"是另一个很有意思的群体，跟他们打交道多了，一眼就可以分辨出谁是新上岗的，谁是已有一个多星期磨炼的"老手"。印象最深的是采访马上就要下岗回校的"小白菜",好多位没说完一句话就已两眼泪汪汪,这两个星期对他们应该终生难忘。一天傍晚,我遇见一队来自挪威的年轻音乐家,向"小白菜"问路去演出场所。只听到其中一位感叹"中国学生英语都这么好",弄得我这个大学老师心里甜滋滋的。

跟明星一起参观世博并不容易,尤其到了人山人海的时候。采访邬君梅那天距离开幕还早,到处都是空空的,我们干脆在中国馆的大台阶前拖来两把椅子坐着聊起来,背后的场景气派宏大,旁边是还没有完工的香港馆和澳门馆,还有只安装好下面一半的抽象雕塑《生生不息》,四周还用脚手架围着。陪董洁参观法国馆差点闯祸,她那一身大红裙子老远就引发轰动,警卫只能临时封路让我们快速通过直上顶楼。

世博会每天早上9点开门,参观者从各个方向的大门涌入,又是难得一见的情景。有一天我们提早进去,来到中国馆前的十字路口,就为了拍摄开门放人的场面。那集视频我没有做任何解释,只听到轰隆隆的奔跑声由远而近,很快就到了面前,有的是全家大小,有的成双成对,也有坐轮椅的老人……没什么人顾得上彼此说话,都只是一个劲往前跑着。方向多是去中国馆,不时也会有人问我们"台湾馆怎么走?""沙特馆在哪儿?"

沙特馆前九个小时的排队,应该创下世博会的历史记录。真心佩服参观者的耐心和决心,大太阳下或大雨倾倒时也不动摇,只会出现一长串没有尽头的五彩伞阵,实在壮观。据说得益的还有隔壁的印度馆。有人受不了沙特馆排长队的就改去印度馆,还有人排队当中抽空去那儿买个冰淇淋消暑解乏,结果让印度馆的冰淇淋摊位每天都大卖大赚。

实际上，世博会开幕后的最初半个月入园人数低于预期，5月5号才十万上下，我们都看了心慌，尤其浦江西岸的园区更不见几个人影。一家餐馆的主人告诉我过了中午还没有一个人来光顾，担心全部投入会打水漂。但没过几天情况就渐有改变，入园人数很快上升到二三十万，大可放心下来。

时间久了有点经验，我们往往看一眼四周就大致知道今天多少人入园参观。比如，过了三四十万就会有人进入草地去休息，意味着园区内的凳子已经不够用了。闭幕前几天的10月16日，全天人数接近一百一十万，园区内外只能用水泄不通来形容了。两天后整日暴雨，入园人数仍然超过九十万。中午时分，参观者都挤在世博轴等高架桥下面避雨休息，看过去一片黑压压的，一时间排不走的雨水已经漫过脚面……

看到这样的场景，看到每个馆门口拿着"世博护照"排队盖章的人潮，我总要问个为什么？为什么他们对世博会有如此热情？我每天都会问好多参观者从哪儿来，真是四面八方，来上海就是为了看世博，不少一家三代十来口一起，接连几天都入园参观。有些馆如中国馆非看不可，哪怕半夜起身到大门口排队拿预约券。既然参观了，图章一定要盖，不然怎么证明自己来过了呢？想想挺感动的，中国人能够出国的比例其实不高，但这么多人都想看看这个世界！

世博会越到后期，越有一种世界各国一起狂欢的味道。我们好几次很晚才离开园区，因为晚上10点左右闭馆后还会有内部特别节目，尤其是馆与馆之间的联谊派对都会邀请其他国家人员同乐。一天我们拍下了新西兰馆与巴西馆的联欢，一边是毛利人，一边是印第安土著，都是天生的舞蹈家，全程热气腾腾，加上还有两国的美酒助兴。传闻世博期间发展出好多对跨国恋人，只是不知后来如何。

不过，到快闭幕的那几天欢乐气氛消失了，代之以惜别的惆怅。半年其实很短，好不容易走上轨道，好不容易越来越融洽，突然发现就要分手了。最后我都不敢再去拍摄，因为见到的人一聊就想哭，弄得大家心情都不好受。

| 2010 年中国上海世博会，采访 NBA 球星加索尔 |

这就是我的世博，最好的世博，我不相信过去或未来还有哪届世博会能比得上。何况还听了意大利电影配曲大师、时年八十二岁的莫里康内亲自前来指挥他的作品音乐会，还有谭盾的

音乐会、比利时国家交响乐团的音乐会,还有每天看不完的大大小小表演,把世界文化艺术都放到了我们面前,远远超出了之前的想象。有此经历,幸运啊!唯一可惜的是十年来参与者都分散四方、带走记忆,没有机会多听听他们的精彩。

(2020年)

我与香港

转眼间,香港回归已近十年了。我用春节一个星期的空闲,把过去许多年间写的有关香港的文字作了整理,算是一个小结。

我在香港写评论,1990年代初开始触及香港本身的事情,主要刊登在香港的《亚洲周刊》《明报》《明报月刊》《武刚车纪》,及美加版《明报》、新加坡《联合早报》、马来西亚《中国报》《南洋商报》等海外媒体上,最近两年又增加了BBC的中文网站。几乎每一篇都是赶稿、赶新闻,落笔的时候绝没有想到十年八年之后是否还会有人看,是否看得明白。更何况当时是为海外读者所写,好些事情又有独特的时空背景,今天读起来难免会有点辛苦,请各位体谅。

我在世上这六十年中,关系最密切的地方除了上海,就数香港了。模模糊糊还记得三岁那年的夏天,父亲从上海北站登车南下的情景,自此,香港就与我们家庭连在了一起。首先是三天两头就会收到来自香港的邮件,邮票上先是男的英王头像,后来变成了女王头像。接着每月都会收到来自香港的汇款,不多不少正好可以养活全家老少六七口人。一百港元兑换四十二元七角人民币的汇率,一二十年不变,直到1970年代石油危机港币大贬值。

父亲寄来的香港报刊,使我从小就知道世界上居然有那种叫"油麻地""旺角"的地方,所以后来我移居香港,对这些地方竟然有一种特别的亲切感。因为父亲去了香港,我们一家就有了"海外关系",许多特别的遭遇,幸与不幸,全都无从选择和逃避。

我移居香港时,已经四十出头,居然还能一切从头开始,可见那块地方的确有点特别。1980年代末刚到香港时,第一感觉是"晕",白天中环的高楼、晚上弥敦道的灯光都会让我发晕。最叫我感叹的是北角住处楼下那间小小的"惠康"超市,里面货品的种类比当时上海南京路的"第一食品公司"还要齐全,"什么时候上海也会有这样的超市呢?"

另外一种特别的感觉,来自港英政府的"人民入境事务处"。那天去办理身份证,一个会讲普通话、戴眼镜的小老头对我作了一番询问,详细了解我在上海的工作单位"社科院"究竟是什么样的机构,下面有多少个研究所,研究些什么。我所知有限,心想,早知如此,就带一本介绍手册送他了。

那时像我那样来自中国内地的"新移民",一般来说是低人一头的。最起码的,你本来的学历学位和专业资格全都不作数了。而许多香港人对内地来的"新移民"种种歧视,正是他们最丑陋的地方。但这也恰恰是回归十年以来香港社会改变最大的地方。我的一些文字,大致上写出了这个变化背后的原因。

今天的我已是香港永久居民了,但对于香港社会,我更多地还是以旁观者的身份作观察,看着它如何走出回归前的彷徨,也看着它如何经受回归后的调适。只要香港仍然不同于中国其他地方，我还是会继续观察下去。至于香港的未来前景，我相信的是：只要中国未来会更好，香港也一定会更好吧。

(2017年)

大雨冲刷香港回归夜

1997年6月尾的那几天雨真大，之前没遇到过，之后也没再见过。不知用倾盆或滂沱来形容是不是足够，反正老天爷好像打开了闸门，要把所有的雨水都倒向香港。没有台风，但就是一场大雨接着一场，刚刚歇了一会儿，又是浓浓的乌云翻滚压顶而来。我当时拍下的维多利亚港两边的照片，张张都是浓墨重彩的天空，还有被雨水冲刷得干干净净的树木、街道、屋顶和高墙。

我喜欢用照相机镜头记录眼前发生的事情。从1987年初至香港到1997年，十年间留下的几千张照片，让我今天仍然清晰记得香港回归的进程是怎样一步步走过来的。回归时刻的那二十四小时，更是分分秒秒不敢放过，一出门就随时随身带着相机，包里装有足够的胶卷和电池。

6月30日下午，香港回归开始进入最后阶段。有段时间雨好像要停了，"末代港督"彭定康接过降下的米字旗，车绕花坛三匝才驶离官邸，对应着"历史车轮滚滚向前"之说。没过多久，暴雨又哗哗降临，越来越大，越来越大。到了傍晚时分英国方面在中环海旁的添马舰军营举行露天"告别仪式"，雨水已大到白茫茫一片。到场的官商及各界社会名流个个淋得透湿，一些男士头上的大礼帽形同水盆，不停地往外溢水。香港媒体基于不同政治色彩，对如此不寻常的巨量暴雨各有说法，是"离别之泪水"还是"洗刷百年耻辱"？或者两者兼有之吧。

从中环地铁站出来已是晚上，雨居然不下了，四周一下子涌出好多人，成群结队的。我到香港十年，还第一次见到这么大堆的西方人，而且都盛装打扮。一位穿着苏格兰格子裙的老先生见我想给他拍照，停下来拄着手杖摆出姿势，身板挺直。两位高挑的金发年轻女子穿着旗袍，一红一绿，引人注目。还有一个全身小丑装的男子边走边吹肥皂泡，大概在玩行为艺术。

更多年轻人身穿一半英国国旗一半中国国旗的T恤衫，有的头上还插着中国国旗和香港特区的旗帜，摆出各种姿式拍照留影，很有点参加嘉年华那样的兴奋。不远的酒吧一条街已经聚集了不少人，满街张灯结彩，主题就是九七回归，一幅绿底大字为"中国·香港·兰桂坊"。街道正中半空中悬着两个巨大的红色充气娃娃，造型为中国母亲牵着香港孩子的手，上面还写着"TOGETHER AT LAST，归来吧！！！"，中文为简体字。

雨停了，但四周都是湿漉漉的，非常闷热。我穿过地面冒起的雾气，往即将举行回归大典的湾仔会展中心方向缓慢走去。街上的人越来越多，有的在划定地区展示各种政见，更多的同我一样是为了见证香港回归的历史性时刻。成队的警察维持秩序，但气氛并不紧张，比我的预料松弛许多。

还有一群群来自世界各地的记者同行，尽管这几天都已累得够呛，此时此刻却要打起十二分精神，谁也不敢有所疏漏。我要去会展中心西侧的香港演艺学院顶楼平台，那儿是世界各大电视台的直播区，临时搭满了白色的小棚子。日本收视多年居冠的TBS（东京放送），这次派来了人气很高的晚间《NEWS23》节目新闻评论员筑紫哲也，他邀我参加回归夜的电视直播。

2008年去世的筑紫先生那年已经六十二岁，和我一样都是满头白发中夹着些许青丝。他已连续好几天在香港做直播，今天更是早早到场，早早坐上了主播台。摄像机镜头把我们背后的维多利亚港壮美夜色全都收入，我们却无法回头欣赏，必须全神贯注盯住面前的电视机屏幕，不放过会展中心场内正在进行的回归仪式每一个画面、每一个细节、每一个用词以至声音的每一点起伏。

倒数读秒开始了，英国国旗已经降下，中国国旗就快升到旗杆顶端。突然，就在回归那一刻到来的时候，身后维多利亚港所有的船只一起拉响汽笛，汇聚成一股强大的声浪，我甚至感到后背被推了一把，一时间几乎说不出话来。筑紫先生问我当下的感受，我说现在香港已经回归，如何兑现和落实《基本法》中的"承诺"，才是对香港未来的保障。

接着，电视画面切换成彭定康一家登船离去的感伤特写，直播结束了。但我还想见证香港回归后的第一个小时，又去到中环。那儿的人群没有散去，而且还更加热闹。广场上那个政治人物早先发表演讲的舞台，现在站上了一群群的香港年轻人，兴奋地摆出各种姿势合影留念。现场的几位警察把帽子和制服上的旧标志一一取下，又从口袋里取出新帽徽、臂章换上，好多香港民众围上去要同他们一起拍照。这一刻，我感到周边好多人和我一样，都有一种如释重负的感觉——昨日的种种不确定和担心都已成为过去,面对新的未来香港人还是要靠自己来把握。

香港回归后第一个早上,好久不见的阳光终于露脸了。下午我再去湾仔演艺学院顶楼的电视台直播区,发现旁边的一个棚子里面已经清空。那是美国三大电视网之一的 CBS 的地盘,上一晚我还见到美国著名电视新闻主播丹·拉瑟在里面做直播。我问他们的一位工作人员怎么回事,他说:"我们结束了,丹已经走了。什么都没有发生,nothing happened!"他们不想报道当晚的庆祝活动,包括维多利亚港的彩船巡游和盛大烟花。

我能理解他的意思,理解丹·拉瑟匆匆离去时带着的失望。他们和许多西方国家媒体记者一样,确确实实就是来看香港回归那一刻会发生什么事情,特别是他们以为会发生的街头示威抗争以至充满火与血的暴力冲突。结果却是 nothing happened,令他们早先做出的种种凶险预言落空,也令他们无法自圆其说而有点不好意思。

香港回归前两年,美国《财富》杂志曾做了一个《香港之死》的封面报道,耸动一时。临近九七回归,世界各地媒体聚焦香港,不少西方记者同行私底下说,他们就是来看香港出事,没想到气氛相当平和,报道都不大好写。有位中文很不错的日本女士甚至写稿给台湾报纸,抱怨香港人过于"顺从",令她失望。针对这样的心态我写了一篇文章,标题即为《他们希望看到香港沉沦》。

结果香港没有沉沦。从 1980 年代初开始,香港因为回归之事大小风波不断。真的到了回归时刻,整个过程一步步推进,其平顺真有点出乎意外。后来与不少香港朋友谈起,似乎都有这样的感觉。我想,原因无非是邓小平以"一国两制"和"五十年不变"稳住了香港人心,而改革开放又拉近了内地与香港的距离,香港商界更是在九七之前就大举北上拓展,等于提前回归。

但在这样的平顺中又会蕴藏着怎样的危机,却是香港内外都无人能够料到的。而就在回归后的第二天,泰国货币和金融体系突然崩溃,亚洲金融风暴就此迅速蔓延开来。香港即将面对回归后的第一场严峻考验。

(2017年)

香港街头看回归气氛

香港人对回归的信心危机早在十多年前就已尝过了，现在回归倒数已进入个位数的日子，他们反倒觉得没有什么特别的感觉。7月1日前后，香港公众会有连续五天的长假期，十分难得，不妨看一下他们打算怎样度过这一"历史性的时刻"。

据调查，大约一成人"逆向操作"，外人来香港凑热闹，他们反而离开香港去旅游，并不在乎"见证历史"的机会。另有一成人那几天仍会上班工作，只有百分之七的人会参加种类繁多的庆祝活动。更有超过一半的香港人那几天不会外出，通过电视看回归庆典和烟花美景，或者打麻将、睡觉、收拾家居、看影碟影带、玩电脑，其他一成多人则会逛街逛商场。可见，对多数香港人来说，回归前后那几天就同平时放假差不多，没有特别的欣喜，也没有特别的伤感。

当然并不是说他们就不关心回归这件大事情，6月30日晚至7月1日凌晨，相信全香港绝大部分家庭的电视机都会一直打开着，而且都在收看回归大典的实况转播。第二天早上报摊上的各种报纸都会被抢购一空，许多人还会保留下来作为纪念。

尽管香港人多有顺其自然的心态，港九街头迎接回归的气氛还是一天比一天浓厚起来。善于利用一切机会赚钱的香港人，岂会放过这个空前绝后的"历史时刻"。从大商店到小摊贩，到处可以见到售卖回归纪念品的景象。

九龙旺角的通菜街是著名的"女人街"，外来游客多半都会去那里或其他几条类似的购物街走一圈。6月27日这天，香港小贩最集中的通菜街全部商户将会同时挂上中国国旗和香港特区的区旗，同时写着"庆祝香港回归，共创美好明天"的一幅横额也将悬挂在街口，营造欢庆气氛。

那里的商贩近期纷纷改售回归纪念品，预料会延续到整个七月，营业额也会较往年增加许多。据他们的观察，东南亚游客对回归纪念品兴趣最高，如香港区旗、中国国旗、变色回归杯、回归毛巾等，都相当畅销。

不过，各式各样的回归纪念品实在太多，少说也有上万种，价格也相差极大。一条毛巾只要几块钱，而有个画家把自己一幅画复制两百幅，每幅要价港币十万元，很是惊人。这幅画上面画了邓小平、江泽民等国家领导与一群香港名人济济一堂的场面，画面排得密密麻麻。如果每个有幸入画的名人都买一幅显示自己的风光，这笔生意确实不小，那位画家就发了一笔回归财。

迎回归的另一景象是维多利亚港两岸的高楼大厦相继挂起专门制作的灯饰，到处抬头可见紫荆花区徽和香港吉祥物中华白海豚的图案。据灯饰业人士估计，回归为他们增加了至少六七千万元港币的生意。

所有灯饰中，最引人注目的应数九龙尖沙咀文化中心露天广场上的"龙生九子"及弥敦道上那条三公里半长的大金龙。耗资二千多万元的"龙生九子",由九条小龙伴着一条巨龙组成,加上四百多个灯笼,都是广东佛山市的二百多名技工师傅用三个月时间赶出来的,弥敦道上大金龙的龙头也是他们的心血之作。

除了布置灯饰,港九两岸的一百多幢商厦还会参加 7 月 1 日晚上全球最大规模的海上激光会演。到时,维多利亚港两岸的商厦先将灯光一齐调暗,三十一艘彩艇则在"万人同心卡拉OK"声中环绕海港巡游一圈。然后,分布在这些商厦中心的工作人员按照传呼机上的讯号同时开亮灯饰,预料场面会相当壮观。

这几日香港街头的另一新景象,是一大批海外记者涌到。有人在香港岛中环闹市街头数了一下,说是每五分钟就看到有一队电视摄影记者走过。前几天香港马会举行回归前的最后一次赛事,也有二十多个外国电视台的摄制组到场拍摄。由于上万名外国记者压境,香港记者的空间相应缩小,回归之夜的四项大型活动只留出四百多个采访名额给九十五家香港传媒"瓜分"。

回归已进入倒数的最后阶段,一切准备工作也都进入"临战状态"。到时,香港人不管心情如何,也不管身处何地,都是这一历史性时刻的主要见证人。

(1997 年)

过几天香港老人的日子

回香港办事会友兼避寒,跑得最多的却是附近两家电影院,步行都不到十分钟。算了一下,前后十天居然看了八场电影,过去几年加在一起也没这么多,真有点疯狂劲吧。回上海前一天的下午连着两场,当中间隔二十分钟,只来得及吃个面包充饥,又与老伴接着看最新大片《THE POST》(华盛顿邮报)。

不只因为多部好片子同时上映,都是这届金球奖获奖或入围的,也因为香港老年人看电影有优惠,趁机会多多享受。早上第一场一般只要港币二十五元(约合人民币二十元),其他场次打折五十元。老年人有得是时间,不少人成了电影院的常客。附带说一句,年岁大的即使非香港居民同样可以如此,售票和检票的通常也不会核查年龄,人家相信你么。

这些年香港社会对老年人的照顾越来越多,比如拿着政府发给六十五岁以上老人的黄色"长者卡",到一些连锁快餐店吃下午茶就可以免费喝咖啡;有时就会看到好几位老人凑在一起吃一两客点心,每人一杯咖啡,喝得高兴也聊得高兴。最大的优惠还是乘坐公共交通,使用绿色的长者公交卡"八达通",地铁不论多远都是港币两元,公共巴士或者半价或者也两元,有时一个单程就可以省下十多元，我这十天东奔西跑得益还真不少。来往香港机场的铁路春节前后一段时间对长者"八达通"票价减半，单程原来一百现在只收五十。除了减票价，这张绿色的长者交通卡最近又有了新的用途；一些路口开始试用智能绿灯延长装置，老人"拍卡"嘟一声后，绿灯时间就会延长四秒钟，方便他们过马路。

这趟回香港我还配了一副很不错的眼镜，第一次享受政府为老年人提供的"医疗券"。原先要年满七十才能得到的这项福利，如今放宽到六十五岁。一年两千元，两年为四千，如果不花掉下一年就不再给了，账上总额最高就四千。但不看病可以配眼镜，近视老花都算病。好多眼镜店门口贴着相关告示，专门招徕我们这种老年客户。按照政府规定要由有资质的眼科专业人士验光，证明你确有戴眼镜的需要，还要核对身份证查明正身。只是有的店铺为了多做生意就不那么严格，政府也不可能管得那么仔细，要钻个空子并不难。

说了这许多照顾和优惠，香港老年人总体生活应该不错吧？其实不然，因为老人不可能只靠坐车、看电影、喝免费咖啡就能过日子。如果同其他地方相比，香港老年人的退休生活可能是最没有保障的。首先，香港从来就没有建立起比较完善的退休保障体系，除了政府公务人员，普通打工者年老后完全没有退休金，也没有社会医疗保险，更没有社会化的养老服务。

三十年前我初到香港，只有不多一些大公司实行公积金，一般是员工和公司把相当于工资百分之五的金额存入专门投资基金，个别条件好的公司还会出到百分之十。这笔钱要等员工退休或辞职时才能拿取；工作年限短的，往往只能得到自己积存的那部分；十年工龄或更长的才有资格把老板放入的钱全部拿走。直到本世纪初，回归后的香港特区政府正式实施强制公积金制度，要求所有公司企业都必须这么做。

即使如此，也只保障打工者退休或离职时有一笔活命钱，用不了几年就会花完，谈不上什么养老。最近有一项调查估计，按照香港人目前的生活水准，要维持退休后二十年的日子，每人最少要储蓄五百万元港币才无后顾之忧，实际上却只有四分之一的退休人士达此水平。这里面没有把住宅资产计算进去；面对香港不断高涨的房价和房租，退休老人如果没有自己的房产又没有穷到可以住政府提供的廉租房，日子一定更加难过。

香港人懂得未雨绸缪，退休前有能力买楼的尽早"上车"，即使要干到退休才能还请银行贷款也只得咬牙承受。还有就是投资理财，多少会买一些股票。我三十年前移居香港时就听说，好些街市卖菜阿妈或打扫办公楼的阿婆每个月都会买一手汇丰银行股票，长年累月就能老来无忧。时至今日汇丰早已没有当年那般风光，有眼力的阿婆阿妈应该早早入股腾讯才对。香港人多数白手起家，如果靠辛苦打拼加机遇上升到中产，到老手中已有一笔年年生息的积蓄，甚至还有楼每月收租，当然可以安度晚年。只是如前所说，多数老人做不到。

香港社会老龄化越来越严重，再过几年，退休老人将占全部人口的四分之一。目前香港政府为七十岁以上老人及部分收入偏低的六十五岁以上老人每月发放一笔高龄津贴，俗称"生果金"，意思是给老人买水果改善的，这个月起从原来的1290元提高到1325元，跟通胀幅度差不多。另外，比较贫困的老人还能得到长者生活津贴，这个由每月2495元加到2565元。两笔加起来不到四千元，要对付基本生活所需仍然十分勉强。申请者还必须常住香港，近年来才对回广东、福建养老的放宽限制。所以，有关调查发现七成香港退休者希望重新工作，也就不奇怪了。

最近香港法庭审理了一个怀疑盗窃商店"印花"条的案子，最后被判无罪的连锁药妆店清洁工李淑卿，就是一位七十七岁的阿婆。差不多年龄的阿公阿婆做大楼"看更"（守卫），或在餐厅端菜洗碗，做那些年轻人不愿干的活，今天在香港相当普遍。街头和地铁站附近还经常可以看到捡废纸和纸皮箱的老妇人，推着沉重的平板车上坡下坡，很是辛苦。这两年香港的免费报纸由盛转疲，加上今年开始内地限制进口废纸，她们的生计明显受到影响。

如何让老年人有体面地重新工作，正是香港社会一大新课题。这次回香港，朋友带我去了一家以银杏叶为标志的"长者就业"餐厅，进门就看到墙上的一行字："有一天，当你八十岁，还有多少追梦的勇气？"主办者的宗旨是"为有需要工作的长者们提供就业机会，使其发挥所长、自食其力及重拾自信自尊，享受工作所带来的满足感。"里面打工的几乎都是六七十岁的老人，最大年岁的已经七十五。

餐厅已经开张一年多，生意不错，客人有老有少，中午和晚上常需预订才有位子。除了菜色，最吸引人的还是里面的温馨融洽气氛，叫人留恋难舍。每晚还有乐队表演助兴，星期五出场的名为"元老队"，全由老人组成，唱的也都是中外老歌，特别活跃。我们去的那天,光是"生日快乐"就唱了四次。顾客在墙上留言"人虽老,心力未曾老""WE LOVE YOU,加油!"等等,应该是对这些老人最好的褒奖。再过几年我如果再回香港居住,希望有机会加入到他们当中,尝试过一种充实而快乐的老龄生活,何况这个餐厅离我家并不远。

(2018 年)

香港最神秘的货柜车"司机大佬"

    他们每天清早开着货柜车从深圳出发，经过皇岗－落马州口岸进入香港，傍晚前后又原路返回。他们驰骋在香港的道路上面，除非发生交通事故或者十分偶然迷了路，不可以打开车窗同路人说话。就算他们有机会同香港人交谈，十有八九也是"鸡同鸭讲"，因为他们多数只会说普通话，听不懂、也不会说广东话。他们在香港的开车时间最长的不过四五年，但对香港路况的熟悉程度绝不逊于有几十年经验的本地老手。甚至，他们在第一次驾车进入香港之前，就已经熟背《香港驾驶员使用手册》的每一段、每一行，熟记香港和深圳的每一条干线道路，对香港近二百种的交通标志"一看准""一眼清"，可谓名副其实的"活地图"。他们还知道每一条隧道的位置、长度，单管道还是双管道、几线行驶，知道香港所有隧道都限制时速七十公里，唯有大榄隧道限速八十公里。亚视《百万富翁》里面如果有这样的题目，不知道谁能够准确答出？

    这批香港最神秘的"司机大佬"，就是开着"ZG"车牌货柜车的解放军驻香港部队深圳基地汽车连官兵。他们每天为香港的十四座驻军兵营运送物资，却几乎从来没有踏足兵营以外的香港土地，他们的纪律就是如此严格。可以说，他们天天行驶在香港的道路上面，但从来没有真正"到过"香港。某位班长有一天突然冒出这样的话："我真想到香港的街上走一走呀，体会体会，到底脚踩在香港马路上的滋味是什么样的，嗯？"1998年之前，他们开的货柜车（山东潍坊出产的"斯塔尔"）没有冷气设备，天气再热，阳光再猛，哪怕驾驶室里的温度上升到摄氏五十度，汗流如注，他们都不会开窗透风。如果不巧遇上大塞车，他们在车头里憋上几个钟点，浑身上下如同洗澡一般，也只能够靠随身携带的一壶冷开水解渴，还不可以下车"方便"。

他们天天从许多香港人身旁驶过，有谁知道他们究竟是怎么样的一群人？今年6月，也就是香港回归四周年的时候，北京《中国作家》杂志刊载了两位军队作家的长篇报道《往来香港的军车》，对这支驻港部队的内情作了罕见的披露，却不见有香港媒体转载或介绍。香港报刊这些日子最感兴趣的是富豪争产或者明星互斗，早就不再派出"狗仔队"去监视驻港部队的动静，甚至常常忘了他们的存在。

这群特殊的货柜车"司机大佬"平均年龄要比香港同行小许多，开车的本事却不小。有一位班长参加驻军军事技术大比武，表演的绝技是把几十吨重的大型货柜车原地不动来个一百八十度的掉头。他凭着感觉和经验，先找准车子的重心点，以最快速度把下面的地面打平，再用一个千斤顶把整架车子举起来，一个人就能够推着货柜车掉头。在日常的实际行驶中，这种绝技很少派得上用场。而从皇岗口岸开五十公里到赤柱军营再开回来，在港岛南面弯弯曲曲的狭窄山路上盘旋，不断与本地的货柜车、双层大巴士擦肩而过并不容易。他们的看家功夫是不管车速多少，一脚刹车踩下去，货柜车停下时保险杠正好距离前面物体十公分，不多也不少。几年开下来，最叫他们心里甜滋滋的，是香港的司机同行隔着车窗向他们举起大拇指，衷心佩服他们的车技。

  他们进入香港道路之后，最害怕的事情除了出交通事故，就数开错路。因为每次出发，上级给他们的港币就是沿途要交纳的过桥费、隧道费，一仙一毫（注："仙"与"毫"是港币的单位，相当于人民币的"分"与"角"）都不多。如果走错了路，不得不多过一次桥、多过一次隧道，也许就会因交不出钱而遭扣押，更不用说出事罚款了。以前英国人的军车享有"隧道内执勤免费通行"的特权，现在解放军则放弃了。一九九七年驻军部队刚进入香港时，有位班长开车从添马舰驻军总部去九龙油麻地枪会山营地，走错了隧道，又急又紧张，几乎在车上哭了出来。所以，不出一丝一毫差错，就是对他们的最基本要求。如此严格的纪律和训练，也就是为了达到这个目标。

（2001年）

与梅娘同行的香港女孩长大了

"汹涌澎湃的大海，是个绚丽的背景，铺天而来的大浪是一种势头。""这瞬间的凝眸，既是惜别更是前进，既有胆怯更有憧憬。那些熬过冬眠的杜鹃，是攒足了怒放的勇气的，是真实的有备而来。这种生命的绽放，是自然的亮点，更是绚丽生命的展现。""战争止止停停，争权称霸的硝烟蜂起，人在作践自身，只有文化才能消弭，才能改善。"

你能想象，如此充满生命力的文字，竟然出自一位九十老人笔下！而且就在那时，她装上了心脏起搏器，还忍着摔断左臂的伤痛与不便。她就是作家梅娘，孙嘉瑞；而她的这些话，是送给比她整整小七十岁的一对香港小姐妹，黄芷渊和黄茵渊。

她们间的隔代通信最后汇集成书，2011年和2012年分别在北京和香港出版。北京版《邂逅相遇》的书名也是梅娘自己选定的，源自《诗经》中"邂逅相遇，适我愿兮"；香港版书名《与青春同行》，意思更加清楚。梅娘2013年5月去世前，这两本书或许就在她案头枕边。

1940年代，中国女作家当中就有"南玲北梅"的说法，只是我对张爱玲的作品一直很生疏，对梅娘这个名字更到最近十来年才听闻，才知道有这么一位被历史泥沙埋没许多年的现代文学家，却一直没看过她的任何旧作新篇，直到黄芷渊送我她们同梅娘的通信集《与青春同行》。

让我感动而惊讶的是，梅娘同那对小姐妹的通信竟然维持了十五年之久，直到九十二岁去世；而那期间，那对小姐妹也从十岁不到的香港小女生，进入中学、大学。让我深有感触的是，她在同她们的通信中常有一种青春同辈的感觉，就像她要通过她们的成长来实现自己已经失去机会的青春梦想。而今天芷渊又用刚出版的《我们在现场：从香港出发》来告慰梅娘奶奶，她真的长大了，成为一名奔波在新闻第一线的记者。

我同芷渊是凤凰卫视的前后同事，我 2009 年离开时她还在香港读硕士。或许我们在上海世博会现场擦肩而过，她为德国慕尼黑市长夫妇的影展当英文翻译，而我在那六个月期间几乎跑遍了每一个场馆。我们第一次见面是 2016 年初台湾的一次采访活动，之前我已经听凤凰的老同事提到过她，也在新闻报道中看到过她出镜。

梅娘对芷渊的事业选择感到由衷的高兴，甚至兴奋。她说："芷渊是优秀的，不在于她有过五关斩六将的大将气度，不在于她具有甜美的职业语汇，使芷渊生辉的是她的一颗善心……有这样的情怀垫底，你的记者生涯将芳草处处，你将拥有饱满的生命意义。"

而我从芷渊进入凤凰卫视后的第一次海外现场报道，就看到当年我们草创时天不怕地不怕的"疯劲"。一个电话，就让她从繁华的香港马上前往泰国金三角动乱杀戮之地，采访当时刚刚发生的中国两艘商船被劫、十三名船员被杀的大惨案。期间，为了紧跟采访对象，她"一路小跑，脚底忽然一滑，一只鞋不小心甩脱了。我担心追踪的新闻从眼皮底下溜走，一边从地上抓起鞋来，提着它拼命向前跑，一边不忘用电话和总部做现场连线直播。路人看到大街上一个一手提鞋一手打电话一路疯跑的半赤脚女孩子，眼光都显得怪怪的……"典型的凤凰"疯子"！

五年来，芷渊已经迅速成长为凤凰卫视第一线主力记者，很不简单，也很不容易。作为一个土生土长的香港女孩，读的又是圣士提反女子中学这样的英文名牌中学，照理就应该是养尊处优的"番书女"。她却偏要当一名香港四周不怎么看得起的新闻记者，每天都要面对各种痛苦和阴暗，"更加觉得世事无常和生命的脆弱"。她告诉梅娘："如果当初艺术系毕业，我选择的不是传媒工作，也许生活会截然不同……不过，我很享受走在社会前端，见证着大大小小事情的发生，紧贴社会的步伐，与之一起成长……"

但她的才能正是在新闻第一线得到了展现。她语言能力强，地道的广东话和普通话，英文又好，国内外采访都不成问题。她还会画画。在《我们在现场》一书里面，除了她在采访中拍的照片，还用好多幅素描速写记录下新闻现场。当初，也正是因为她的画画才引起了梅娘的注意和欢喜，才有后来延续整整十五年的往来通信。

1990年代，搁笔多年的梅娘重新撰稿。1997年前后，她开始为香港的孩子写作，或者让那里的孩子为自己的文字配图，或者为他们的作图配文，三年后在香港成书《大作家与小画家》。

这里的小画家就是黄芷渊。她的妹妹黄茵渊也有画画天分，在一次香港纪念封的设计比赛中获得冠军，作品印制发行；芷渊则获得优异奖。

这对小姐妹开始同梅娘通信，正是香港回归那年。可以说，她们就是回归后成长起来的新一代香港人。这几年香港局势起起伏伏，一些年轻人跑上街头发泄不满，我身边的许多香港人也强烈批评这些年轻人不知天高地厚，受人操控而迷失方向，害了香港。芷渊作为他们的同龄人，作为"一个土生土长，而又经常往返内地的香港人"，又如何通过新闻采访来重新认识香港？

她在思考，她希望能够直面现实的变化，"时代变了，旧的一套已经过时"。"事实上，除了批评埋怨，大家更应该冷静反思，可以如何面对这些问题？未来的路又该怎么走？"这样的思考或许还需要很长的时间，或许会伴随他们那一代香港人一辈子。可惜的是，芷渊和茵渊这对姐妹已经没有梅娘这样的老师可以再请教了。

但芷渊还是有她特别的地方。比如在她的《我们在现场》记叙中，最多篇幅不是用来谈自己，而是写凤凰卫视的诸多摄影师和工程技术人员。做过电视新闻的都知道，他们本来就是新闻采访团队中不可缺少的组成部分，甚至可以说是核心成员，往往也最辛苦。但他们很少会在镜头前出现，观众也把心中的赞美都留给了主持人和记者。而芷渊不仅写到了他们的坚强，也写到他们作为好丈夫、好爸爸的温柔，尤其当自己出生入死时如何不让家人担心。

看到芷渊如此把采访团队的同事放在心上，我深受触动，因为这才是凤凰最好的传统。有人说香港人很自我,香港年轻人更加自我,但芷渊就是不同,她长大了,比她的同龄人成长更快更好。或许,在她身上有着梅娘的影子。

(2017 年)

搞电视的还是玩不过搞政治的

美国哥伦比亚广播公司（CBS）王牌节目《六十分钟》的名记者兼主播莱斯莉·斯塔尔发现，他们这些搞电视的老手远远比不上老布什的竞选幕僚。斯塔尔在她的回忆录《现场报导》（REPORTING LIVE）中说，1988年美国大选，老布什（当时还不算太老）代表共和党同民主党的杜卡基斯对阵，布什方面的选举专家定下的策略，就是要利用电视把布什"人性化"，让选民感到他是活生生的一个人。

他们告诉老布什不要直视电视镜头，而要尽量与民众的目光接触，还可以同当中某个人挥手打招呼。"我们叫他尽量与人互动，让他看起来更加真实"。而他的对手杜卡基斯不懂这一套，每次都直盯着镜头，结果只是使他本来就不讨好的形象变得更加冷冰冰。一次电视辩论的前一天，布什的竞选幕僚特地安排他到街头跑步，"你们在当天晚间新闻中看到的，是我们的候选人在人海当中汗流浃背地慢跑，既真实又亲近；而杜卡基斯却是在户外打篮球，你连他把球抛给谁都看不到，感到他只不过是个孤独冰冷的独行侠。"

莱斯莉告诉同事丹·拉瑟："这些人是电视符号和形象专

家，而根据我们的民意调查，这个策略的确奏效。"拉瑟回答说："这对我们主播来讲可是坏消息。"实际上，CBS 的王牌新闻主播拉瑟已经是老布什的手下败将。一次晚间黄金时段，CBS 直播拉瑟对布什的卫星连线专访。布什事先已经知道对方要问些什么，拉瑟一开口，布什就打断他的提问，为自己辩解，甚至抓住拉瑟的把柄发起攻击。莱斯莉清楚，政治人物喜欢现场直播的电视访问，因为他们只要设法拖延时间，兜圈子回避尖锐问题，对方就会越来越紧张，不得不连连转换话题。这一次，莱斯莉发觉拉瑟频频看手表，知道大事不妙。访问刚结束，布什不等取下麦克风就得意扬扬地说："这个王八蛋根本动不了我的一根毫毛。"有人形容，布什当时的神态就如将脚踩踏在敌人的脖子上那样，极为兴高采烈。拉瑟在"水门事件"中对尼克松穷追猛打，共和党右派对他一直耿耿于怀，布什刻意在电视上攻击拉瑟，是要讨得党内保守派的欢心。不仅如此，与拉瑟交手更一改布什软弱的形象，使他突然变得强壮起来。"这次事件让布什体会到'我可以打倒所有人'的滋味，造就了一个完全不同的布什。"

老布什靠打击拉瑟来显示自己强硬，因为拉瑟本来就是 CBS 中的一霸，更是当代美国电视新闻事业中的天皇巨星。不过，近来拉瑟却连栽两个跟斗。一是 2000 年 11 月美国大选，他和其他多位名牌新闻主播一样，在播报佛罗里达州选情时错报民主党候选人戈尔获胜，出了大洋相；二是不久前参与民主党筹款活动，被指有违新闻工作者职业道德。

这位老兄 1997 年 6 月底来香港播报过"回归"过程。我那时为日本一家电视台做现场评论，演播棚与 CBS 为邻。7 月 1 日下午，也就是香港政权移交后十来个小时，CBS 的人就开始拆棚收拾器材。我问他们为什么不转播晚上香港的庆祝活动，拉瑟的助理说，他的老板（拉瑟）已经打道回府，因为香港什么事情都没发生，没有什么可以报导的了。原来，拉瑟来香港是想再看一场"好戏"，结果失望而归。

（2005 年）

补记：2004 年，丹·拉瑟因报导小布什总统当年"逃避兵役"有误，被迫离开 CBS。

细微之处看李敖

李敖去世才不到一个月，好像已经很久了，网上的种种议论渐渐消散，现在倒可以写点追记文字了。

最后一次见他是 2014 年元旦刚过，我陪上海朵云轩的几位朋友登门拜访。热聊间他要送我书，随手从书架上抽出两本，拿出笔来留字。翻到《你笨蛋，你笨蛋》那书的扉页，他刚写上我和妻子的名字，有点犹豫停顿，眼光中闪出一丝狡黠。我会意，笑说："没问题，我们自认笨蛋。"他却接着写了一行"笨蛋指他"，落款李敖。这正是李敖好玩的一面，细腻的一面。

《你笨蛋，你笨蛋》为这本文集最后一篇的题目，意在批评台湾"蓝军"的支持者。书中第一张照片题为"高信疆死矣！"，是他站在挚友墓前低头看着碑文，很有点凄凉孤独的感觉。墓地近海，风大，李敖外衣裹身，显得瘦小。书中第一篇就是李敖 2001 年写的《送高信疆归大陆序》，第一句说到了生离死别。

我 1997 年初次拜访李敖，就是由高先生引见的。早先我在香港《明报》集团旗下的《亚洲周刊》供职，高先生那时为集团总编，我的上司。他有台湾"纸上风云第一人"的美誉，缘于数十年在文学、媒体上的不断抗争、开创和辛劳，热心仗义地扶持新人、帮助朋友，包括李敖。高先生同李敖的交情非同一般，李敖同胡因梦匆匆成婚时就是拖他去证婚的。李敖傲视天下骂人无数，唯独对高"恭敬而知心"。

高先生到北京帮香港商人办新刊并不成功，此后虽如浮云野鹤，心情却难舒畅，身患重病而不自察。一天，他回台湾同李敖吃午饭，李敖发觉他脸色很不好，"我说明天就陪你去和信医院，带上十万元（新台币）现金。到和信医院我就把钱放在柜台，'请你把他收押'"。可惜为时已晚，"在他死前两小时，我跟他在一起。"好友走了，李敖二话不说拿出七十万新台币（约合十五万人民币）为他买了块墓地。李敖的女性挚友陈文茜说，"李敖那时自己也并不富裕。"香港朋友马家辉评李敖："在金钱背后，不能不说是有着一股热血和一身侠骨。"

| 2004 年，在台北演播室采访李敖 |

其实，李敖把高信疆押送去医院之事，只不过是早几年他自己被友人送医救命的翻版。2001年我去李敖台北书房，发现他刚动了手术，成了"无胆之徒"，腰间还留着尺把宽的白色箍带。在我看来，李敖本来就是"医盲"，前些时候他感到不舒服，看了两次医生都说感冒，开了药被打发回家。过了两天，一位开医院的朋友到访，一见面就骂："你眼睛都发黄了，见你鬼的感冒！"立即把他硬架到自己医院手术台上，腹部打了四个小孔，把坏死的胆囊取走。

到我们见面时，他已养得白嫩许多，比先前还要神气活现，连"丧胆"之事都变成他口中的风光。但我还是感到他的一些变化。那一年李敖流年不利，得病之前几个月，九十二岁的老母去世了。李敖孝母，在自家楼上买了一套房子给母亲住，生怕出事还装了探头，以时时监护。母亲走了让他想到自己的死，"我一直把妈妈看作我同阎罗王之间的一道隔墙，现在墙没有了。"他更担心两个年幼的孩子，尤其在大病之后。病中小女儿前去探视，问了一句："你如果死了，我们怎么办？"让六十六岁的李敖警觉到要更多为孩子今后的日子打算。好在老天爷又成全他多活了十七八年，看着孩子长大见世面，过上不错的日子。

那天提到孩子，李敖马上变得柔和起来。他告诉我，前些日子朋友来看他，聊到一半电话铃响，他接听时满脸诚恳，不断点头称"是"，让朋友很奇怪。他解释说是小女儿兴师问罪，怀疑老爸偷吃她一块巧克力。我问，"究竟是不是你偷吃的？"他甜滋滋回答："是的！"

对孩子照护的回报，是人生走到最后仍有家人的陪伴。去年 8 月儿子李戡发了一张照片，是他接李敖出医院，"二十五年来收过最棒的生日礼物：一个恢复健康的爸爸。"李戡比了个 V 字手势，坐在轮椅上的老爸却把手势反了过来——看过电影《至暗时刻》的应该懂得他的意思。老顽童么！

凤凰卫视与李敖结缘，始于 1999 年 7 月《杨澜工作室》栏目赴台拍摄。杨澜在台北东丰街李敖书房对他的三小时采访，让大陆观众第一次看到了"音容宛在"的活李敖。也许是第一次面对大陆背景的女主持人，李敖谈古说今，妙语连珠滔滔不绝，可谓少有的精彩。李敖说一口略带东北腔的北京话，又有点大舌头，不断引经据典，还老是问："你懂我的意思吗？"后来我花了好几天时间听录音、重新整理采访文稿，很是辛苦。香港《亚洲周刊》刊发后，李敖把全文收入他的文集《洗你的脑，掐他脖子》。

此后几年我和同事多次采访李敖，听他修理民进党和国民党，修理陈水扁等大小政客，还少不了修理美国。记得 2000 年 6 月的一天下午，我和凤凰同事曾潇漪敲开他书房的门，发现他正在发烧，精神有点萎靡；而且屋内停水，连喝的都没有。我们转身就去楼下超市给他提了两大桶净水回来。过了一会儿，他又精神十足，对着我们镜头说个没完。我也见过他如何对待不喜欢的媒体和记者，先问打算做多长时间新闻，如果是三分钟他就只讲三分钟，叫人家无法删剪他的原话。

他对我们一直另眼相看，关系越来越密切。2004 年开播《李敖有话说》，三年不到的时间里做了七百三十五集。我现在也年过七十，更可以体会一个七十老人每星期都到摄影棚连着几小时录节目的辛苦。何况他从小体质不好，又坐过牢，平时就怕冷，又容易出汗，每次录节目都要湿透几身，内衣换好几次。但他也是台北同事眼中"对人最好的嘉宾"，对每个人都很亲和，包括打扫卫生的和停车场的门卫，过年还会派红包给他们。

李敖与凤凰卫视近二十年的合作，以2005年秋天他的回乡之旅为最高峰。我早就劝说他回大陆看看，他却一直顽抗，一会儿说自己不必周游天下照样知道天下，一会儿又说宁愿保持旧时的记忆而不愿遭破坏。有一次我跟他开玩笑说要用迷药把他做倒，装进麻袋扔上走私船，偷运到北京搁在他女儿李文的家门口。其实我知道真正原因是他怕坐飞机，以为今天的航空还像许多年前那样颠簸。后来，当他终于登上飞机经香港飞往北京，才发觉现在的飞行居然如此平稳、宽敞，尤其是他坐的头等舱。

李敖一路在北大、清华和复旦做了三场演讲，他都很看重，做了许多准备。刘长乐先生在悼念李敖的文章中提到，为了准备复旦大学的演讲，李敖通宵达旦，黎明时分才睡下，却因累过劲而尿床。李敖回乡，我一路看、一路听，印象最深刻的是他同北京小学同学的相聚。那是他北大演讲的第二天，早上被陈鲁豫"约"去录了两集节目，在我看来那是《鲁豫有约》开播以来最精彩的，尤其看他们一老一少斗嘴十分过瘾。接着是钓鱼台的午宴，招待十多位老同学。

因为李敖录节目回来晚了，我同曾子墨先代他招呼这些与他同龄的老人，听了不少他童年时代的趣事和丑事。李敖一进门，我们就要考一考他自称天下无双的脑子，看他能叫出几个老同学的名字。没想到他居然认出一半以上，五十多年没见过面哪！

李敖特别念旧。他在北京专门去看望了当年的老师，单膝跪地双手送上一千美元的红包。在老同学面前,他变得前所未见的老实,话也少了许多。后来我写下一段话:"那天李敖坚持在老同学面前他没有资格讲话。一起拍照的时候,他无论如何不肯站在中间。他送给每个老同学一支名牌金笔和一本他的书,每本都是当着同学的面签名,郑重其事地递过去。这时的李敖很传统,很念旧,很动情,很林黛玉。"

但老顽童还是老顽童。快离开上海的时候,他忽然提起上海一句粗口,要我帮他"正音"。没想到他回去后居然就在节目中用来骂人,还好音还是没正到位,估计除了我没人听明白他说什么,否则一定触犯香港电视广播条例。

我同李敖都属猪,年岁则相差一轮,见面时说话没大没小,开玩笑百无禁忌。他最不服气的是我父亲曹聚仁一生发表四千万字,他追不上,却老是要说"没有我写得好"。

三年前的那次见面留下最后的印象,是他同上海来的朋友中午吃便饭,坚持要请客,而且从口袋里掏出一厚卷蓝色的千元大钞。接着他又展示了其他随身装备,小照相机、小刀和防狼电击器,叫人家不敢打他的主意。我在一旁看着,只好苦笑。

同李敖打交道常常只好苦笑。记得有一次我一边苦笑一边对他说:"你李大师本领高超,敢在独木桥上翻跟斗,只是跟着你上桥的人弄不好就纷纷落水。"不知这句话他是否听得进去,只是今天已无法再问他什么了。

李敖走了,一切任人评说,不知他会不会在另一个世界里苦笑?

(2018年)

澳门其实很不小

澳门回归二十年那天，清早赶到电视台参加东方卫视直播庆典，三个半小时很快就过去了。回想上一次直播澳门正是回归之夜，二十年间的感触是除了大三巴牌坊没有变，其他所有都翻天覆地了。可以说，这个世纪开始以来，全球没有一个地方能像澳门那样飞速发展、富裕起来。

我很早就去过澳门，四十七年前的夏天。初次印象澳门很远，晚饭后搭车从广州出发，正好遇上雷暴大雨，路上花了八个小时。每次都要摆渡过珠江的分岔，没有桥。因为江面水位低，只有吉普车能够开上渡船。一路颠簸，到边境的拱北关口已是凌晨4点多，朦胧中只见海边成排仙人掌都有一人高，四周一片空茫。

过关去澳门就我们几个，回来也如此，几乎没见到其他人。初次印象澳门很小，比较热闹的新马路走完就半个小时。整个市区同那时上海静安区差不多大，人口也差不多。坐小船去了两个外岛氹仔和路环，除了渔村就是海滩。听姑妈说我表弟出生在氹仔，所以小名叫氹氹，他们早时在岛上安家，挖地种菜另靠"凿"炮仗谋生，也就是往炮仗里面填实火药。澳门放炮仗、开赌场一直合法，算是胜过香港。后来他们全家都去了香港，日子才好过一点。

我对澳门印象的改变,要到回归后几年。一次去江门讲课,傍晚坐船沿珠江回香港,从一座开通不久的大桥底下穿过。大桥连接澳门半岛与氹仔,两边都是灯火通明、一派兴旺,与回归前的晦暗沉闷大不相同。后来我们东方卫视《双城记》节目接连好几年去澳门拍摄,都会住在氹仔同一个酒店集团,那里高楼成群,客房数千,从窗口看出去四周全是新开的游乐场所,离机场和新港澳码头也不远,哪还有旧日氹仔一丁点影子!

多去几次澳门,慢慢走走,细细看看,会发现那儿很不简单、很有味道。一天早上,我先去了"观音堂",香火挺旺,我更感兴趣的是旁边花园里一座亭子,前面的石桌、石凳正是中美签订"望厦条约"的见证。又到附近走了一圈,发现那儿早先就叫望厦村,又名旺厦,因为村民祖上多来自厦门,思乡情结绵延不绝。

往市中心走去,马路转角一座西式楼房刚刚整修一新对外开放,墙上有"叶挺将军故居"的牌子,院子里有叶挺全家群像,里面每层都有布置展示,可以静静地看上一会儿。澳门特区政

| 2014 年 12 月,与台湾中天电视《双城记》主持人卢秀芳在澳门 |

府推动"活化文物",此为其一。还有与孙中山、冼星海等历史人物相关的保护建筑,冼星海是澳门子弟,孙中山老家在不远的中山。

五年前拍摄《双城记》到过距离妈祖庙不远的高楼街,我第一次来澳门就住那儿,但并不知道街对面的青砖白墙是谁家。现在那儿开放参观,"郑家大屋"已成为著名景点。清末重要思想家郑观应退隐家中,花六年时间编撰刊印了"富强救国变法大典"《盛世危言》,首次在中国提出宪法概念和立宪主张,对中国近代历史演变影响深远。

拍摄中我们也到过文青游客最喜欢的一处旧区,那里成片的南欧式老楼被善加保护,成为各种文创活动的场所。只是那儿有一个十分古怪的地名——疯堂斜巷。疯堂是什么?查了资料才知道,1553年葡萄牙人开始到澳门居住并逐步占领,十多年后天主教澳门首任主教建立了一所专门收容麻风病人的医院,成为中国第一所西式传染病院。后来医院搬去离岛,"疯堂"的名字留存至今。

可见,在中西沟通史上,澳门起过独特而重要的作用。今年(2019年)春节我到过珠海南屏,镇前广场竖着容闳坐像;半年后又到美国康涅狄格州首府哈特福德,特意找到容闳的墓地凭吊。贫穷出身的容闳自幼到澳门就读,后随传教士赴美国,成为耶鲁大学第一位中国学生,也成为近现代"中国留学生之父"。

带我去南屏的黄山茶林场老同事鲍树明,镇上的祖宅已成保护建筑,由他曾祖父留下。曾祖父年轻时经澳门远渡美国西岸谋生，在金矿的洗衣店当学徒工，致富后回乡成家立业。其实，我的曾外祖父走的也是这样的人生道路，年轻时从老家上册村（今归属珠海）去了美国，打拼一番后再回乡。澳门是他们的出发点，也是他们回家的港口。如果没有澳门，会有今天的我们吗？

今年夏天到珠三角西侧的江门五邑拍节目，我有机会解开了一个长期的谜：为什么美国的老华侨都说台山话，纽约曼哈顿变成"民铁吾"，而不是今天流行广东的粤语？原来十九世纪中期粤西发生延续十多年的激烈的土客械斗，造成数十万人伤亡和经济被严重破坏，大批乡民搭船逃往澳门，不少又转去美国当"猪仔"，也带去了台山乡音。今天江门地区成为中国著名旅美侨乡，而澳门居民中仍有四分之一以上祖籍五邑，就因百多年来三地形成特别的联结。

澳门到江门五邑约一百公里，当年不近，如今不远。高速公路网和多条已建、在建的高铁、城铁，把粤港澳大湾区各个城市连成一体，回归二十年后澳门发展有了宽广的新空间、新舞台。澳门与相邻的珠海特区合作开发横琴岛已具规模，隔海相望很像二十年前从上海外滩看浦东陆家嘴。澳门与珠海形成的新动力，往北可以通过港珠澳大桥牵动香港大屿山，往西必然会辐射到江门五邑地区，让整个大湾区的西翼融为一体，实力倍增。

回归后的澳门发出了自己的耀眼光彩，早就不再被香港掩盖。这些年，周边多位香港朋友转向澳门寻找到新的事业，有的进入大学任教，有的从事中医药研究。广受赞赏的《水舞间》演出，女主角梁菲原是香港芭蕾舞团首席，也是上海舞蹈学院毕业的拔尖人才。我表弟和他周边好些早年来自澳门的香港人，都翻找出自己的出生证明或上学记录，想办法恢复澳门居民身份。

人往高处走，当年小小的澳门已经变得很不小，明天会变得更不寻常。

(2019 年)

香港内地"礼"尚往来

7月1日将至,香港又在预测中央这次会送什么"大礼"。财政部已经宣布,新的一批香港商品下个月就可免关税进入内地市场;估计北京还会扩大香港经营人民币业务的范围,香港法律界则有望获准处理民事商业纠纷案件。

这几年北京不断给香港"送礼",已成惯例,而等待北京送更多的"大礼",也已成了香港人的普遍心态。其实,香港也不断向内地送"礼",早先主要是送去投资和人才,近两年又增加了一项:香港的大学到内地招收学生。

今年,香港的几家大学在内地的招生人数增加到一千多名,已形成一股不小的报考热潮,实在是很好的事情。招收内地学生,有助于打破香港对使用内地人才的限制,打破香港人的封闭思维。有趣的是,香港那些大学前来招生,也给内地带来观念上的冲击。

首先是北大、清华等名牌大学感到压力了。本来,全中国最拔尖的学生不是进北大,就是入清华,好学生尽由它们两家挑选。现在半路杀出个"程咬金",去年就有考生弃北大而转去香港科技大学,还有一位因"移民"身份(从入学分数线高的省份移入分数线较低的省份)无法进入清华的高考"状元",却获得香港大学录取。这些都引发内地媒体的广泛议论，认为是对中国不合理高考体制的冲击。

今年更出现了香港的大学到内地"掐尖"的说法，有人开始担心北大、清华"面临生源流失"，这就有点杞人忧天了。实际上，今年全国考生近千万，香港不过只招收一二千名，就算把考分最高的"尖子"全部"掐去"，对清华、北大的新生素质也不会有什么影响。是不是高才生，并不在于高考成绩一两分的差别。

反倒因为这千多名学生有机会去香港，等于增加了同样数量的学生可以进北大、清华等一流大学，以此一层层类推下去，最后又会使一批本来可能进不了大学的孩子，得到了入学机会。把这些数字加起来就可以知道，香港在内地多招收一名学生，就可能"造福"多名学生和他们的家庭。所以，香港招生多多益善。

香港的大学今年招生过程中的一些做法，再次被内地媒体用来批评自己的教育体制。例如，香港中文大学今年取消了对内地学生的面试，原因是"我们希望尽量做到机会公平，不能因为面试把大部分人排除在外。我们要给更多人，尤其是家境贫困的学生以机会。我们是办教育的，目的是要改变学生的一生。那些小地方来的穷学生，他们的一生会被我们改变。因此，把资源投到这里最有价值"。

对此，《中国经济时报》评论说："公平，成为第一考虑，这值得内地教育认真反思——这是极为深刻的一课！"而《北京青年报》的评论，则称赞"香港中文大学对政策和价值取向矫正机制的一个'快'字"，呼吁教育部门的决策者"反思和学习"。

"自己来考试半小时都找不到考场,这样的人怎么能过关?"香港大学中国事务处的范冠豪先生有感而发的这番话,也成了对内地学生的警示。事因 6 月 17 日,一千六百多名学生在北京参加香港大学的英语笔试,考试快开始了,仍然有不少考生找不到考场。北京一家媒体的报道以"港大考试测验独立性"为标题,另一家媒体更评论说,许多内地学生过于依赖家长和老师,自理能力太差,这在港大老师眼里,也许是不可原谅之事,可是在我们现实中却司空见惯,甚至这部分学生往往就是好学生的代名词。

香港的大学到内地招生,本来只能算是一份"薄利",没想到会引出那么些意想不到的效果,真是"礼轻情义重"了。所以,香港到内地招生应该一年年继续下去,而且应该招得更多。

(2006 年 6 月)

香港原来是戒烟好地方

北京大学一位著名教授，八十岁时仍然身板硬朗，别人问他有什么养生之道，回答是"抽烟、喝酒、不锻炼身体"，加上连串笑声。不过，两年之后他就去世了，不算特别长寿。我的长辈中多位老太太活过九十，有的也是"抽烟、喝酒、不锻炼"，有的则是"不抽烟、不喝酒、不锻炼"。所以，世事无常，没有什么特别可以作准的东西。

对于上了年纪的人，我从来不会劝他们戒酒、戒烟或者节制饮食。人老了，生活中的乐趣本来就不多，还要他们放弃那些嗜好，为的只是在生命的最后阶段无趣无味多拖上几年，弄不好还会催命，又何苦呢。有办法让他们吃得好，喝得好，能抽上最好的烟，才真正是为他们着想。不过，我自己还是把烟戒掉了，而且已经整整七年。

在我认识的人当中，能够成功戒烟的几乎没有，有的人说是戒了，但看到别人在抽烟，仍然会忍不住讨一支点上，可见他心里还是很想抽，平时只是强忍着。我却没有这种痛苦。我停止抽烟之后，闻到别人抽烟就会不舒服，甚至反感。据说，戒烟的人到了此"境界"，才算彻底戒了。但我也没见过别的什么人像我那样戒烟的。实际上,我不是"戒"烟,就只是不抽了。1993年,我还在一家美资媒体集团打工,有一天,公司管理层要全体员工投票表决办公室应不应该禁烟。为了照顾吸烟者的感受,规定须四分之三以上赞成,"禁烟令"才算通过。这反倒使我们这些吸烟的人有点不好意思,结果全都投了赞成票。

从那一天开始,进了公司,不管在会议室、资料室以及通道等公共空间,还是自己的办公室里,都不可以再吸烟。开头几天,谁烟瘾上来了,就会到门外电梯前那一小块地方,站着抽上一支。不多久,那里的空气就变得特别污浊,垃圾筒顶上堆满烟头,不少还染上口红,由此可以估算出女性烟民的比例并不低。有一天,某位同事在电梯门口的墙上贴出一幅漫画,讽刺我们"物以类聚"的狼狈状况。此后,到那里吸烟的人也少了许多。

有几次,我会到办公楼附近的维多利亚公园,找一张椅子坐下,抽支烟,看份报纸。这倒也不错,如果风和日丽,还有点忙里偷闲的味道。但碰到刮风下雨或者烈日当头,就变成受罪,只好匆匆忙忙抽上几口就回去,一点享受都得不到。对我来说,最大的问题还不在于此,而是工作实在太紧张,一篇稿子刚改完,本来想下楼吸烟,另一篇等着发排或制版的稿子又送到桌上,这样一拖再拖,常常半天下来没有空隙时间可以吸烟。我的戒烟,就这样开始了。

本来,一面动脑筋写稿、改稿,一面抽烟,大概是所有"文化烟民"的习惯。公司的"禁烟令",等于强制性地把你的习惯分拆为二,写稿时不能抽烟,抽烟时无法写稿。但我打工就是写稿、改稿,而抽烟则已经变成偷闲,相比之下,打工当然更加重要。

事情一多，抽烟时间就不得不推到后面，次数越来越少。渐渐地，大概两三个月之后，我发现自己的"烟瘾"小了许多，半天不抽也没有什么了，再下去，有时从早到晚没抽一支烟也就过去了。

就那样，也弄不清楚从哪一天开始，我就不抽烟了。我一直不认为自己是"戒"了香烟，因为我从来就没有下过什么决心，或者对自己采取过什么强制性措施。香烟、打火机、烟灰缸始终放在桌子上面，抬头就看见，只要自己想抽烟，随时可以拿了就走。之所以不抽了，无非是工作压力太大，远远超过了"烟瘾"上来的痛苦。

我有二十年以上的抽烟历史，别人问我戒烟的经验，我就先问他愿不愿意找一份从早干到晚、上班的地方又不可以抽烟、而且时时刻刻都忙得喘不过气来的工作。也许只有在香港才会有这样的"非人"环境，我若不从内地移居此地，今天可能还在抽烟，甚至更加厉害。另外还有一点，香港住的地方一般都比较狭小，对我这种抽烟的"一家之主"相当不利。

回想起来，我的戒烟，还是从家里开始的。一家三口，就我一人抽烟，另外两位就算不公开反对，看到你抽烟时皱起眉头，或者打开几扇窗子，你也会感受到心理的压力。平日上班，几乎每天都要半夜回家，不会再抽烟，大家相安无事。到了周末在家时，不能不顾及她们的态度，只能少抽烟以至不抽烟。一个周末才两天，"熬"过去还不算太难，碰到过年或者圣诞节放大假，那就要整整一个星期"节烟"。能够做到这一点，进一步戒烟就有了初步的基础。

说到底，成功戒烟的最大动力一是怕老婆翻脸离婚，二是怕女儿离家出走，三是怕被老板炒鱿鱼。其他什么为了自己健康啊，什么奖励活动啊，什么保护环境啊，什么节省金钱啊，烟瘾上来时统统不会有用。我有个上海的朋友抽了几十年的香烟，老婆为他算了笔账，说是他这辈子花在烟上面的钱如果买手表（那时买只手表是很不容易的事情），可以把两支手臂都戴满。他回答说："别人不抽烟的，我也没有见到谁有那么多的手表。"老婆语塞。

(2000年)

做新闻的和开的士的谁更倒霉

香港中文大学最近公布了一份关于"部分行业社会地位评估"的调查报告,主持调查的学者教授以及各类新闻媒体立即大呼小喊起来,说是"香港新闻工作者社会地位下降",原因一二三四。

其实,这种调查主观得很,除了让媒体炒作几天,没有多少人会把它当回事。新闻工作者之所以表现最惨,主要因为香港主流媒体的老板为了生存和赚钱,极力迎合市民大众的口味,做新闻工作的人只好跟着自我作贱,还要被人看不起,真是倒霉。但话又说回来,香港经济状况如此之差,每隔两三天就有朋友或者朋友的朋友来电话说是报馆又要裁员,问有没有工作可介绍,弄得我也心慌起来,担心自己明后天也要给别的朋友打电话求救。这年头,打工领薪养家糊口最要紧,"社会地位"值几个钱?

如果用经济收入来衡量社会地位,香港做新闻工作的只要能够保住原来的饭碗,情况应该不算太差,最多没有双粮(年底双薪),或者加班不加薪。在中文大学的调查中,新闻工作者的评分比香港回归那年下跌 0.40 分(总共十分),的士司机反倒上升了 0.63 分，但谁都知道近几年开的士这行日子难过，收入下降幅度大大超过做新闻工作的。对的士司机来说，大学里的几个蛋头学者搞什么调查，就算给他们评分最高，也无关痛痒，高兴不起来。相较之下，做新闻的人似乎都有点"自恋（怜）"倾向，喜欢大惊小怪。

要探测香港经济好坏，如果不相信港府高官或财界精英的诚实和智慧，最好多听听的士司机的声音。这两年我常常要到半夜才收工回家，必须搭乘过海的士，也就经常有机会同司机交谈，每次二十来分钟，获益甚多，还同几位成为"老相识"。最近半年发现新入行开的士的多了起来，可见香港经济和就业市道仍然相当低沉。有的本来开公司车，每天接送老板，现在生意差，老板只好自己开车，把他辞退了。开的士毕竟不同于给老板开车，许多地名和路径都不熟，要我不时指点才没有走冤枉路。

前晚碰到的那位司机原先是开花铺的小老板，他说香港人越来越少买花，特别是店铺关的多，新开张的少，没有人送致贺花篮，花铺生意就很难做下去，除非开在殡仪馆旁边。他的一些同行朋友还没有转业，每人都欠债数百万。还有一位司机几个月不见，原来他开车违章出事，被罚停开的士，转去地盘做测量工作。那里的事情完成后，没有新的项目接上，又回头开的士。他告诉我，在地盘做事时为了多赚点钱天天加班，比开通宵的士还辛苦。

当然，开的士谋生也不容易，港九街头常常见到的士等客的红色长龙，就是生意好坏的指标。半夜乘车时，熟悉的司机就会告诉我，晚上开工到现在我是他第几个乘客，他在我们的公司门口已经等了多久。最叫我不放心的司机，是告诉我他除了开的士，还要兼职做别的事情。有一位就说他开车开到半夜三点钟，交车后就去油麻地果栏做四个小时的装卸。碰到这一类的士司机，我一定打起十二分精神，有话没话不断找题目同他聊天，生怕他一打瞌睡把车开歪了。

　　生意不好的另一个证明是，本来不过海的的士现在多愿意接载过海客人，而且同其他过海的士一样只加收十元隧道费，不像以前要加三十元。市道不好，还分什么过海不过海！比较精明的的士司机会观测来客的意向，如果估计是找过海的士的，就立即在车窗里挂上过海车的标志，以免被排在后面的同行抢走生意。更加厉害的司机会注意熟识的客人几时收工回家，你刚走出公司大楼他就把车开到面前，招呼你上车。

　　香港"夜更"的士司机大致上有三种品性。一种司机喜欢同你聊天，多是叹苦，也有的什么都要打听。另一种一声不响，偶尔接听电话也只是压低嗓门短短几句。像我这种打工到半夜的人，往往筋疲力尽，上了的士不想多说话，如果司机也安安静静，轻轻开着收音机听点音乐或者新闻，那是最适合的。过去两三年中印象最好的一次，是司机同我一路都默默欣赏一曲小提琴独奏，到家时我很想谢谢他，因为这种品性的司机实在不多。

　　有第三种品性的司机大概占四分之一到三分之一，碰到他们算你倒霉，有时真想半途下车换别的车子。这种司机根本不把你当乘客，更不管你要不要休息，一路上自顾自扯着嗓子，用无线电对讲机同其他车上的司机讲个不停，不是赌马就是赌波（球），而且满口粗言秽语，十分刺耳。世界各地的士司机品性各不相同，最可悲的除非谋财害命，都没有香港这种司机叫人讨厌。上海的士司机最怕乘客投诉，轻则罚款，重则吊销牌照。在香港碰到这种品性低劣的的士司机，却是投诉无门，拿他们毫无办法。真不知道香港有什么资格可以再自吹自擂的。

(2002 年)

第三辑

亲情忆旧篇

爸爸的"大书"

我们家里叫它作"大书",爸爸的大书。说是大书真不假,动笔前我特意拿出磅秤,六公斤半,大概十三斤半;A3 纸大小,半尺厚。枣红色的皮封面,烫金两行毛笔字书名"现代中国剧曲影艺集成　浙东　曹聚仁　辑",下面跟着他的印章,很是隆重。

近四十年,父亲的作品在大陆和香港出版、再版和重印的,总数不下七八十种,就是这本"大书"没有出版社敢承诺再版。好在中国戏剧出版社 1985 年出了他的文集《听涛室剧话》,收入了"大书"中二十万文字,但也只占全书的一部分。文字部分无法与书中的两千多幅剧照、图画资料对照呼应,总是不小的缺憾。

我们在父亲的遗物中找出两本"大书",真皮封面的那本现在存放在上海鲁迅纪念馆的"曹聚仁文库"中,人造革封面的放在姐姐曹雷家的书房,时间长了也少去翻动,外表已经有点龟裂。没想到不久前我收到凤凰卫视老同事马鼎盛从香港打来的电话,核对有关他母亲红线女的一段史料,让我们又拿出父亲的这本"大书"。

广州的《南方日报》三十三年前(1987 年)刊登了红线女

纪念周恩来总理的文章，说到1972年的一个夏日她去总理家，他正在看"厚厚的一本书"，见到她就说，"你来看看这本书，有意思的。"红线女看了，"原来这是香港曹聚仁编写的一本文艺集子，个中介绍了全国各地的一些优良的片子和舞台艺术

| 留在姐姐曹雷家中的爸爸的"大书" |

等作品，还有介绍粤剧《关汉卿》的图文"。她高兴地对总理说："现在看到这个，真是可贵极了。"她请求总理把书送给她作纪念。总理说："不成，要把它送到历史博物馆，让大家都能看到。"

　　红线女回忆中的短短这段，给了我两个没想到。首先，没想到这本"大书"能够到达总理手中，因为太重太大没法从香港寄北京。实际传递途径，很可能是我父亲托好友香港《大公报》社长费彝民，由当时新华社专责部门运到北京，直接送抵总理办公室。再有个没想到，是"大书"得到了总理的高度肯定，而且是在1972年那样特殊的时间。因为我们家人都认为父亲在当时环境下出这种"不合时宜"的书，而且还花了这么多的心血和精力，实在是吃力不讨好，傻得可以。

　　现在回过头去看，这本皇皇巨印是父亲半生研究和二十年资料搜集的结果。1971年在香港最终能够问世，是他校阅出版周作人《知堂回想录》后，了却的又一桩心中牵挂。1972年夏天，正是父亲在澳门镜湖医院度过的人生最后时刻，如果他那时知道

亲情忆旧篇　| 163 |

总理对"大书"的赞赏，一定会带着笑容离开。

父亲是个十足的戏迷，1956年他第一次从香港到北京，晚上少不了看戏。十来天里，九岁的我就跟着他到长安大戏院听了四大名旦之一的尚小云，看了讲"周处除三害"的武戏，还看过中国京剧院根据蒙古国同名诗剧改编的现代戏《三座山》。后来几年，他每次进京或到内地其他地方，看戏一定是工作和采访之外最重要的事情。

尤其是1959年国庆十年大庆，各地名家名剧会聚到北京献礼演出，更让他兴奋难已。对他而言，同期在北京登台的全球闻名苏联乌兰诺娃芭蕾舞，吸引力远不如红线女、马师曾的粤剧《搜书院》《关汉卿》。汇集和保留现代中国戏剧戏曲资料的想法，应该就是从那时候浮现的。

| 父亲曹聚仁，抗日战争时期战地记者 |

父亲对中国戏曲源流的研究，同抗日战争有关。1932年"一·二八"淞沪开战他避乱苏州遇上昆曲，连续追看了几个月；1938年秋天，他作为战地记者随军转移到江西东北部，又接触到了弋阳腔，从此开始对南曲流变和各方戏曲演革的研究和史料搜集。他在"大书"的总序中说："我个人并非戏曲专家，却在抗战八

年中摸清楚了南曲的血缘演化，作为地方剧种的研究者，慢慢理出了一个头绪来了。"

1950年代多次北行，父亲看到中国各地戏曲艺术确实呈现了前所未有的"百花齐放"，由衷欣喜。他说，"百花"的"百"，乃是实词，并非虚语，无论从哪一角度来看，都得以"百"计的。"我在鸭绿江畔安东（现丹东）城中，看了越剧团的《红楼梦》演出，真的比看在市场上出售（南方的）的香蕉和荔枝，还更感动些。"

"这便是我们要保留这些图片的主因。文学艺术原是反映社会安定、文化进步的上层征象。"自此，他香港家中书架上有关戏曲戏剧的剪报、杂志、资料就不断增多加厚，分门别类，也年复一年写了好多篇报道和文章谈戏谈曲谈剧谈艺。姐姐曹雷走上戏剧和电影的事业路径，让父亲更加高兴，似乎弥补了他人生中一直想做却做不成的一大遗憾。可以说，他也是为女儿搜集保存这些资料，从香港遥遥寄托自己的期望。

即使后来大陆整个气氛和环境有了很大变动，他不仅没有"识时务"停手，更动了出书的念头，以求永久保存手中的资料。"我们从艺术观点，把过去二十年间的剧曲影艺的史迹编刊出来，该是多么有意义的工作。我个人能在这儿快炙献曝，尽一点微力，实在愉快得很。"但此时的父亲已是"贫病交加"（香港右派媒体的描述），既无家可倾，亦无产可荡，只得寻求出版商相助，终于成事。

大书印出了，1971年新年伊始，父亲就写信告诉上海的曹雷："我编了一部有关地方戏曲影艺的记录书，彩色精印，有十八斤那么重,希望能留下给你。我相信十年以后你看了,一定会很满意的。"三个月后他又在信中告诉她,"那部大书目前你不一定看,十年后你必须看一遍,才知道我用心力之勤之苦,这书大家都承认会传下去的。"十八斤,应该说的是真皮封面那本。

  真是到了十年之后,我们才有机会第一次拿到和翻看爸爸的大书。那时,大陆已经进入改革开放,父亲的回忆录《我与我的世界》成为三十年后大陆出版的第一本他的作品。时间一晃而过,"大书"出版已经半个世纪,总理去世也已四十四年。此记。

(2020 年)

爸爸和家

一开头就讲一下吧,就是我的名字。因为这次活动的主办方在开始这场活动之前,在网上发了一个文稿,就我的名字该怎么读音有一段话。今天我就作一个说明,我叫曹景(jǐng)行(xíng),不叫曹景(yǐng)行(háng)。为什么叫曹景行呢,没有什么道理,老爸就叫我这个名字。当然行字可以有不同的说法,也可以拿出不同的证据来。

还有一个就是景字也可以读(yǐng),但是我相信我老爸,他毕竟是教国学的,二十多岁就在上海的大学教国学。他的老师是章太炎,章太炎应该算国学的大师了,我相信我老爸。在父亲节到来的时候,我很难得地恭维一下我的父亲。

说到父亲,刚才大家已经看到我讲的一句话,实际上我和父亲一起生活的日子实在是很少很少。我很羡慕梁钦元先生,他的父亲九十一岁了,有这么长的时间和父亲在一起,甚至还有三十年以上是跟他的祖父梁漱溟在一起。我都没有。

托尔斯泰在《安娜·卡列尼娜》中说过一句话,"幸福的家庭都是一个模样,不幸的家庭各有各的不幸。"也许这也是我家庭的不幸。刚才照片里面看到我们所谓的全家福五个人,那时

| 1959 年 1 月的全家福。这年之后，父亲曹聚仁就再没有回过上海。 |

是 1956、1957 年，很难得的时候，也就是我跟我父亲，在我三岁以后有一个月的时间是一起的，那段时间里面留下的。

按照今天的说法，我是留守儿童。父亲需要到外面打工，去工作。最艰难的时候，当然我们知道是我们国家在上个世纪很不幸的那段时间里，照片上的五个人实际上在五个地方。我、我哥哥、我姐姐分散在三个地方，我妈妈一个人在上海，我父亲在香港。我们还瞒着我父亲，不告诉他我们的情况，我们怕他知道我们家的一些情况，给抄家之类的，怕会受影响。所以跟他说，一切都好。他也以为我们一切都好。但实际上，我们都在不同的地方，我那时候已经下乡了。

到最后，我见到我父亲的时候，他已经去世了。我和姐姐去奔丧。那个时候能够去奔丧，要感谢周恩来总理给予照顾，不然的话可能这个机会都没有。我父亲这一辈子，他没见过我的妻子，没见过他孙女，我也从来没有机会问他一下，这个字怎么写。我甚至没机会在父亲节或是别的什么节，给他一个问候。这就是我们的不幸。

在这样一个家庭里面，父亲到底起什么样的作用？我今天能够在这儿和大家交流，我能够成为今天的我，父亲究竟起了什么作用？在父亲节的时候，我也第一次想到这个问题。因为这个话题我才去好好想了一下，到底在我一生当中，甚至到我今天，父亲给了我什么？

首先在我自己的家，也许和很多的家庭都一样，父亲可以说是一根主梁。他和我妈妈，他选择的、他的终身伴侣，一起撑起了这个家。我们从小长大，他给你土、给你水，挡住雨、挡住风，即使在很动荡的时代下。我现在回过头去想，去香港这样一个抉择，很不容易的抉择，他也承受了很沉重的负担。但是毕竟给我们挡住了最后的风雨。

而且在我们整个成长的过程中，他撑着这个家，首先他要打工。当时为什么去香港，有很多说法，人家猜测很多，但是我看在他的信里面，包括文章里面，写得很清楚，就是为了这个家。一家人，上有老下有小，要过日子。所以他要去香港，需要一份工作，这个工作就是写字。

李敖先生看到我就说，就是你老爸我比不过。因为父亲发表东西是四千万字，李敖到现在还没写到四千万字。我父亲在他的文章里面写到，这种写稿的日子叫手停口停，一天不写东西，就没吃的了。为了整个家庭的生活，必须写。所以他到了香港，包括他之前写的，他一共发表了四千万字。我不知道《红楼梦》是一百万字还是多少万字，反正可以想象一下。现在已出版的书一百种吧，好多还没出版。但是这样辛苦地写，除了他有许多自己的看法要发表，我想他放在非常重要的位置就是为了养活我们。

他1972年去世前最后一张照片，这张照片是在澳门。他最后病危的前夕，在医院里面的病床上，已经人都坐不起来，他拿一块板，手那么举着在写稿子，人已经瘦得不像样子还在写着，因为报纸上的专栏还在等他的文字。

这张照片我看了一直是非常心疼，也觉得非常亏欠。因为可以说在他去世前，我一点点东西都没给过他。那个时候我二十五岁，我下乡，我也没办法给他。即使我在农村买到的很好的茶叶，我也没办法带给他，我甚至连一句问候的话，包括他生病病重的时候，我连一句问候的话都不可能。因为那时候没有电话，尤其是香港，一封信要十来天。

所以等我们接到电报，

| 1972年，父亲临终前几天仍在澳门医院病床上写稿 |

说他病危的时候，赶过去，三天三夜。从广州这儿出去的，顶着像昨天那么大的雨，到了澳门拱北关口，朋友来接我们的时候说，他已经去世了。那天的雨和昨天的一样的大。

对我来说，父亲到底意味着什么？

我想首先一个就是对家庭的责任。作为父亲，我的父亲尽到了对家庭的责任。尽管这么遥远。现在看来一千多公里，两小时飞机。那个时候不仅是地理上、交通工具上的时间，更重要的是两个不能随便过去的地方。他过来也不容易，我们过去更不容易。但是在那样的隔离下，到底父亲对我是怎么想的。我现在很想去想象，他那时候一个人在香港的时候，想到我们会怎样。

我现在想到我们小时候，常常收到他的信。有时候他也会寄给我们报纸，香港的《大公报》等，里面夹一个两个气球。有的时候会夹一块手绢给我姐姐。甚至有时候会收到海关的一张纸，说你们寄来的东西里面有走私夹带。那时就是这样，如果你夹一条手绢，他认为是走私，就不让进来。

父亲经常想着我们。我九岁那年去北京，是他离开上海去香港之后六年里第一次到北京。我当时完全不知道他干吗去了，现在当然知道，是为了两岸的事情去。我是跟着妈妈从上海去了北京。到北京的时候天很热，然后我们到了饭店，我爸爸他来帮我洗澡。洗澡的时候他说了一句，这句话我今天还记得非常清楚。他突然停下来对妈妈说："闲闲怎么这么瘦。"他叫我小名叫"闲闲"。

后来几天我都感觉他在补偿我，我要什么他都同意。他看到我对新侨饭店下面卖邮票的地方、对邮票很感兴趣，当时小孩都集邮。他说你要的你全买下，当时我记得是五块钱，那是很大的一笔数，我把当时新的邮票都买了一套。

那时我的满足感是从来没有过的，我居然可以这样，我不是五分钱、一毛钱去买邮票，而是可以这么样。所以对于在香港的父亲，我的感受现在很难去体会。

讲到我哥哥曹景仲，他在1970年去世。二十五岁去世。清华大学的高才生，分配到了河北的最北边，因为战备的需要，农机厂改建军工。结果出事，因公殉职。那个消息，我妈妈当时不敢告诉父亲，就通过香港《大公报》社长费彝民、费公转告他。

后来我父亲在文章中用了四个字——断指之痛。从这句话里面，我想可以感受到他对子女的关心。他关心不关心我的成长？应该说，主要是我妈妈直接关心我的成长，当然我的学习情况我妈妈会告诉我的父亲。

后来我就下乡了，去种地了。你想我们的父母对孩子下乡一般来说的反应是怎么样，大家可能都还有点知道、有点记忆。如果你们的父亲是知青的话你们可以了解一下。但是我父亲给我一封信，他给我写的信不太多，他这里面说了这样一句话，"闲儿，归农正是我们的心愿。不过新农业得学习的很多，改良种子、化学肥料、改良土壤都是要事。这就得跨过老农，一步步来。"这就是我父亲对我的期望，刚才大家说是不是我父亲希望我"子承父业"，也做学术也做什么，这真没有。

在那个时候我下乡，父亲认为这也是很好的事情。而且他说过，我们家本来就是农民，我祖父、我曾祖父都是农民，所以从农民到教育家，到我父亲，到我现在，他认为我们去做农民也可以，但要做新的农民。

所以在我父亲和我的关系当中，我会觉得有许多方面在教我做人。

首先一个，他不在，但他留给我们一个读书的环境。家里头全是书，而且我们家里人全都在看书。从我妈妈、我姐姐、我哥哥，我们平时都在看书，所以我从小看书。我过生日的时候，我记得九岁过生日，父亲在北京给我买了《水浒后传》。因为我小学一年级就把《水浒》干掉，然后小学二年级给我看的是《水浒后传》，接着是《说岳全传》。

在这种环境当中，读书成为了我一生当中最重要的内容，我可以不吃饭，但是我不可以不看书。直到后来我做新闻做评论，我得感谢我从小可以翻书、可以看书。所以是一个读书的家。

再有一个，就是你看事情看得比较大，因为家庭里面格局比较大的。因为父亲的存在，他会让我关注的事情比较多。从小看着大人做大事、谈大事，许多事情就看得比较复杂。比如说，他那时候回北京，当然我也会问妈妈干吗要回北京，简单的隐隐约约之间了解到两岸之间是可以沟通的。这对我来说是一个非常大的改变想法——世界上的事情不是那么简单，非白即黑，原来还是可以有白和黑之间的交互、影响。

毛泽东主席当时见我父亲的时候，叫我父亲"不妨更自由主义一点"。自由主义当然不是很好，当时有这样想法对于我来说，我就可以想得复杂得多，所以我从小的时候想的事情可以更复杂一点，更多一点。这对于我的成长，包括后来我走上工作，都有特别的、直接的关系。

在这个家里面,他不在身边,但是他让我感到的就是这样一个事情。我要关心世界上大一点的事情,不是只纠缠在小事身上,看得远一点,看得长一点,而且看得复杂一点,不是那么简单。

所以对于他来说,他也许不知道这些东西影响了我。但实际上我就是在这样的气氛、环境当中长大。

他的一生,最后是、应该说是他自己有一个使命感。所以他自己把自己比作"灯台守",波兰有一个作家叫亨利克·显克维支,他的一个短篇叫《灯台守》,就是看灯塔的一个孤零零的老人。父亲把他自己比作这样,无非就是为了他的使命在做这样的事情。

不只说他的最后,可以说他的一生,关心的就是我们整个国家,关心的是我们的民族。他为什么要扔掉大学的教职,要去当战地记者,就是为了去抗日。所以前年抗战胜利七十周年的那时候,我们在各地拍片子,拍了一个系列。有一次和孙元良的儿子,大家可能知道台湾很有名的演员叫秦汉,谈到当年抗战爆发,上海抗战的时候,在四行仓库里面,他的父亲是88师的师长,我父亲作为战地记者,一起在司令部里面生活了四十多天。

我跟秦汉说,当时如果日本人的一个炮弹或炸弹正好扔在他们两人身上,这个时候就没有你也没有我。但他们那个时候就是真的为了国家,为了民族,什么都不顾。而这样,一直到他最后成为灯台守,我想这样的一个精神,他的为人一直对我来说,是终身的影响。

你到底为什么活着?你到底为什么来过你的一生?

他自己曾经有一首诗,他这首诗抄写得蛮多,也是写给我姐姐,实际上也是给我们孩子。"海水悠悠难化酒,书生有笔曰如刀。战地碧血成虹影,生命由来付笑嘲。"他本来是个虚无主义者,他自比喻为浮萍,他自己的符号叫乌鸦。但是在重大的,像日本人打过来的这样的情况下,他还是走上了战场,实实在在地去做他的事情。

作为父亲对我们的影响还有就是,怎么做人。

我跟他,我跟父亲因为没有一起生活,他交的朋友我都不太知道,尤其在香港的。他去香港之前我三岁,所以到底他的为人、他的许多事情,我都是通过他的朋友来跟我说的。

我刚刚进入复旦大学,我的一个同班同学,跟我同样年龄的,也是老三届。突然有一天跟我说,他的爸爸要向我问候。我说:"你爸爸?"他说对。他说,他的爸爸当年在抗战的时候,从上海经过江西要去内地,去后方。经过江西,我父亲在赣南,他们已经是逃难,在那样的情况下,我父亲不仅接待了他,还让他们住下来、留下来,好像还有工作。

他的父亲就要他的孩子来向我和我妈妈道谢。这样的事情我其实后来越听越多,包括我在香港。帮过的人实在是很多,能够帮,甚至自己吃亏、有的时候甚至还造成了误解,但是对他来说需要帮人家就要帮人家。他这样,我妈妈也是这样。从我们家里来说,就是这样。再有一个就是朋友托付的事情,一定要把它做好。

(注:此文为 2017 年父亲节"拙见"的讲演记录)

亲情忆旧篇 | 175 |

四十年后魂归上海：
记我们的兄弟曹景仲

四十年前的 1970 年 1 月 30 日下午，一声惊天动地的爆炸，冲破了河北省沽源县农机厂的车间屋顶。地上倒下了几个人，其中就有还不到二十五岁的清华大学毕业分配到县里的曹景仲。四十年后的 2010 年 1 月 30 日上午，他落葬在上海青浦福寿园，紧挨着父亲曹聚仁的墓地。

| 姐弟仨。初中的我与高中的哥哥对弈，大学生姐姐观棋不语。|

景仲于抗战胜利那年出生于江西乐平,所以有了"平平"的小名,但却没过上几天平顺的日子。1968年10月景仲从清华大学毕业,因为父亲在香港的"海外关系",因为工军宣团执意要把这批学生哥送到最艰苦的地方接受再教育,他这个冶金系的高才生就被分配到河北省沽源县农机厂当工人。

| 1968年,哥哥景仲在沽源县农机厂 |

紧贴着内蒙古的沽源,今天仍然是国家级的贫困县,当年境况之困苦可想而知。小小的县农机厂,景仲是分去那里的第一个大学生。过了一年,中国与苏联发生边境冲突,1969年春天的珍宝岛之战,把整个中国都推入最高战备状态。沽源地处"坝上",连着内蒙高原,距离中蒙边境才二百多公里。如果中苏全面开战,屯驻蒙古境内的苏联机械化精锐部队最有可能取道沽源,然后长驱两百多公里就直抵北京城下。

为了防备"苏修"、保卫首都,沽源全民皆兵,成立战备办公室，农机厂受命试制一批手榴弹、半自动步枪和反坦克的无线电遥控地雷。一无技术，二无设备，三无安全措施，一切白手起家。景仲作为技术人员加入研发小组，因陋就简开始试制工作。经过半年的努力，他们试制成功了遥控地雷、手榴弹和半自动步枪等武器，经过现场试验，效果基本理想，有些环节还有待改进，景仲在工作中破解了不少难题。

这年9月，景仲在研磨火药时，被一次雷管爆炸伤了双眼，左眼几乎失明。我们在他留下的文字中看到他眼睛负伤后，在张家口医院写下的话："我本来就是有思想准备的，要奋斗就会有牺牲，总要付出一定的代价……"后来，他回到上海就医，没休养几天，等不及把眼球深部的炸药末子慢慢取出，就戴上墨镜赶回沽源。没想到只过了两个月……

那是农历的腊月廿三，一个天寒地冻的日子，第二天军分区就要来现场验收他们试制的遥控地雷。为了保证演练成功，副厂长王庆启带着试制小组加班工作。下午4点10分左右，有人

| 1969年哥哥景仲眼睛受伤后与母亲合影，这也是他最后的照片 |

不慎触动了雷管，引起爆炸，当时景仲靠得最近，与王副厂长和一位工人当场殉难；另一位工人重伤获救（此事在 2003 年出版的由政协沽源县委编撰的《岁月沧桑》一书中有详细记载）。

时为春节前没几天，沽源气温降至零下 30 摄氏度。由于当时沽源还没有火葬场，县政府在烈士陵园外面的空地上，用炸药炸开厚厚的冻土层，用红松木为棺，为三位死者落葬。死者都作为因公殉职，未给烈士称号和待遇。但县里的追悼大会开得颇为隆重，数千当地百姓和驻守军人组成了出殡的队伍……

我们全家赶到沽源，见到的只是从头到脚寸寸白布紧裹的遗体，却再也见不到他的容貌……

离开沽源时，我们带上了他的一点遗物：四五张带血的十元人民币，出事那天正是工厂发工资的日子；还有他的一些文字和他拍的照片。

景仲对命运的这种安排似乎并不躲闪。他是清华大学那批毕业生中最后分配的，所去之处也是条件最苦最差的，但他欣然接受。景仲到了沽源，很快就把自己融入长城外的坝上草原。我们在整理他的文字时找到他写的几首诗，其中一首写道：

遣情神州风和笳，
立志塞外雪涤颜。
天意何期相逢时，
一身早换工农衫。

还有"若问此生何处老，张家口外铁水溅。"这样的诗句。

有一首诗题于他在长城上拍摄的照片背面：

幼时最恋长城图，
谁料此根城下栽。
白云青山能作证，
我血亦不负轩辕。

最后那句从鲁迅名句"我以我血荐轩辕"演化而来，却成了血性男儿的明志遗言，一语成谶。

他给我们的信中，讲到他已经学会了骑马，经常清早就和一位老牧民去草原上放羊。后来他又告诉我们，他已经和那位老人的女儿订了婚。景仲的未婚妻姓王，是个朴实敦厚的当地姑娘，在县城里的照相馆工作，景仲喜欢摄影，常常去照相馆冲印自己拍摄的照片，两人相识后很快就有了感情，定情之物是几双袜子。那年他眼睛受伤回到上海治疗，把家中一些破旧家具略加整修，托运回沽源。他离开这个世界时，也带走了他对未来小家庭的美好构想。

后来许多年，母亲更把小王当作自己的女儿。小王后来到张家口工作，她留在沽源的父母，还一直照看着景仲的坟墓，清明时分还做上几个菜，放在景仲墓前，直到小王父亲病逝，母亲也到了张家口。2005年夏天，我们开始筹划景仲迁葬之事，不料就在那时，小王的妹妹来电话说，小王在张家口遭遇车祸去世，令我们惊愕而长叹。而景仲的迁葬，也推迟到了今天。

我们决定把景仲遗骨火化后带回上海，因为他毕竟是上海长大的孩子。他一岁从江西到上海,初中读虹口区的复兴中学,高中读静安区的育才中学。他五岁就读书,聪明好学,平时花在功课上的时间却不多,但兴趣广泛,性格活跃。

当时,曹雷已进上海戏剧学院学习,父亲常年在香港工作,母亲忙于照顾家务和家中三位老人——奶奶和外公外婆,没有精力在学习上给他更多的关注。而他,却靠着自己努力,一举考入了清华大学冶金系。

| 景仲(右)寒假回沪与家人一起:左一母亲、左二姐曹雷、左三弟景行 |

进了清华大学后,景仲暑期都留在北京学校里。他给自己放三天假,尽情地玩,还把在京的亲戚家的孩子带到校园里一起玩耍。其他时间,他就给自己安排课程表:读书,或者学习他认为需要的东西。他原来是学俄语的,这时他又自学起了英语和日语。除了学习专业,他更喜欢动手实践:他给曹雷装过矿石收音机;有一年春节他回上海探亲,带回的礼物是他自己捶打出来的

亲情忆旧篇 | 181 |

两把铁榔头。他爱拉琴，爱唱歌，曾是清华学生合唱队的成员，参加过《东方红》的演出……

| 姐弟仨摄于1966年，左起曹景行、曹雷、曹景仲 |

"文革"开始后，清华北大处在风口浪尖，风云变幻。因为家庭出身，景仲没有被卷进政治漩涡的中心，但他仍然受到时代的激荡。大串联时，他搭火车绕了半个中国，又同弟弟景行一起从北京出发，步行翻越太行山到了山西的大寨。可惜，他没有等到"文革"结束。如果没有那次爆炸，他应该会同他的许多清华同学一样，得到大有作为的机会和舞台。而现在，我们老了，他的形象却永远定格在年轻英俊的二十五岁！

景仲是家中长子，他五岁那年，父亲曹聚仁去了香港。从1956年开始，父亲为台海两岸的和解不断奔波，也为此常年居住香港。"文革"中，台海和香港局势大变，父亲处境困难，可谓贫病交加。景仲沽源出事，如何告诉他，母亲煞费苦心。她给父亲在港的好朋友、香港《大公报》社长费彝民先生写信，请他转告并劝慰父亲。后来的情况，我们看了父亲写的文章才有所了解，有所体会。

| 1950年代，父亲曹聚仁为国事去京，归港途中经过上海，与景仲、景行摄于人民公园。|

景仲去世，白发人送黑发人，又一次"断指之痛"，对父亲打击之重，外人难以体会。京中为了安慰父亲，特别安排母亲到澳门同他会聚数月，这在"文革"当中已属不易。只是又过了两年，父亲就病逝澳门。如今景仲归葬上海，永久依傍父母，也是对他们在天之灵的告慰。

（2010年1月30日，曹景仲移葬、追思仪式在上海福寿园隆重举行。）

（注：此文系与姐姐曹雷合写）

附父亲曹聚仁1970年所写《哭平儿》（节选）

　　上周末，我接到云（注：指曹聚仁夫人邓珂云）从上海来的信，问我：F兄（注：指当时香港《大公报》社长费彝民）有没有收到她给他的信。我并不以为意。恰好F兄约我星期一上午和他见面，我就在回信中，说F兄大概已经收到她的信了。想不到F兄昨天和我见面，首先怕我吃不住，叫我沉住气，不要太激动。他才告诉我：平儿（景仲）已经在张家口外沽源工厂遇难殉职了。云怕我会太伤感，年老吃不住，才托F兄转告我！F兄还引了司马迁所说的"死有重于泰山，有轻于鸿毛者"的话，为国家建设而殉职，当然是光荣的。当时，我并不太激动，只是木然惘然而已。不过，我最懂得吴敬梓所写王玉辉从徽州经杭州到苏州，看见一个少年穿白的妇人那一刻的心情。一切都是一言难尽的；今天，我对万（超）兄也就说了这样的话。

　　四十多年前，便是"一·二八"战争那一年，我第一回折了自己的指头（注：这里指曹聚仁第一个女儿曹雯幼年夭折），我仿佛到了世界末日，也不知怎么活下去才是。四十多天，晚上总是流涕，毕竟是"日子"劝人，也慢慢淡忘下去了。第二回，正当抗战胜利那一年，我已从上饶回到了上海，霆女（注：指曹聚仁第三个女儿曹霆，景仲的姐姐，抗战中因传染上虎列拉，病逝于江西乐平，年仅三岁）却在乐平病死了。那一个月中，云几乎老了十年似的，我呢，真正觉得人生没有意义，万念俱灰。当时，我写了一首五言古诗，却是没有写完。这回是第三回折断了自己的指头！在平儿自己，正是求仁而得仁，又何怨？人生原不过为一大事出世。在生者，尤其是云，她一定像火灼那样刺痛，而她只是怕我吃不住呢！

半年之前，平儿在沽源铁厂炼钢，炸伤了双眼，他回上海医治，休假期未满，又赶回工地上去，这回竟是遇难了。我原说我的双眼很好，待机会留给他去换上。最近我的双眼突然昏花，心中不安，想不到他已遇难，用不着我的双眼了。

今天情绪很乱，就说说我此刻的感想！

平儿，他生在江西乐平，又值抗战胜利到来，世界和平在望之日，小名就叫"平平"。景仲，那是先父留下来的谱名。他的性子很憨直。他这回殉职，组织上用的考语，说他公而忘私，不怕苦，不怕死。这都是年青一代的美德。这美德，一半该说是先父梦岐公的德性。我一生交往的朝野人士，数以千计，真正能奋不顾身，公而忘私如先父的，并不很多。先父直性子，是非分明，想不到平儿遗传了这份美德。另一半，那是珂云之力，她把一生心力都放在几个儿女身上。过去二十年间，我大半时间在海外，不曾尽过什么父职。是她恰如其分地把儿女教养成为新时代的孩子。在思想觉悟上，我的儿女都比我进步得多。我知道她要多大的勇气，才能顶得住这样的遭遇！

对着平儿的遗影，我来检讨我自己的一生。我是虚无主义者，虽说在社会革命雏形时期，已经和前驱战士们很熟识，往来很密切；但我一直是看革命，站在革命洪流边上，不曾投入战斗中去过。我以唐代李泌自许，如张良那样，一直不想亲手去做过什么。只有奔走抗日，参加救国会；中日战争发生，作了战地记者，上过战场。但我上了战场，也还是一只凤凰，成了各战区的"贵宾"，不曾受过什么辛苦。连萧同兹社长（当时中央通讯社社长）也另眼相看,一直是风云际会,比范长江兄还幸运些。在社会革命有了结局的今日,我的儿女在生产建设上有了贡献,也可以说替我减轻了对社会国家负疚之心呢!

三年前,我从广华医院动了手术回来,珂云来信,勉嘱我再替国家做十年工夫。哪知在三年后的今天,实在暮境迫人,怕的不能再做什么了。不过,在平儿殉职的今日,我倒该下了决心,"鞠躬尽瘁,死而后已"呢!

我只是一个常人,当然做不了达观的圣人。据说庄周很疼爱他的儿子的,可是他的儿子死了,庄周一点也不悲伤,他说:"本来没有儿子的,如今他回去了,我又何必悲伤呢?"他是强调"死者归也"的意义。正如张横渠所说的"生无所得,死无所丧"的意思。但折断了的是自己的手指,自己的感受,总是不同的。无论怎样的譬解,都是没有用的。

大约九岁时,我就读了韩愈的《祭十二郎文》,那种伤感的情调跟我的年龄是不相投合的。可是,F兄把这一消息告诉我的时候,耳边便想起了"其信然耶?其梦耶?抑传之非其真耶?"这几句话来,我那时总以为这一定是梦境,不会真有其事的。不过,我对人世悲辛的感受,还是从归有光的文字中来的。他的《项脊轩志》,比朱自清师的《背影》更体味到人生的酸苦之情;可是,我折断了两回手指,才体味到他的《思子亭记》更含蕴着一种无所排遣的情绪。那记的结尾他写道:"……每念初八之日,相随出门,不意足迹随履而没,悲痛之极以为大怪,无此事也。盖吾儿居此七阅寒暑,山池草木门阶户席之间,无处不见吾儿也……思作思子之亭,徘徊四望,长天寥廓,极目于云烟杳霭之间,当必有一日,见吾儿翩然来归者……"到了今日,我更体会得归氏老年丧子的心境了。

霆女死之月,我曾写一首五言古诗,迄未竟篇,一搁二十多年,昨天找出来,念了几遍,情绪激动,接不下去。老年丧子,连孔老夫子都要哭之恸,像我这样,正如张定璜所说的:"……乃是舟子在人生的航海里饱尝了忧患之后的叹息"呢!

只求心之所安

五十年前的 1968 年，新加坡《南洋商报》开始连载知堂老人周作人（启明）先生的《知堂回想录》，前后凡十个月。此前一年多，老人已在政治运动中离世，但他这部最后的重要著作却能完整传世，其中的艰辛曲折实为外人难以想象。最近我们整理了手中的相关资料，大致梳理了整个写作与出版过程，以下面的文字来纪念《知堂回想录》刊发半个世纪，也是对知堂老人以及曹聚仁、罗孚两先生迟来的致意。

回想录本不在知堂老人的规划之中，能够写成、能够刊出、能够印成、能够传世，都极不容易，在当代中国文学出版史中应不多见。最近重又翻看当年周作人、曹聚仁、罗孚、鲍耀明相互间数百封通信，对曹聚仁《校读小记》中"知我罪我，我都不管了"一语，有了更深一层的感觉。

回想录缘起曹聚仁 1960 年约稿，背后有《新晚报》老总罗孚（承勋）先生的承诺。知堂老人从一开始就关心稿子如何发表，但直到 1962 年底辛辛苦苦完成三十八万字全稿，仍然没有得到明确答复，期间他甚至一度打算搁笔。曹在信中则屡屡安慰加催稿："先生不要停笔，一直写下去，决不会使先生失望。"

老人所不知，除了香港媒体环境恶劣，报社还要考虑他那段历史会引起的反应。罗孚先生能够做的，就是由《新晚报》预支稿费，按当时最高标准每千字港币十元（相当于人民币四元贰角七分）。有这样安排，保证了老人持续写稿，并通过《大公报》驻内地办事处朋友转至香港，全稿一千两百多页完整无缺。题目则由原来的《药堂谈往》改为《知堂回想录》。

那两年民众生活很是艰困，老人也不能逃过。而且周家人口多，夫人羽太信子又得病卧床，终至去世，经济负担益重。由此，来自香港的稿费和食品也成为老人维持全家生计的一个重要来源，此外还要援助同样困难的亲友，有关内容在周曹通信中占了相当的比重。二人最初把老人香港写稿所得谑称为捡三两粒"芝麻"，实际已成果腹的"烧饼"。

香港政治上左右对立，曹在信中多次劝老人给香港媒体写稿须谨慎小心，以免惹上麻烦。但老人的文字要在"左派"报刊上登出也非易事，"不是那么能大张旗鼓"。罗孚先生说："左派报刊用它，多少有些试探的性质，只要上边不来过问，也就继续刊载下去。"

罗曹原先想把回想录安排在叶灵凤先生正在筹备的文化刊物《南斗》上，以为格调相符。不料新刊难产，回想录的发表也就拖了时间。直到 1964 年 8 月，老人终于得知文稿开始由《新晚报》连载。"在宣统废帝（文章刊完）之后，又得与大元帅（关于张作霖的文章）同时揭载，何幸如之！"愉悦之外，他却开始另一种不安，"但或者因事关琐碎，中途会被废弃，亦未可知。"

老人的担心竟然"不幸而中"，回想录刊登了四十多天就被迫腰斩。压力直接落到了罗的身上,曹则劝老人"对罗兄不要错怪,因为他也不能自己作主的"。

罗曹还是想把老人的文稿尽快刊登出来,接着就可以成书出版。罗参与筹备的《海光文艺》月刊,于 1966 年初出版了第一期。为谨慎起见,到了第三、四期才开始选载《知堂回想录》中《北大感旧录》那部分。同属香港左派文化圈的车载青先生,则允诺由他的三育图书文具公司出书,并着手排版制版。日本《朝日新闻》也有意刊登回想录的日译本。老人在给香港朋友鲍耀明的信中说:"我本无敝帚自珍之意,唯辛辛苦苦花了两年多时间写了出来,如能出版总比送进字纸篓去好。"

到了 1967 年初,《海光》停刊,《知堂回想录》第二次无法发表,老人却已无法知道。香港的朋友无法知道他的处境,又不敢再给他写信。曹曾告诉鲍:"病中接启明老人来信,知道他也生病,生活相当困难。可否乞兄筹借港币伍佰元,汇往老人济急?"

1966 年底,曹聚仁曾吩咐在北京清华大学就读的大儿子曹景仲去八道湾周家看望,但只见到老人的孙子周吉宜,说是老人"患病在床"。1980 年代初,周丰一和夫人张菼芳曾告诉曹的家人,景仲可能是探望老人的最后一位外人。1967 年 5 月 6 日,已患癌症的老人在孤寂中离去,时年八十三岁。消息传到香港,已经是年底。

老人去世之日,正是香港发生反英"抗暴"运动之时,香港左派文化圈陷入前所未有的困境。曹聚仁主办的报纸经营不下去,他的多种著作也被左派书店拒售,拖了多年的肝胆疾病又加重起来,一时间可谓贫病交加,自顾不暇。那年夏天,他因胆囊炎发作被朋友紧急送进广华医院动了手术,盛暑中病卧两个月。

第二年,他身体略有恢复,又开始考虑老人遗稿的出版。他在给朋友的信中说:"弟年已衰老,入墓之日已近。对于故友的遗著以及现代文献之保存,不敢放弃责任。如老人著作由弟手中淹灭,弟何以对世人?"

但那时左派书业连唐诗一百首之类的书籍都不能卖,车载青先生的三育书店经营十分困难,不仅无力印制《知堂回想录》,排版费都还欠着账。曹聚仁考虑了各种可能,想到了他写稿多年的新加坡《南洋商报》。经过当地著名华商李引桐先生的推荐,《南洋商报》总编辑连士升和总经理施祖贤同意从1968年9月23日开始连载《知堂回想录》,前后十个多月。稿费每千字十元(新加坡币);扣去香港《新晚报》已经发表过的三万字,全部直接汇至香港三育作为书的印刷费,解决了车载青先生的困难。

为此,曹聚仁"欣慰无似"。他对连士升先生说:"老人已逝世,我也垂垂老矣,在我生前这部故人的遗著,未曾与世人相见,总是一件人情债呢。对后世人,也是交代不了的大事。"他对施祖贤先生也表示:"知堂老人地下有知,一定深感盛情的。这是对百年后史家交代了一件大事呢。"这番心情,同三四十年前他与周氏兄弟共商出版李大钊(守常)文集,竟有几分相似呢。

此时,他向领导香港《大公报》的社长"费公"费彝民先生"报告"上述安排。他在6月10日夜半写信给"彝民、承勋二兄",一开头就"明白表示态度,关于《知堂回想录》的刊行,我个人负完全责任。"信中说:"我并不居功,也不辞责。我先后校了三回,都是第一手史料,值得保留下来。"

他解释说："我把这部书的排刊,由三育书店车兄进行,想不到久病三年,把校刊的事搁下来。到了可以着手校对,'抗暴'以后的书业,实在差得很,私人开书店,真是走投无路。这么一大笔校印费,店中实在担任不起。我那时想起了两条路:一条路是把这份知堂老人的手稿让别人收藏了去,另一条路,便是让别的报纸来刊载。我托李引桐兄向南洋商报谈,一拍即合,而且大受欢迎。目前的排刊费,便是我运用了那笔稿费来支持的。这样,我对车兄了却一番心愿。"信中最后表示,"总之,我负一切责任,但希望处理这件事的朋友,勿使此事为亲者所痛心,而为见仇者所快才对。"

《知堂回想录》从一开始,校对就是重负。《新晚报》初载时怕京港间通信误事,曹聚仁先行校对,打算出书前再由老人总校全稿。但后来局势大变,老人生死未知,曹聚仁只能扛起校对全责。"哪知我年老衰残,精神不济,伏案校对,腹痛如割",直到入院病卧,百事俱废。1968 年身体稍有恢复,《南洋商报》答应刊登回想录,也让出书成为可能,他便开始第三次的校对,尽管已经老眼昏花。

1970 年的春天,曹聚仁经历了一悲一喜两件大事。悲的是长子曹景仲年初在张家口外的沽源县因公殉职,年仅二十五岁。曹聚仁 4 月才从费彝民那儿知道此事,深感"断指之痛"。喜事则是《知堂回想录》终于出版了。十年牵挂,至此大致了断,罗孚形容曹是"兴冲冲地"拿了刚印好的回想录给他。

最后一节事情,就是手稿原件的处置。早先为知堂老人在香港出版了《知堂乙酉文编》等著作,曹聚仁会把老人的手稿分成多份，赠送给文化界朋友留作纪念。而回想录的刊登出版，从一开始就打算保留完整的原稿，每一页都由朋友找人抄写再送去排版。现在书已出版，曹聚仁就把全稿转交给罗孚先生保存："兄可留作纪念，三五十年后，也许将是一份有价值的文物呢。"

三五十年后的今天，《知堂回想录》的价值已经得到公认，而这部珍贵的手稿也因罗先生的捐赠，收藏在了北京的中国现代文学馆，成为国民的公共财产。1993 年，罗孚先生把保管了二十五年的回想录手稿托冯伟才先生带到北京："考虑到私藏易散失，不如由公家保藏来得稳妥，现代文学馆就正是一个恰当的地方。这才对得住我熟悉的曹公（聚仁），我只见过一面的知堂老人。"

我面前的书桌上，放着回想录手稿影印件。厚厚一叠翻开，每一纸都那么干净整洁，每一字都清逸苍劲，本身就是一件艺术品。如果有一天能够把原稿每一页都影印出版，而且附上按照原稿再次校对的繁体字《知堂回想录》，以最接近原样的方式把老人们的心血奉献给今人和后人，那就算是最完美的结局了。期待会有那一天吧。

1972 年 7 月，在《知堂回想录》出版两年后，曹聚仁在澳门病故。罗孚先生和鲍耀明先生，也于 2014 年 5 月和 2016 年 4 月相继去世。这两年，我们同知堂老人之孙周吉宜先生、罗孚之子罗海雷先生经常往来，相互交换家中旧藏和近期新获。或许，围绕《知堂回想录》那十年的书信资料，今后可以再编撰一部翔实的出版史料，对前辈和后人又是一种交代。曹聚仁当年"只求心之所安"，至今对我们依然如此。

（注：此文系与女儿曹臻合写，2018 年 7 月）

台海波涛：两代人的见证

1956年的7月16日，北京的夏日好像没有现在那么闷热。下午4点左右，一辆蓝色的"华沙"牌轿车载着我和父母三人直奔颐和园。邵力子先生和夫人傅学文女士已经在门口等着，我已记不得叫他公公还是爷爷，他同我父亲曹聚仁是"亦师亦友"的关系。

进了园子，我真想到处奔跑一番，父亲却不能同我一起。于是，已经七十多岁的邵老就带我这个小男孩，绕着昆明湖游玩起来。接着又上山，到了铜厅那里没有再往前，不能让邵老累着，我和妈妈也该回城里去了。

父亲没有同我们一起回去吃晚饭，他和邵老留在了颐和园。后来从父亲的文章当中才知道，那晚，周恩来总理和陈毅、邵

| 1956年，我与母亲 |

老夫妇、张治中等,同他在昆明湖上泛舟三个小时。暮色渐浓,船上挂上几只电筒作灯,主宾之间谈的就是台海两岸实现"第三次国共合作"的可能。父亲问周恩来,早先关于和平解放台湾的谈话票面票里的实际价值究竟如何,周恩来回答说:"和平解放的实际价值和票面价值完全相符。国民党和共产党合作过两次,第一次合作有国民革命军北伐的成功,第二次合作有抗日战争的胜利,这都是事实。为什么不可以第三次合作呢?"

有关内容,父亲以《颐和园一席谈》为题,在新加坡《南洋商报》上刊出,这应该是北京第一次公开向海峡对岸发出"第三次国共合作"的呼吁。而那一天,快满九足岁的我,无意中成了这一历史事件的间接见证人。在北京的两个星期,我见到最多的就是邵老夫妇和张治中、屈武、陈叔通等,还有一些记不得名字的老先生。他们轮流做东,我听不懂他们席间所谈之事,只是饶有趣味地看着陈叔通老公公如何把烤鸭穿过他的长须送进嘴里,或者同屈武的苏联夫人谈论小学功课,因为我们读同一年级的课本。父亲有一天单独同夏衍在"菜根香"吃午饭,我也"旁观";现在想来,夏老应该没有深入参与其事。

从 1956 年到 1959 年,父亲多次往返香港与北京,1998 年出版的《周恩来年谱》中有多处记载,第一条就是:"1956 年 7 月 11 日:(周恩来)出席中共中央书记处扩大会议。会上商议周恩来接见原国民党中央通讯社记者、现《南洋商报》特派记者曹聚仁的有关事宜⋯⋯"那时,父亲已经到了北京,我和妈妈也从上海前来。

10 月 7 日,由邵力子、张治中等人陪同,周恩来与再次来京的曹聚仁会面。这次谈话内容，《周恩来年谱》记录得十分详细：周恩来回答了曹聚仁询问如果台湾回归后，将如何安排蒋介石等问题，周说："蒋介石当然不要做地方长官，将来总要在中央安排。台湾还是他们管。"关于陈诚和蒋经国也都有提及，周恩来表示，陈诚如愿到中央，职位不在傅作义之下。母亲邓珂云后来在笔记中记载："这次毛主席接见了他。"

1958年8月，毛泽东再一次接见我父亲，让他将中共金门炮战的目的主要是对美不对台的底细，转告蒋氏父子。后来父亲在报纸上以"郭宗羲"之名发表了独家文章，透露了中共炮轰金门的"醉翁之意"。提及这段历史，原中调部部长罗青长说："毛主席十分重视曹聚仁，当时毛主席讲（这是）政治性'试探气球'。""总理和我们也等着曹先生把消息传递给台湾。当时曹聚仁可能没有与蒋经国直接联系上，或者出于别的什么原因，但他为了执行毛主席交给的特殊任务，在迫不得已的情况下，后来在新加坡《南洋商报》以记者'郭宗羲'的名义发表文章。"

三十年后，我在香港遇到了当年主理《南洋商报》香港办事处的郭旭先生。他说他接到我父亲从北京发来的新闻稿电报，一时不知如何处理，就决定用自己的姓，造出了郭宗羲这个名字发表。后来我又到新加坡《联合早报》（多年前由《南洋商报》与另一家报纸合并而成）和马来西亚《南洋商报》，它们都把这篇独家报道作为报史中的重要一页。

1958年10月13日，也就是毛泽东做出炮击金门的决定五十天后，在周恩来、李济深、张治中、程潜、章士钊的陪同下，毛泽东这样告诉曹聚仁："只要蒋氏父子能抵制美国，我们可以和他合作。我们赞成蒋介石保住金、马的方针，如蒋撤退金、马，大势已去，人心动摇，很可能垮。只要不同美国搞在一起，台、澎、金、马都可由蒋管，可管多少年，但要让通航，不要来大陆搞特务活动。台、澎、金、马要整个回来。"《周恩来年谱》记载，毛泽东当时表示，"台湾抗美就是立功。希望台湾的小三角（指蒋介石、陈诚与蒋经国）团结起来，最好一个当总统，一个当行政院长，一个将来当副院长"。

毛泽东对台湾政策，后被周恩来概括为"一纲四目"。"一纲"是："只要台湾回归祖国，其他一切问题悉尊重总裁（指蒋介石）与兄（指陈诚）意见妥善处理"；"四目"包括：

（1）台湾回归祖国后，除外交必须统一于中央外，所有军政大事安排等悉由总裁与兄全权处理；
（2）所有军政及建设费用，不足之数，悉由中央拨付；
（3）台湾之社会改革，可以从缓，必俟条件成熟，并尊重总裁与兄意见协商决定，然后进行；
（4）双方互约不派人进行破坏对方团结之事。

毛泽东的这个想法在 1963 年初通过张治中致陈诚的信转达给台湾当局。而根据中央文献出版社 2003 年出版的金冲及《毛泽东传》，毛泽东的想法正是在 1958 年会见曹聚仁的一段谈话中表露出来的。

1959 年夏，父亲再一次到达北京，但毛泽东和周恩来却缠身于庐山无法如期返回。当时负责陪同父亲的徐淡庐先生后来告诉我，庐山会议的时间一延再延，中央决定先让曹聚仁到处走走看看。结果，父亲这次北行前后长达四个月，去了东北，又去武汉看了第一座长江大桥。时间远超先前各次。

这次之后，父亲没有再到北京，但他在两岸间的事情并没有停下，只是方式有些变化。早几年，上海作家叶永烈和台湾一些朋友都告诉我们，台湾日月潭畔的涵碧楼有记载说，曹聚仁1965年某日在那里见过蒋氏父子。只是，我至今还没有弄清楚这一记载源自何处。

1966年以后，父亲在香港日子越过越艰难，有好几年可谓"贫病交加"，但他仍然自视如波兰作家显克维支笔下的"灯台守"，等待又等待。1971年中美关系出现重大突破，父亲在家信中也隐约透露出一种新的乐观情绪，不幸没多久，1972年夏他病逝于澳门。我从安徽下乡之地用了三天三夜赶去，却只能在追悼会上见到父亲的遗容。我们家人把父亲的骨灰带回大陆，现葬在上海近郊的福寿园墓地。

2005年5月14日，北京《三联生活周刊》记者李菁采访了原中台办主任杨斯德。关于1950、1960年代的两岸关系，杨斯德说："我们和蒋家的联系在好几条上同时进行，中间人包括章士钊、曹聚仁。"杨老还有一句总结性的话："对曹聚仁我们用得很好。"或许这可以视作一种非正式的"结论"吧。

父亲能够成为两岸之间的"密使"，与他抗战之初走出书斋"带笔从戎"直接相关。他作为中央社战地记者穿行东南战线，结识国共双方不少高层人物。尤其是蒋经国到赣南主政，邀我父亲帮他重振《正气日报》，其间过从甚密。1950年父亲移居香港，处在国共交锋的夹缝中，但他始终相信双方仍有机会重新携手合作，就像夫妻那样"床头打架床尾和"。终于，他等到了为此奔走效力的机会，付出了整整十六年的心血，最后还是如陆放翁般留下"家祭毋忘告乃翁"的遗憾。

父亲去世时，台海两岸高度敌对，壁垒分明。而二十年后，当我作为香港《亚洲周刊》记者踏上台湾土地时，那道海峡已不再是不可逾越的屏障了，但我见证的却是国民党的蜕变。李登辉的当权，造成了两岸之间的新危机。在《亚洲周刊》（属香港《明报》集团）上，我们率先讨伐李登辉对司马辽太郎发表台独倾向言论，详细报道浙江"千岛湖事件"的真实内情，明确反对美国航空母舰重临台海，也发出国民党可能下台、民进党可能上台的警告。记得有一天，《明报》集团主管编务的高信疆先生告诉我，台湾方面对我的一些评论很有看法，但他又表示"事情本来就如此么"，完全支持我的见解。

1998年我加入香港凤凰卫视后，立即开始对台湾政局剧变作持续报道和评论，不断往返于台港之间。2000年3月18日，我们在台北现场直播了选举过程。国民党的下台虽在意料之中，但民进党和陈水扁的当选仍然令人震惊。特别是两岸关系会受到怎样的冲击，立即成为最大的悬疑。那些日子中，如何准确报道和分析台湾局势演变，压力空前。根据自己对台湾情况的把握，我以为即使主张台独的陈水扁当政，两岸关系虽会更加困难，但也未必"崩盘"。记得台湾的凤凰卫视同事曾问我对统独的看法，我回答说，我当然希望统一，但要避免两岸因误读、误判而打仗，这就是我们工作的意义。

这年的 5 月 20 日，我们在凯达格兰大道直播陈水扁宣誓就职，没多久又报道了国民党的临时代表大会，一片愁云惨雾。那个时候，谁都没有料到八年之后民进党居然会溃不成军，国民党又重新执政。实际上，我在一次次赴台湾的采访中，越来越感觉到多数台湾民众要求改善两岸关系的强烈意愿。尤其是连战、宋楚瑜相继访问大陆，第三次国共合作就此实现。宋楚瑜回到他湘潭老家那一刻，感慨中紧拉我手，抱在一起。

2008 年 3 月 22 日，马英九以压倒优势胜出。当晚结束在台北的一整天直播后，我来到一起参加采访的台湾记者王铭义家中，我们因多年的两岸新闻采访而成为朋友。在那里，我用相机拍下了张小燕和其他许多朋友的笑脸。这天晚上，我感到台湾民众已经把台独变成完全的死路，未来两岸必然走向利益的融合。同父亲一样，我也见证了历史。

（2009 年）

我也是珠海人

1. 我是半个珠海人

我是珠海人,半个珠海人。从小在上海长大,每次翻开家中的户口簿,都会看到母亲那页的籍贯栏目,填写着"广东中山上册",与我们兄弟姐妹的"浙江浦江"都不一样。妈妈原来是广东人。

能够证明这一点的,是妈妈的邓家亲戚有时会用广东话交谈,妈妈会听懂一些但不会说,而我们这些孩子则完全是"一头雾水"。不过,也许因为我从小就听到过那种语音,四十岁后移居香港,居然几个月就能学会说一些,否则真不知道如何同那些香港同事一起工作。

广东的中山这个地方,因为出了孙中山而闻名天下,小时候我也曾自豪地告诉同学,我母亲与这位"中国革命的先行者"是同乡。但到了1980年代初,母亲的一位堂哥告诉我们,邓家的籍贯不再是中山,已经改为珠海,因为老家上册划归了珠海特区。可见中国改革开放影响之大,连母亲的祖籍都要跟着改,我也就成了半个珠海人。

后来到了香港，发现有两个朋友也都这样成为半个珠海人。我的首位"老板"，香港《亚洲周刊》首任总编辑康荣，父亲是移居美国的乌克兰犹太人，母亲则是珠海唐家湾人。而我的凤凰卫视评论员同事何亮亮，母亲珠海人，老家好像也是唐家湾。这两位朋友的母亲，后来也去了上海。

想到这点，脑子里会出现一个奇怪的问题："为什么我们的母亲会是同一个地方的人，背后有没有一种历史的命定？"或许，今天我们会来到香港成为同事和朋友，与我们都是半个珠海人多少有点关联。

2．曾外祖父的故事

去年到珠海讲课，看了一些有关当地历史的堂馆，更加深切地感受到，珠海真是中国近现代史上"开风气之先"的地方。因为有澳门在旁边，容闳才会成为中国第一个留美学生。和容闳差不多的时候，我那年轻的曾外祖父也离开了今天叫作珠海的家乡，远渡重洋前往美利坚。也许是到加州开金矿，也许是到了别的什么地方，我们后人只知道，他积累起一笔不算小的财富，回到了中国。

他没有再回老家定居，而是花钱向大清朝廷买了一张盐票，跑到大运河畔盐商云集的扬州住下。当时的扬州盐商，做的是官许垄断买卖，赚的是白花花的银子，过的是"烟花三月"的人间天堂日子。《红楼梦》中的一些生活方式，就有几分扬州盐商的影子。今天的淮扬菜，就是在盐商"私房菜"的底子上变出来的，我父亲后来在书中特别写到扬州岳父老家的狮子头味道如何鲜美，犹可体会已经消逝了的当年繁华。

过了些年，大清朝衰落了，大运河衰落了，盐商衰落了，新建的津浦铁路又绕开了扬州，扬州也衰落了。但衰落了的曾外祖父家，仍然可以同江浙一带的名门望族联姻，他的第二个儿子娶的是浙江湖州冯家的千金，她就是我的外祖母。而冯家的某位姻亲，又是中国的末代状元，北京颐和园里还留着他恭祝慈禧太后生日的诗篇，读起来有点肉麻。

曾外祖父的大儿子，也就是我的大舅公，娶的是怡和洋行大班潘家的小姐，可见邓家移居扬州后并没有断掉同广东的连接。也因为这门婚姻，我的外祖父能到上海怡和洋行当上打字员，一直打到解放后洋行关门被遣散。

从广东中山到扬州，又从扬州到了上海，我母亲的邓家，也见证了中国的百年沧桑。

3. 偶然的机会，我找到妈妈的老家"上册"

外祖父和他的子女从来没有回过珠海老家，虽然他们的籍贯都是广东。反倒是我，因一次完全是偶然的机会，找到了上册。

那是 1997 年的秋天，中国开始推行企业股份制改革，我和几位广州的朋友一起，到珠江三角洲跑了一圈，边看边听边讨论。一天午后不久，我们从中山前往珠海，我突然看到远处的一块指示牌上有"下册"两字，不禁叫了出来："应该还有'上册'，那是我妈妈的老家啊！"朋友二话不说，就把车开进了路旁的那个村子。

村里面有小学，有几家加工工厂，门外有小货车在装货，小巷两边靠着长青苔的白墙，停放着不少电单车，同珠江三角洲一带的其他村落没什么两样。午后时分，见不到几个人，静静的。找到村办事处打听，上册的村民大多姓邓，但已没有人知道我母亲那一族了。有人带我去村里年岁最大的老人家，老人姓邓，已病卧在床多年。虽然不能交谈，但从他方方的下颚，我似乎看到外祖父脸庞的轮廓。我可以确信，这里就是我母亲"根"之所在。

我拍了许多上册的照片，回香港后印了好几套，寄给美国旧金山的舅舅和台北的阿姨，他们已不可能回老家看看了。而那时，我母亲已经去世六年多了。

在珠海的朋友家住过几次，每次就四五天，时间久了感到太安静，有点闷，这同我做新闻行业的习性有关。朋友现在又在珠海买了新的海景住宅，他退休养老，不住香港，不住上海，就是喜欢珠海。以后，如果我的心境也能够平静下来，或许会常常到珠海来同他做伴吧。毕竟，我也是珠海人。

(1998年)

我们是幸福的小学生

知青老友的外孙女山山快八岁了,在澳大利亚南边的阿德莱德读小学二年级。那天跟着她去学校,教室门外有一排架子放书包,室内有课桌椅,孩子们却围着老师或坐或跪在地,轻松得很。周一放学回家,山山书包一扔就去玩耍。外婆问:"没有作业?"回答是:"每个星期一和放假后第一天都没有回家作业,老师说小朋友都玩累了。"她的老师真好。

其实,回想六十年前我们读小学的时光,不也是这样轻松快乐?1954年,正是中华人民共和国第一部宪法诞生那一年,我进了上海虹口区的溧阳路第二小学。那时按规定七足岁才能读书,9月1日出生的就要等下一年,我正好"轧进";全班同学几乎都属猪。进哪所学校也没什么讲究,无所谓"择校",就近,马路对面弄堂里。

之前幼儿园没教过我认字写字,家里也没要我学什么,进了小学才算正式接受教育。一年级两门主课,算术从一加一等于二开始,语文第一课只"开学了"三个字,只是其中两个繁体,笔画挺多,有点难度。我字写得潦草,第一次抄写课文被老师批了个"中",差点输在起跑线上,至今难忘。语文课教注音字母,后来改用汉语拼音就全忘了，几十年后去台湾采访，发现那儿的学生仍在用。

那时小学低年级只有上午四节课，中午就放学回家。老师当然会布置作业，但不怎么多。像我这样手脚快一点的常常课间休息十五分钟就差不多做掉大半作业，或者这节课做上节课的，很少带回家。

下午我们会按照班主任划分的"学习小组"活动，一般就去小组长家里，先是一起把剩下的作业全都完成，有不明白的地方"相互帮助"。接着到弄堂里去玩，两个书包搁地上当球门，就可以开始踢球了，直到天黑回家吃饭。

除了踢球也会撒野打架，还会翻墙爬屋顶，上树采桑叶，堵洞逮蟋蟀，或者趴在地上刮"香烟牌子"，打玻璃弹子。有时突然文明起来，各自拿了一本书看得入迷。我小时候多病体弱，喜欢看书，进小学认了字更是把家中的书翻了个遍。

那时学校设备简陋，课桌面上的木板有洞有缝，正好用来上课开小差看书。老师应该知道，好像也没说过什么，更没有突袭没收，大概知道我不看书就会同旁边的同学讲闲话，更麻烦。只是每学期结束拿到学生手册，评语中少不了一句"不遵守课堂纪律"。

但即使这样，我学习成绩并不差。那时候的家长只要孩子不出事，很少管读书学习的事情，反正那属于学校的责任、老师的本分。每个学期结束开个家长会发了成绩单，差不多就完事了。平时做作业真有什么不懂就问哥哥姐姐，他们的新课本往往被我先拿去翻看，也算一种课外读物。

不记得学校有什么特别的课外活动。没有兴趣小组、培训班,更没有补习班,根本就不需要。只有一次学校选定我做大队鼓手,去虹口区少年宫学了几次。居委会的活动倒常有,我们孩子跟在大人后面"轧闹忙"。

最好玩的是"除四害"抓麻雀,我们都爬到屋顶上敲打脸盆,真看到可怜的惊弓之鸟在我们面前掉地。到大炼钢铁弄堂里炉火熊熊时,我已小学五年级了,到处去捡废铜烂铁,外面没有就到家里翻找,满腔热情迸发。

有时还会跑去远一点的地方玩。今天挺有名的甜爱路本来只是一条安静的小巷子,我们知道路尽头的篱笆有个洞,爬进去就是虹口公园,后来改名鲁迅公园。池塘里有小虾和蝌蚪,用自己做的小网兜就可以捞起不少,放在瓶子里带回家"观赏"。我们还会用家里的面粉洗成面筋,粘在细竹竿顶端,到公园里抓知了和蜻蜓。这种事老师不管,家长也不管。

时间长了,我们对虹口公园周边越来越熟悉,像"港口司令部"、天通庵、八字桥、大华农场麒麟塔等等。后来翻看舒宗侨先生与我父亲合编的《中国抗战画史》,才知道这些地名都与日本侵略中国、攻占上海相关——"港口司令部"是日本海军特别陆战队司令部,麒麟塔原来是被朝鲜义士尹奉吉刺杀的日本上海派遣军总司令白川义则的墓,虹口公园里面还有白川被刺的那座"司令台"。

与今天的小学生相比,我们那时最大的不同就是独立,自己玩自己的。四五年级学到一点自然知识,知道什么是酸碱反应,就在家里做起实验。先从饼干箱里找到干燥用的生石灰,放到玻璃杯里加水，看它发热冒泡变得滚烫。再倒出澄清的石灰水，用麦管往里面吹气。石灰水很快就变浑浊，那是我吹出的二氧化碳起反应了；继续再吹，石灰水又变清了，还是二氧化碳的作用。厨房里的醋也拿来做化学反应，倒在生石灰上就会嘶嘶作响直冒泡，倒进牛奶就会生成一团白色沉淀。今天的孩子会这么玩吗？

1959年读完小学五年级，我家要搬去南京西路那儿。暑假开始了，父母都不在上海，我自己就拿着刚发的学生手册，坐一路有轨电车来到新家附近。先打听哪儿有小学，接着就去敲门问六年级有没有空额，招不招插班生。开头两所小学都不行，第三所收了，那是新成区的石门二路小学，后归静安区。9月1日新学期开始，家却还没有搬去，我每天清早搭一个多小时的电车去上课，傍晚回到家中，前后一个月。

六年小学读完了，接着三年初中，同样轻松快乐。所谓轻松快乐，无非是同今天的中小学生相比。回想起我们读书时的大大小小事情，几乎全都同当今之教育常态唱反调。时钟不可能倒转，我也弄不明白为什么读书会变得越来越艰难，但至少可以为自己没有受此磨炼而感到庆幸吧。

(2019年)

好想重读一次我的初中

不知道你有没有像我这样，到了六七十岁的时候，会发现过去不放在心上的许多事情，原来是那么有价值、有意思、有趣，会因为当年的少不更事而一次次追悔莫及？

最近的一次是为了我的初中，一所早就销声匿迹的学校，大概只有区教育局档案室里还可能找到几迭尘封的记录。它叫上海市静安区长江中学，我必须写出全名，因为现在上海有了新的民办长江中学，就在崇明长江农场，比我们学校当年的名声要响亮许多。在百度上键入"长江中学"，全国各地还有好多，就是极难找到我读过的这所，好不容易只发现两年前某位1950年代老学长发的一条帖子。

可以说，除了当年的老师和学生，已经没人知道上海曾经有过这么所中学。可悲，但想想也不奇怪。我1960年夏天拿到长江中学入学通知时，就懊丧了好多天，因为它属于静安区最差的学校之列。有位同班女生也考得不好，分到另一所也很差的学校，就在我家附近，想同我交换。但我宁可跑远一点去长江中学上课，免得经常碰见邻居熟人。

至于我自以为还不错的作文为什么会考砸，到现在也没想

亲情忆旧篇 | 209

明白；大概见到题目"难忘的事情"就写了九岁那年如何坐飞机从北京回上海，让阅卷老师觉得我喜欢瞎编自吹，给了个低分。好在家人没给我责难，父亲远在香港鞭长莫及，妈妈大概知道不管学校好坏我还是可以把书读好的，并不怎么担心。暑假结束了，我开始成为中学生。

　　长江中学总部在北京西路近江宁路口的一栋灰色老楼，好多个班级挺挤的，似乎连像样的操场都没有，要在顶楼平台或马路边上体育课。好在我们那一年的初中生都安排到南阳路分部上课，那是一座独立的小洋房，连带一个还算像样的操场。隔墙就是南阳公园，虽然不大，对我已是意外的惊喜，足以抵消掉一大部分别人对长江中学的"差评"。

　　初中三年在这条不长而安静的小街上过去了，没留下什么特别印象就去了别的学校读高中，离开时几乎头都没回。等到几十年后故地重游，我才不得不带着一种近于忏悔和自责的心情，去寻找既熟悉又陌生的南阳路上深藏的故事。那时我才发现，初中三年我等于泡在上海近代史的名人住宅博物馆当中，自己却居然完完全全一无所知。

　　学校在西康路与铜仁路之间的南阳路南侧，校门右对面有一个大宅子，好像是什么公家机关。我们吃了午饭逛完南阳公园常会顺带进去兜一圈，挺大的院子里有水池子和常晒着东西的假山石。六七年前我参加拍摄的一个电视专题片举行首发式，通知我去南阳路某某号的贝公馆，到了门口我发呆了：这个地方原来就是贝聿铭家族的老宅！

　　当然，那个时候不会有人说起贝聿铭，同样也不会有人说起邬达克。出校门左转没多远就是铜仁路，往北京西路方向马路对面就是再熟悉不过的"绿房子"。它是今天上海保留建筑中经典的经典，有"昔日远东第一豪宅"之誉，原为贝家女婿吴同文的住所，也是设计师邬达克留给上海的最后一件作品。这些都是我今天看了介绍才有所了解。

以前在"绿房子"外面走过不知多少次，从来没有机会进去看看，只是因为它的绿色外墙和弧形线条，印象比较深刻。查一下资料，今天南阳路上保留下来的那些洋房，每栋都有非同一般的来历，当年在我们眼中只是住了好多人家的普通旧房子，从不关心旧主人是谁。如果知道，应该也会视作"剥削阶级"一类的反派角色予以鄙视。

不过，我们对身边的革命历史也不怎么注意。像我们长江中学的隔壁就是爱国女中，两所学校当时名声差不多，学生倒也互不往来，至少我一次都没进去过。实际上，1901年蔡元培创办的这所学校，一直成为左翼文化人集中的地方。先父曹聚仁二十出头初到上海，就由邵力子先生推荐到里面教国文。

可惜我对此一无所知，二三十年后看父亲回忆录时后悔得直顿足，但要去补课已经晚了。"文革"中这两所学校都搬去同别的学校合并，南阳路南侧的老房子后来也都拆了改建，就是现在南京西路波特曼酒店的后面那部分，旁边还建了几栋高层居民楼。洋气归洋气，但比我记忆中学校精致的小楼以及隔壁优雅的南阳公园难看许多。

长江中学其实年岁比爱国女中更久。英语老师周志刚最近写了一篇回忆学校历史的文章，让我第一次知道母校曾是上海最早创办的新式学堂,本名乐群,与它的姐妹学校敬业同时成立于1880年代;"敬业乐群"为《礼记·学记》中的古训。敬业中学维持至今,乐群却时运不济,几经搬迁合并又改名长江中学,变成一所"不起眼的三流学校"。所以在校期间从来没有老师跟我们讲过校史,大概他们也不知从何说起。

周志刚老师文章中提到的另一点,同我们学生就有很大关系:"上世纪五十年代解放初,为解决师资力量,招了一批失业知识分子进私校任教,他们中有一些就成了长江的骨干教师。这批人有学历有特色,形成独有的风格。"只是我们年少无知,今天回过头来慢慢细想,才一点点找回残留的印象和感觉。

"奴奴良家女……",胖胖的六十老人突然捏着嗓子唱了起来,引得学生哄堂大笑。那是一节特别的课程,应该是历史老师陈祖贤请来了他的朋友,专门研究中国戏曲的大家、复旦大学教授赵景琛,专门给我们这班初二学生做演讲。这种今天看来不可思议的事情,正说明长江中学老师确实藏龙卧虎。

周老师文章中提到了多位老师的名校学历和显赫家庭背景,"他们教学严谨,谈吐优雅,满腹经纶,阅历丰富",很有水平又各具特色。其中我有印象的是语文老师武桂芳,虽然没有直接上过她的课。她毕业于务本女中(现市二女中),与我母亲同学;她和丈夫金性尧都是我父亲的朋友,同为1930年代的左翼年轻文化人。"文革"中长江中学的老师多受到政治冲击,武老师当然也难免厄运。

我现在几乎记不得这些老师的容貌和音调,更不用说上课的细节。前几年在上海遇到一家菜馆的店主,说他父亲是长江中学数学老师,还记得我,让我十分惭愧。但那三年初中生活对我成长的影响,确实比后来市西中学的三年高中大得多也深得多。最重要的,是"三流"的教学环境对学生比较宽松,让我得到充分的时间去玩去看书,自主发展兴趣爱好,没有被钉死在书本和课堂上。

我小时候体弱,体育成绩一般,但每天下午上完两节课,也会同其他男生一起冲进操场踢足球。当天的作业课间差不多已经做完,有时上课时边听边做上一节课的作业,老师也不怎么在意。踢完球结伴沿着南京西路回家,途中经过茂名路口的上海市少年儿童图书馆,一定进去还书借书。只要天还不暗下来,我还会边走路边看书一直到家。早上上课时也如此,半个多小时行路中可以看不少,只是不止一次撞上电杆,还有就是初二就戴上了眼镜。

长江中学的图书馆不大,班主任老师知道我喜欢看书,给了我市少儿图书馆的借书证。不多久,图书馆的浦老师发现我看书既多又快,干脆让我去书库里帮着整理新书,等于让我有机会把所有的新书都看一遍。感谢老师,感谢他们在知识贫乏的年代里,让我仍然有机会浸泡在书的海洋里。

最后还是要对母校说声惭愧,尤其是当我知道您的珍贵时,您已经永久消失了。如果时间能够倒流,好想回到长江中学重读一次初中,或许我的人生又会很不一样。

(2017 年)

上海解放的"家庭记忆"

北京一位老人知道我参加了纪念上海解放七十周年的电视直播节目《城市荣光》，特地来要手机上的链接。她父母是极资深的地下工作者，"我们一家人在 1949 年 4 月过江，悄悄金蝉脱壳躲在上海老人家里。5 月 26 号爸爸领我们出来看解放军。四零后在上海都有记忆。"

我也算是四零后，只是比她小几岁，上海解放时我两岁还差三个月，照理不会留有什么记忆。但奇怪，我回忆中的幼时情景一直有如此画面：晚上，溧阳路家中小书房朝向弄堂的那扇窗，下面一大半用垫子一类的东西挡着，透过上面那截玻璃可看到发红的天空。窗前有个站着的身影，应该是我父亲。

无法确定那究竟是我自己的记忆，还是后来听"大人们"讲述产生的想象。姐姐曹雷说过，那天晚上家里听到外面枪响怕流弹射入，就用日本人留下的榻榻米挡住窗口。她比我大七岁，对上海解放留下了小学生的深刻记忆，记入题为《迎向了一种新的生活》的回忆文字。

"后来，有一些国民党士兵跑到我们弄堂里来，敲老百姓的门，大家都不敢开，其实他们也不为别的，就是想讨身老百姓的衣服换上。我们那一带有好多阴沟被国民党兵的军服堵塞了……我们附近一口井里（后来）捞出很多手榴弹、子弹。兵败如山倒，那都是国民党军队的逃兵干的。"想起来了，我小时候在家后面墙边也挖出过几十颗步枪、机枪子弹，交给了派出所警察。

她还记得过了一两天，"街上都坐满了解放军。那天还下雨，走出弄堂就看到街道上，解放军都靠着墙坐在那儿。不扰民，这一点给大家印象特别深。不声不响，已经换了人马。一下子，都变样了。街上贴满了红的绿的纸，上面写满口号……"

那天上海老百姓都涌上街头"看解放"。没去台湾、和全家都留上海等看解放的父亲，后来在给海外媒体写的报道中说："一到了南京路，一切如常，满街都是人，热闹得很。亲戚故旧大家见了面，彼此就是这么一句话：'好了！解放了！'"又说，"对上海市民来说，这场战事越缩短越好；'国军'将领的凶狠残酷，使得人心完全变向了。"

我们家所在的虹口直到 26 号还有枪炮声。"街上只见溃兵自西而东，自南而北，奔向杨树浦方面去。这些溃兵，都癞皮狗似的，又黑又脏，又困惫，一步步拖着破鞋在街上走。那天上午十时许，我们总算和苏州河南岸的亲友们接通了电话。他们把新闻报上的新闻念给我们听，知道河南的秩序当晚便恢复了。26 日的上午，电车便已恢复行驶，商店也已开了门，旧法租界更安定得很。"27 日上午，我家弄堂对面的警察局挂起了白旗，虹口也解放了。

"我们沿着静安寺路（今南京西路）走去，一过了跑马厅，只见沿马路的两边,坐着缴了械的'国军';他们都是安安静静地坐着——总有三万人,一直延伸到愚园路底。"至于解放军,"身着淡灰黄色的土布军服,手中提着步枪,不独不住民房,不用民物,连车子都不坐,其纪律之严明,态度之谦和,那是上海市民所不曾看见过的。"

姐姐还记得那年 7 月去外滩看庆祝解放大游行,个儿不高的爸爸把九岁的她扛上了肩头。我和哥哥太小,大概没去。我留下关于上海解放的最早记录,是我们姐弟三个在弄堂里学打腰鼓、扭秧歌的照片。另外还有记忆中的空袭警报声、探照灯和高射炮。

| 1949 年上海解放后,我们姐弟仨在弄堂里打腰鼓、扭秧歌。我扮女装。|

那天在上海电视台做直播的间隙,我问曹可凡、印海蓉有没有听过拉警报,他们摇摇头说,"只有空防演习时"。这就是

年岁的差别。我每次看战争电影里城市受到空袭的镜头,就会想起小时候晚上警报声响起,天上出现好多条不断转动的探照灯光柱,有时还跟着高射炮爆裂声和闪光,如同今天的节日烟花。我马上会跑到楼梯下小小的三角空间里躲起来,感到安全了许多。那是解放头两年的事,后来空袭警报少了,再后来就没有了,我也不用躲了。

我们四零后只踩着了战争的尾巴,比起经历了一次次战乱劫难的父母辈和祖父母辈,不知幸运多少呢。

(2019 年)

蒲汇塘路的 802 车队

不久前去徐家汇附近看朋友，微信上收到地址是蒲汇塘路，心中不禁一揪：上海变化那么大，那条路名居然还在。只是五十年前晴天沙尘飞扬、雨天泥浆四溅的荒僻小路，今天两边都建起了高档住宅，就不知哪片小区的地盘曾是我们难忘的 802 车队。

五十年前的 1968 年，对我们老知青来说最大的事情当然是上山下乡。但在 8 月去农场之前，所有的上海六六届高中毕业生还有过一段不寻常的经历。也真奇怪，当年这件事涉及三五万年方二十的青年学生，而且前后大半年时间，今天网上却只能找到只言片语，莫非连亲历者也都忘却。

大概 1967 年的秋天，学校"停课闹革命"已逾年，我们的毕业分配也一直拖着，只能有事没事往学校跑跑，谁也不知未来去向。一天，老师突然通知集中开会，说是要安排我们劳动锻炼：女生去工厂当工人，男生去运输公司或货运车站、码头当装卸工。我们市西中学高三第四班的男生都分配到上海运输公司八场的 802 车队，地址蒲汇塘路，一个我从没有去过也第一次听到的地方，从学校所在的静安区过去要穿越半个上海市区。

报到的第一天，先把我们分配给指定的卡车。802 车队配置

| 1967年，我（左一）与802车队的伙伴们（上海市西中学66届高中4班的同学） |

的全都是沪产交通牌四吨卡车，后面连着的拖挂载重三吨。多数时间，每辆车除了司机还有一位装卸师傅带我们四个学生。发下来的劳保用品除了细帆布手套，还有一顶带披肩和鸭舌的白帆布帽子，防尘防灰土。再有一条用再生棉编织的灰色"搭肩布"，同今天的浴巾差不多大小。等我们正式开始干活，就知道"搭肩布"实在是搬运工不可缺少的工具和保护，能把货物重量均匀地分散到背部和双肩，以免过劳成伤。可以说，学会用"搭肩布"是成为正式装卸工的起步。

我们这些"文革"前的中学生虽不至手无缚鸡之力，但要像老师傅那样单肩扛起两百斤重的米袋、还要在跳板上稳步行走，可不是一天两天就能练成。我们经常运大米，开始时两个人能在车上抬起米袋放到车下装卸师傅的肩上，或者把他们扛到车上的米袋叠放整齐，已经不错了。过了一两个月，我已经有力气一个人把米袋竖起来，再帮助师傅扛上肩头。记不清哪一天，我

亲情忆旧篇 | **219**

们学生中有人第一次扛起了米包，颤颤巍巍地走上了跳板。再过些日子，我们一个接一个都做到了，包括身体并不壮实的我。两百斤哪，人的潜在力量真的很大呢！

每天到处装卸货物，见识就多了，也知道能扛两百斤其实没啥了不起。一次，我们装运面粉类东西到一处常去的粮库，那儿有位个子壮实的装卸师傅力气特别大。在四周的起哄下，他答应测试最多能够扛多重。我把袋子叠放到他后颈上，左右肩斜着交叉，越堆越高，最后加到十八袋，每袋五十斤，一共九百斤。看着他两手撑腰，顶着约有两米高的袋子，一面保持平衡，一面稳稳地向前移动，真担心跳板承受不了这半吨的分量。难以相信吧？我要不是亲眼所见，也不会相信。

装货卸货除了重量，还要看运的是什么东西。印象最深刻的是两样：盐巴和烟叶粉末。装盐巴的麻袋不仅很重，而且外面湿漉漉、滑腻腻的，不容易搭上手。更要命的是袋里的盐巴结成硬硬的一整块，凹凸不平，即使用了"搭肩布"，重量仍会集中在背上某个部位，很疼，只能咬牙硬撑。烟草粉末是生产"中华"牌等香烟的下脚，据说可用作农药，分量倒不重，但搬运时刺鼻刺眼很是难受。要是皮肤有点伤破，装运这两样东西简直就是活受罪，好在不经常。许多年后我采访上海烟草公司老总时，还特别提到当年的感受。

802车队以运送杂货为主，我们经常会去铁路货运南站装运造纸原料。一种是"破鞋"，用粗铁丝扎成方方整整的块状；旧鞋大概多从农村地区收来，底上往往还带着黄泥，够分量。扛上肩一边贴着脸，隔着"搭肩布"仍有一股浓浓的味道，当然不好闻。另一种原料是废纸，也打包成捆，主要是旧报纸，不臭。最近湖北大巴山麓的恩施成为上海人旅游新热点，我却早在五十年前就从废纸中的《恩施报》知道这个地名。火车上也时有散货废纸，我们不会装运，却对里面的旧书特别感兴趣，见到就会爬上去翻找。我最大收获是发现半本《复活》，前后都被撕掉，估计另做他用了。近午时分腹中空空，经过堆货的火车月台时还要抵御破碎榨菜坛子里散发出的诱人香味。

装卸工是重体力劳动。开始几个月我们每天任务为装卸三车，后来增加为四车，同老师傅们大致看齐了。每车七吨，每天四车就要装卸货物各二十八吨，几乎全都要靠我们体力。另外，如果装运棉花包等易燃、易掉落物品，一定要严格按照规定在货物上覆盖厚重的防护帆布，再用粗麻绳一道道扎牢，要用劲也要懂窍门。这样做除了防火，也防止运输途中货物颠落伤人。别以为棉花软软的，压成大包又重又会弹跳，砸上谁非死即残。随车带着的那两块木头跳板也很有分量，拉出推进都是力气活。

那时每星期上六天班，好在马路不塞车，如果装卸顺利，一般下午三四点钟可以收工。在车队澡堂里洗去汗水和尘土，全身放松许多，我就骑着自行车回家，路上大概一个小时。我们不是正式工人，每月除了十二元津贴，还有一张六元钱的公交月票。我骑车上下班不要月票，可以多领两元钱的车贴。冬天清早顶着西风骑车上班，到场里时脸都冻得发麻，但每天早起挤公交也不轻松啊。

奇怪，这样的日子倒也不觉得怎么辛苦，反而生出一些特别的乐趣。干汽车运输的好处是每天会去不同的地方、走不同的路线、对付不同的货物，比在工厂干活有新鲜感。比如我们每天中午都会到途经的兄弟车队食堂吃饭，还可以几家中挑选伙食更好一点的。夏天烈日当头，如果正好给钢铁厂运送镁粉等原料，卸完货往往会多待片刻，一面好奇地观看车间里钢花四溅，一面喝着厂里自制的冰冻盐汽水解渴。我们每天关注马路两边发生的事情，记得最清楚的是1968年4月12日南京路上贴出许多"炮打张春桥"的大标语和大字报。

春去夏至，我们都快成为正式装卸工，而且也打算就这么干下去了。我甚至翻看书本打算学开汽车，还曾偷偷把车子发动起来。突然有一天学校通知我们结束这儿的一切，回去等待分配。究竟怎么回事？前年有一位上海知青在回忆文章中提到：听说市里原来打算让六六届高中毕业生劳动锻炼后就留下，一来弥补那些单位劳动力不足，二来改善工人知识结构。"后来不知怎么捅了出来，有高三学生不愿意留下来，闹起来了，此事才作罢。"

重新分配工作的结果，我们一半留在上海工厂，另一半下乡去农场。我去了安徽南部的黄山茶林场。我不知道，如果五十年前留在了蒲汇塘路的802车队，后来的人生会不会很不相同。但我实实在在地感到，这大半年的装卸工经历正好为我们后来下乡做了铺垫：我们有了一副能够扛起两百斤大包的肩膀，不再是文弱书生。

回忆起802车队的日子，老同学蒋大善写了几句话："学到这几点很有用的课程：一、社会跟学校不一样。做学生是无忧无虑，但一旦踏上社会你必须用你自己的手、自己的肩膀去养活自己。二、扛包、装卸货物是集体活,在工作中会充分认识到同伴、团队的重要性。这是一辈子的课程。三、这是从学校踏入社会的第一步,所以留下的记忆分外清晰,学得的体会终生受用。"

对,我们的802课程终生受用!感谢早已消失的802车队,感谢把着手教我们的同车师傅。虽然五十年过去早已叫不出名字,却还依稀记得他们的面容,不知如今可还安好?

(2018年)

黄山打蛇

动笔之前特意请教一位懂法律的朋友:"如果路遇属保护动物的毒蛇如五步蛇,打死犯不犯法?"回答是:"应该算是紧急避险。"原来法律是这么解释的,我也可以安心一点。在下乡皖南山区那些年里,我们都不止一次同毒蛇打过交道,结果难免它死我活。

实际上,在山里遇到毒蛇最好还是避开,被咬一口性命攸关。附近村子里有位老乡进山被竹叶青咬了,见到他时大腿已肿得水桶般粗。村里人用门板抬着翻山急送医院救治,听说过了好几天才回家。竹叶青全身翠绿艳丽,就怕它缠绕在竹子上很难发现,还好它的毒一般不会致命。五步蛇要毒得多,从名字上就可知道,而且会主动攻击人。我们下乡第二年居然遇上了,严格说来是我的同学郑学恒遇上的。

1968年8月,我们市西中学66级高三(四)班四位同学跟随知青车队,来到黄山茶林场飞龙山下的第六连队。半年后我被调去山下的五七连队种水稻,两队相距一个小时的山路。记得是一个星期天下午,夏日炎炎,我大概在宿舍门口看书,只见前面砂石路远远走来一人,手里还提着一样东西。过一会看清是郑学恒，放假不休息翻山越岭来探望我，手里的东西却让我吓了一跳。三角脑袋，黑褐色的花纹，粗粗胖胖不太长，很有点分量。虽然第一次见到，但确信就是五步蛇，死了，连忙问他怎么回事。

他从六连过来要走林间小径，清凉幽静，突然发现前面不远有一堆东西蠕动，是蛇。后退来不及了，何况他光脚穿着有洞孔的塑料凉鞋。来不及多想，他随手捧起路边一块石头狠砸过去，正好打在蛇头下面俗称七寸的地方。蛇不动弹了，他才发现是条五步蛇。要是砸不准、打不死会怎么样？不敢想下去。

打死了蛇，他提在手雄赳赳地一路下山，穿过老乡村子时引发不少惊叫。接着该怎么办？我们跑到五六里地外的谭家桥镇上，问中药铺收不收，说要晒干才行。按照他们所教，先把蛇的内脏去掉，再用竹片把蛇肚子往两边撑开，放到太阳下猛晒，此事他一手办妥。

不记得后来卖了多少钱，好像十五元，反正与我们第一年每月工资差不了多少。也不知道他有没有把蛇胆生吞，当地老乡说能够明目。直到今天我还是十分佩服学恒兄的胆子和镇定，临危不惧。他后来留学英国成为物理学者，如今在北爱尔兰首府贝尔法斯特的大学担任终身教授。北爱尔兰可是经常出事的是非之地，夫子曰"危邦不入，乱邦不居"，他就敢去而且敢住下，很有点当年打五步蛇的勇气。

我也抓了打了不少毒蛇，但都是小得多的普通蝮蛇，而且多在它们冬眠的时候，我们掘墓遇上的。五七连队最初住的是自建草房，后来连队成员增加，要造新的宿舍再加建猪舍，铺地基需要石块和石条，就打起队里小山坡上那片无主荒坟的主意，趁冬闲动手开掘。

　　谭家桥一带原先相当富庶，从留存至今的青石板路和断桥的气派就可看出。不幸在太平天国战争期间兵荒马乱，村镇尽毁，今天四周乡民都是后来从别处迁移过来的，与小山坡上嘉庆、道光年间的一二十座墓葬无亲无故。模糊记得墓碑上的名字多姓胡，那是皖南大姓，不知同绩溪胡适家族算不算远亲。

　　印象较深的是一个墓穴中陪葬物为眼镜和剪刀，碑文上说墓主考不上秀才，只能终生做裁缝，很有点怀才不遇的味道。其他墓穴都是空空的，只剩下百多年岁月打磨下残留的棺骸碎块。我们扛走墓碑和下面的石条、石板，随便用旁边的泥土石块填埋一下了事。

　　小山坡上的那片荒坟从此消失，那几天冬日阳光下掘墓的"活儿"，只不过是我们上山下乡"战天斗地"生涯中很小的片段。当时完全没有意识到要对生命和亡者尊重，今天回想起来，却发现心中仍留着一层永难抹去的愧疚。

　　再说回打蛇的事。掘坟中还发现，每个墓穴中一定会有两条褐红色的蝮蛇缠成一团，应该一雌一雄。究竟是以坟墓为家，还是亡灵的守卫者，谁知？本来正在暗中冬眠的它们，突然暴露在寒风和阳光下，只能动弹不得，任由摆布。

　　有一窝蝮蛇还夹着小蛇，我夹起一条放进玻璃瓶，盖了起来带回宿舍。上海一位报社记者曾来我们农场采访，说起他妻子得了类风湿病，很难治好。我听说毒蛇泡酒可能有用，把那条小蝮蛇一直藏到过年带回上海送他，拿出来时让他吃了一惊。

　　乡下蛇很多，翻起田头石块，下面就可能藏着一条蝮蛇，但绝大多数都是无毒的青蛇和乌梢蛇。下水田常常遇到,男生不怕女生怕,调皮的男生还捏着活蛇去吓唬女生。我做管水、放水的工作,从春到秋、从早到晚都扛着锄头、光着脚在田埂上下跑动,见到前面有蛇就一锄头下去,一天好几次,早就不当回事,也不知道一共打过多少条。

打到粗一点的蛇,就会有队员拿去,先剥皮取胆生吞下去;后来查书才知道生吞治病的说法没有依据且害人,生蛇胆有毒还可能有寄生虫。剥皮去头的蛇肉雪白一条,可以煮了吃,听老乡说一定不能碰铁器,只能用玻璃片当刀切割,用铝制脸盆当锅子,否则变味。

老队员殳林法胆子大。一个星期日下午他外出没多久就回来,远远只见他上身绕着一条大乌梢蛇,左右两手各持首尾,如同将军凯旋归。蛇肉煮了一大脸盆,可惜我们弄得半生不熟,啃得挺费劲。蛇皮晒干后我剪下三四寸见方的一块当书签,带回上海后不知道夹在哪本书里了,日后或许会翻到。

最后想说一句:希望我们的故事不会教坏今天的孩子。那时候我们正青春迷茫,却又无所畏惧,不信神鬼也不懂得尊重别的生命和生存环境。如果人生可以重来,会不会变得好一点、完美一点?有人说"青春无悔",问题是你悔得了吗?但至少我们那时的日子不平淡,至今难忘,够了。

(2019 年)

黄山给了我们承受力

近来经常有人问，"你们下乡十年到底有何得，有何失？"这个问题很难回答。毕竟十年青春岁月消逝，不是用简单的加加减减就能够做个了结。但我也可以肯定地说：黄山茶林场的十年给了我们超过一般人的承受能力。有了这么一段经历垫底，后来不管遇到什么样的意外变化、困苦境况，都不难去面对，去承受。

什么是承受力？那是实实在在的。从春至夏的农忙日子，每天早上天还没亮就被广播喇叭惊醒，天黑好久才收工回到宿舍，瘫在床上就起不来，常常连洗把脸的力气都没有了，沉睡不了几个小时又被广播喇叭惊醒。一个星期七天，连续几个星期没有一天的休息，这就是承受力。不是少数几个"标兵"，而是所有的人都经受下来了。

冬天上山砍柴，傍晚时分扛着百多斤重的柴捆一步步往下走，肚子饿了，浑身的汗水变得冰凉，脚有点发软，但只有硬挺下去。不只我们这些六六届的"老骨头"，旁边咬着嘴唇扛着柴一起往下走的，更有一个班里的七几届小女孩。这就是承受力。

刚过完农历新年回到队里就要准备春耕，清早光脚踩入接

| 1970 年春天，母亲来黄山看我，在背后的茅草房宿舍中住了一个多月。|

近零度的秧板水田，真正体会到了"刺骨痛"的感觉。雨水从塑料雨衣的破裂口子渗进来，很快就全身湿透。挂在犁把上的军用水壶装了三斤地瓜土烧，用来驱寒，够喝一个星期。这也是承受力。附带说一下，我们犁田也是"自学"的，给你一头牛一张犁，学着别人的样子就犁了起来，遇上不听话"欺生"的水牛，真是苦不堪言，只能硬着头皮"承受"。

那十年当中，连搭乘长途汽车都要有相当的承受力。每次回上海都是大事情，常常买不到直达上海的"三线车"票子，只能到场部或谭家桥的长途汽车站等班车，前往芜湖、屯溪再转车。那时最担心的是误了班次，或者好不容易等到班车，却发现上面没有空位，再或者车站站长为他认识的人"开后门"。有位黄山的朋友告诉我们，他离开黄山后的许多年里，睡梦中最常出现的情景竟然就是追不上长途班车。

就算坐上"三线车",也要十几个小时才能到上海,坐得腿脚发麻、肿胀。早上五点钟开车,晚上六七点钟到达,中途如果抛锚那就更晚了。从上海回黄山当然也是如此,只是带来带去的东西不一样。前些日子听黄山茶林场的"新当家"说,2004年10月高速公路接通后,四个半小时就可以从上海到场部,真有点天方夜谭的味道。

这倒让我们想起当年时间最长的一次旅程。1977年春节过后,四个在上海出生才几个月的"小黄山人",将随父母第一次回到他们的户口所在地,其中就有我们的女儿,还有陈长华与章永明的女儿,场部小学曹老师的女儿。场里为了照顾我们这些在黄山安家的年轻父母,特别用茶林场唯一一辆面包车接我们回去,墨绿色的"奔驰"车,正好够我们四个小家庭坐。

下午四时左右夕阳渐渐西下,我们的车子已开到广德与宁国之间的深山里。突然一只轮胎爆裂了,司机叫了声"不好",原来车上没有带备胎。他把车子停靠在公路边上,自己拦了辆过路的货车,到几十公里之外的宁国县城打电话给茶林场,要他们马上派车子送个轮胎过来。等他打好电话再拦车回到我们这里,公路旁的几棵大树间已经拉起了绳子,挂在上面的十几块尿布正在晚风中飘扬。

天完全黑了下来,大人和孩子都又冷又饿。离公路百多米远有一处农民的茅草屋,透出灯光。我们抱着孩子,沿着梯田间的小路摸索到茅屋前敲门。农户让我们都进了屋里,围着灶头取暖,又取米煮了一大锅粥汤,大人喝粥,孩子喝汤。温饱之后,我们继续休息等待,直到10点多,场部送轮胎的车子到了,我

| 1977年,在黄山茶林场与妻子、女儿。这是我们的第一张"合家欢"。拍摄者缪其浩,我市西中学同班同学,当时他来黄山游玩。|

们回到"奔驰"车上。离开那户农家时,他们什么要求都没有,我们留下两元钱,他们还再三谢谢。

半夜2点多,我们总算回到了黄山的家,离早上出发已二十个小时了。时间虽长,一路上我们却不怎么担忧,不担心会在山沟里面过夜,不担心没吃没喝,更不担心会遭坏人抢劫、绑票勒索。是那时我们的胆子特别大,还是对别人特别放心?又过了一年半,茶林场派了车子把我们和朱政惠(后成为华师大历史系教授)送回了上海。此后四年,我们这些有幸考上大学的"老知青",还能从茶林场领取全额工资,我们夫妇每月共八十多元,一半用来吃饭,二十元给母亲作孩子的生活费用,再余二十多元就是我们的零用钱,主要用来买书。我们能够顺利读完大学,茶林场的工资给了我们有力的支持。谢谢。

(注:此文系与妻子蔡金莲合写,2004年)

亲情忆旧篇 | 231

奇异果还是洋桃？

　　杨桃、洋桃，还是阳桃？我不知道，告诉我们这个名称的邻村老乡应该也不知道。

　　第一次尝到这种黄褐色外皮的野果，是在山上干活。一位老队员从茶篓里掏出两个给我，饥渴中味道之鲜美无法形容。其后时不时会吃到，成为我在安徽黄山茶林场十年间吃得最多的水果。我们就叫它阳桃吧，以免同广东那边的五棱洋桃相混。

　　回到上海正逢中国对外开放，水果摊上开始出现从新西兰进口的 KIWI（几维）果，后来可能为了本土化，改名奇异果，与他们的国鸟脱离关系，但还是有点谐音。再后来咱们这儿也种出来了，又说它老家本来就在中国，学名叫中华猕猴桃，因为猴子喜欢吃。

　　管它叫什么名字，一看就知道同咱们黄山的阳桃完全是一回事，只是咱们的阳桃比它好吃得多。舶来的奇异果个头虽大，味道实在不咋地，一个个硬邦邦的，酸，很酸，而且还不便宜。放软了好吃一点，但还是比不上咱们的、山里的。直到四川两次大地震灾后重建，尝到了雅安紫心猕猴桃、都江堰黄心猕猴桃，才觉得回归中华正统、原汁原味。

当年初尝阳桃美味，接着的星期天一早就背起茶篓，跟着比我们早三年来黄山的老队员上山寻觅。去的次数多了，很快自己也有了经验，知道要发现野生阳桃，首先要靠鼻子嗅。秋日走在山间小径上，秋风微起，丛林深处飘出一阵不浓不淡的果香味，还夹带一点酒香，很好闻。朝着香味的方向找去，前面那棵大松树上一定挂满了阳桃果实。

野生阳桃结在藤上，藤缠绕在大树上。来到树下，就会踩到熟透后掉落的果子，有的已经被鸟啄破，在地面上散发香气。抬头仰望，只见每根青松枝下都悬挂着密密麻麻的阳桃果，有点像人家圣诞树上挂着的装饰。爬上去连扯带摇，不一会儿果子就全掉落下来。

最熟的带不回家，只能就地解决，先吃个痛快，那种味道只有亲自上山采过阳桃的人才会知道。有的已经很软，入口即化，既香又甜；有的里面已经发酵成果酒，一口吸进喉咙，美妙无比。好几年前喝到过成都青城山的猕猴桃酒，味道无法同当年留下的记忆相比。吃剩下的不管大小生熟全都装进茶篓背回去，满满一篓起码二三十斤，同宿舍里的队友分享。

上山采阳桃会不会出事？会，被野蜂追着叮刺。山里野蜂多在大树上筑巢，爬满阳桃的松树可能也是它们的首选。一次上树采到一半，惹恼了顶上那窝野蜂，它们倾巢而出，我们立马落荒而走。我想起书上看到过的"诀窍"，就地卧倒在路边的小沟里，用外衣包住脑袋，结果被一只马蜂隔着衣服刺了额头，肿起一个不小的疙瘩。那些一路狂奔的队友当然跑不过蜂群，肿着脸、肿着手狼狈回家。

带回宿舍的阳桃，熟的当晚一定都入肚为安，生的硬的就用脸盆装着放到床底下，熟一个吃一个。也可以用生米"捂"起来，熟得快，也吃得快。吃多了会怎么样？如果像我们那样吃了又吃，首先会嘴舌渗血，然后半夜会急着起身奔去茅坑。我想是因为阳桃里面有些成分会刺激表皮和消化系统，不信可以上网查问，或者像我们那样连吃二三十个阳桃试一次。

离开黄山已经四十年，对那儿的阳桃还是留恋不舍，只是再也没有机会尝到。不只是味道难忘，更是因为下乡日子艰难，如果没有阳桃，本来就不多的生活乐趣又会失去几分。真要感谢老天让山里长出阳桃！

(2019 年)

婆婆教我做烂面饼

那年我八岁,她八十,我叫她婆婆,就是祖母,浙江老家的叫法。记得很清楚的一个下午,我放学回家,看到她在灶披间揉面准备做饼,就在旁边看着学着也做了起来,隔壁邻居杨家姆妈见到了就笑我们是八十岁教八岁的。

婆婆做的烂面饼很好吃,做法也很简单。把青菜帮子剁碎做馅,包进揉好的面团,有点像做包子,再用擀面杖擀成薄饼。菜馅的汁水渗到面里,擀好的饼就变得软软的,所以婆婆叫它烂面饼。放入煤球炉上的小平锅子煎烤到熟脆,飘散出的菜叶清香有一种无法形容的"味"力,尤其黄昏时分。

我们老家梅江的蒋畈村,原属金华下面的浦江县,后来划归兰溪,应该不是富庶之地。婆婆七十多从乡下到大上海同我们一起过日子,也带来了好多家乡的生活习惯和生存方式。比如那几年我们全家大人孩子脚上都是她手做的平口布鞋,坚牢耐穿。

家中的破衣碎布她全都收起藏起,每过一阵子挑个大晴天,就会在家门口墙壁上斜搁起一块铺板,准备好一碗浓米汤。她翻出包里的碎旧布片,仔仔细细用米汤一片片"浆"到板子上,一层又一层,晒干成一大张"硬衬"。把"硬衬"剪成脚掌大小叠起来，就可以扎鞋底了。

扎鞋底可是力气活，更是工夫活，估计"扎实"一词由此而生。麻线是婆婆用黄麻皮手搓的，外面打上的蜂蜡也是乡下带来，褐黄色一团硬硬的，把搓结实的麻线从面上的小沟勒过去。如果一寸十针，婆婆扎一副鞋底大概要几百上千针；也说不准，因为脚有大小，她自己的小脚鞋底一定最容易做。

每一针，先用钻子在鞋底上扎个孔，再把两股麻线对穿过去，两手使劲勒紧，然后扎下一孔、下一针。最后用切刀把周边整平，一副又硬又结实的布鞋底就完工了，试过用来打手心，好疼。别看扎鞋底花工夫，婆婆只要手不停，我们脚上的鞋底还没有穿"塌"，新的已经做好。

她有一只小旧皮箱，里面装满了扎好的鞋底，她还有全家每个人的鞋样。我妈妈说过："世上只有媳妇做鞋子给婆婆穿的，少有婆婆做鞋子给媳妇穿的，可是我啊，脚上的鞋底就是婆婆替我做的呢！"后来婆婆在北京去世，家里还留着那一箱她扎好的鞋底，可惜没有保存一些到今天。

在我姐姐记忆中，婆婆纳鞋底用的麻线，是她在后弄堂墙边一条尺把宽的泥地上种了麻，用麻的茎晒干搓成的。她还让我们给她采来桑叶，在家养蚕，让蚕结茧，煮茧抽丝，再用各种花揉碎取汁，给丝染色，在房间里搭起简易织机，织出有颜色的丝带，做裤带、鞋带用。"她织的丝带我现在还藏着。她让家乡人带来麦秆，她会编扇子（团扇），我也藏有两把！"

我们的婆婆身上有一股农村妇女极强的生命力。她三寸小脚走路有点摇晃，八十多岁时却可以一人从南京到上海、又从上海来回北京,坐了两天两夜的火车居然还不用家人到火车站接。我祖父去世时她五十多,掉了全口牙却坚持不装假牙,此后三十多年全靠上下牙床对付三餐,多素少荤,吃肉时用手撕开放嘴里磨。

我们家喜欢吃的面食"猫耳朵",也是婆婆带来的一种"美食",家乡叫"小麦铃",有点像贝壳状的意大利粉,但那是机制的、干的。我们想吃猫耳朵就自己和面现做,不能太软,否则在竹匾上搓不出一个个小猫耳朵的样子,会粘住。我有时也凑热闹帮婆婆一起做,只是在竹匾上用力搓多了大拇指会疼会发红。

我还跟婆婆学过做豆腐乳,就用家里旧五斗橱的大抽屉。记得是先在抽屉里铺一层稻草,放上切成小块、晾得半干的老豆腐,再铺一层稻草。过几天揭开面上的稻草,豆腐上面已长出寸把高的白毛,后来就变成豆腐乳的那层外皮。婆婆还会做豆豉,说是家乡孩子一顿早饭每人只分给七粒"佐餐"。

最近几年表哥家从老家搬到上海,我不仅重新尝到婆婆式的美食的味道,更知道兰溪小吃之多之美世上少有。食材也好,表哥每年做的梅干菜香味十分浓烈,可以惊动楼上楼下的邻居;加上金华地区特产的两头乌猪肉,刚出锅的梅干菜红烧肉曾让我上海朋友连吃三碗白饭。

表嫂和她女儿做的那手菜和点心实在好吃,就算炒个土豆片每次都会光盘。她们包的粽子除了美味,还特别美观,每个都用红棉线仔细扎绕。说起粽子,我们一定会想到嘉兴"五芳斋";其实"五芳斋"正是兰溪人去那儿开的,只是今天没人会提起。

兰溪美食为什么外面没有多少人知道？我也不明白，也许是地方偏远一点，不像旁边的千岛湖出名。但现在高铁发达了，从上海、杭州去黄山的新高铁把那儿的山水串成一线，一定会有越来越多朋友关注到兰溪，特别是那儿的美食和小吃，其他地方哪有！

（2019 年）

今天你还会抄书吗？

最近整理上海家中旧物，翻出一包复旦读书时的笔记，本来就灰灰的纸张早已变黄，很容易就产生怀旧感。最让我感慨甚至要佩服自己的，是那几本手抄书的笔记本：那时候怎么会有如此决心和毅力，一个字一个字地把整本书认真抄下来，一本抄完又接着一本。其中印象最深刻的，是《光荣与梦想》第一册。

美国记者和作家威廉·曼彻斯特写作这本书时，一定想不到会在太平洋彼岸的中国知识界和文科生中产生如此大而长久的影响。2004年《光荣与梦想》中文完整版在中国发行，曾任中国社科院美国研究所所长的王缉思教授（语言学家王力之子）为书写序时就有"时隔二十五年，恍如隔世"之叹；时为上海交通大学人文学院院长的江晓原教授则说："二十七年前我读到一部奇书，它曾经如此打动我，以至于当时我经常在屋子里大声朗读书中的段落——这就是《光荣与梦想》。"

两位教授都与我差不多年纪，也是差不多的时候才有机会进大学读书。可以说，《光荣与梦想》影响了我们一代人，连书名这五个字后来也成为不同场合的常用语。我大学读历史，重点放到了美国当代史，毕业论文以美国上世纪四五十年代的麦卡锡主义为题，离开大学后又转向美国经济研究，都与这本书的刺激有很大关系。只是，我最早买到的是它的第二册，打开读了第一页就放不下；后来又出了第三和第四册，都是买到就看，但就是没有第一册。原来，第一册1979年问世时，出版者商务印书馆很是小心，只敢作为"内部发行"，个别之处还作了删节。书前加了一篇"说明"，少不了带上几句批判，特别提醒要注意"作者不可能彻底揭露美国的本质"。

既然是"内部发行"，一般读者就无法买到。好在复旦大学老师中有，班级辅导员傅老师好不容易帮我借到一本，拿到手就决定尽快把整本书都抄下来。书上的字很小，但一边抄一边看一边思考，印象就特别深刻，等于把美国1930年代大危机前后

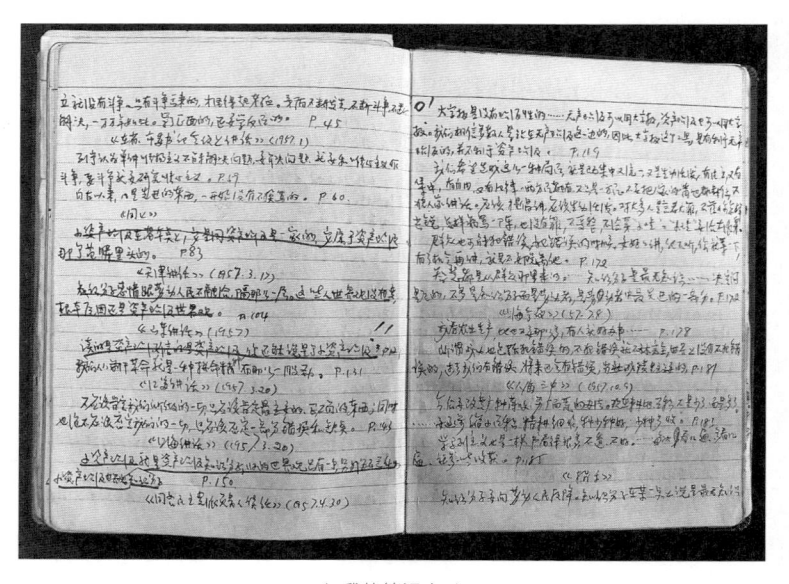

| 我的笔记本 |

的那段历史细细地过了一遍,比正式上课还有效。过了几年《光荣与梦想》再版,第一册也变为公开发行,我买下时更多的是当作一种纪念。接着我又抄读了英国军事战略家利德尔·哈特上尉的《二战史》,上下两册,很大程度上颠覆了我过去从苏联著作中得来的二战史观。另外还抄了好几本书,包括当时还没有在内地重新出版的我父亲曹聚仁写的《蒋经国论》——父亲的这本书直到 2010 年才由人民出版社出版。

实际上,我抄书的本事是从初中开始练就的。那时候书少,好多从图书馆里借来,看到特别有意思的内容就在本子上摘录几段;倒不是像现在有些孩子为了写文章时引经据典,就是怕以后再想查看找不到。渐渐地,抄的东西越来越多、越来越长也越来越严肃。比如当年中苏论战期间的一些长篇大论,记得光是阿尔巴尼亚劳动党第一书记恩维尔·霍查 1961 年参加苏共二十二大后发表批判赫鲁晓夫修正主义的报告,我们的《人民日报》刊登全文就有七八个版面之多。到后来还抄过毛选,大概抄到第三卷。下乡那几年继续抄东西,主要是知青中经常流传的"中央领导"各种讲话,抄了再转寄别人,跟今天微信里面转来转去差不多。

对我们祖辈来说,抄书本来就是读书人经常的事情,无非因为印刷术不发达,书少且贵。我受初中老师点拨开始抄书,除了可以对看过的东西留下记录、加深印象,还可以收心和练字。我从小就不喜欢认真写字,经常因字迹潦草被老师批评。抄书确有效果,后来的字就不那么难看了。更加长期受用的,是写字速度加快了,读大学时抄一本书就用不了几天。读大学后除了抄书,还要做卡片。在影印技术普及之前,做研究的人一定会做卡片,

亲情忆旧篇 | 241

也就是把有用的文字、数据记在今天手机大小的卡片纸上，便于整理、归类和更换。学生在谈到某老师的功底时，或许就会提及他积累了多少万张卡片。我做大学毕业论文时就做了上千张卡片，塞满两个装皮鞋的纸盒，动笔前后不时需要翻看。

因为对美国问题感兴趣，除了越来越多看英文资料，也做了不少英文的卡片。到社科院工作后，成天泡在外文资料室，一百张一扎的卡片用不了几天。那时影印机还不能随便用，难得印几张须由研究所有关主管批准。后来有了一部台式电脑，大概是美国某位学者赠送的，有专门的恒温房间、专门配备的电脑员伺候，一般研究人员碰都不能碰，据说主要用途也就是每个月打工资单。

英文资料抄多了，就想学打字。研究所办公室有一台闲置的英文打字机，我向打字员借来，就开始噼噼啪啪学起来、打起来，没多久就可以代替手抄做卡片，打字速度也越来越快。好在平时来办公室的同事不多，不然一定会受不了这种自动步枪连发般的噪音。

除了做英文卡片，看到特别有意思的英文参考书也会打下一两章，甚至整本，就当作练习打字的教材。这样做看起来有点像消磨时间，没想到几年后去香港《亚洲周刊》打工，正遇上新闻出版行业的革命性变革，英文打字成了我生存和竞争的优势。那时世界各地的中文媒体普遍转用"北大方正"排版技术，原来的排字房被电脑制版取代，记者编辑也感受到电脑化的压力，开始自学电脑打字改稿写稿。公司没人教你，也不会给你时间和学费外面去培训，只有自己利用下班后、放假日学起来。基于已有的英文打字技术，我成为编辑中第一个直接用电脑写稿的，也难免对其他同事有所推动。那时我已经四十五六岁了。

到香港工作后，我没再抄录过什么，影印实在太方便了，要什么就印什么。凤凰卫视同事都知道，每天一到编辑部我就会拿着一堆报纸杂志跑进影印间，再拿着厚厚一叠印好的东西出来。时间久了，我对如何对付影印机的小故障也略知一二，竟然获得了"影帝"的称号，还被陈鲁豫写入书中而外传，当然与周润发、梁朝伟远不是一回事。

时至如今，影印机也用得很少很少了，需要什么资料几乎都可以在手机上找到，连笔记本电脑都不用随身携带。但也不可能再有当年抄书时那种认真甚至带点庄重的感觉，也不可能像当年那样把想记住的东西一笔一画刻录到脑中。以后如有空暇，也许会重新开始抄书或抄录别的什么，至少可以延缓脑和手的退化。

（2017 年）

伴随我们的这些电影

苏秀老师要我写这篇文字，大概把我也划进了译制片的"圈子"里面，叫我既高兴又有点过意不去。因为二十多年前，在他们几位译制片界前辈的鼓动下，我试着翻译了一两部电视剧，初次尝试就是改编自狄更斯小说的《尼古拉斯·尼克尔贝》。但对译制的事情刚有了一些感觉、刚摸到一点门道，我就去了香港转作新闻工作，此后连译制片都很少有机会看了。直到今天苏秀老师见到我姐姐曹雷，还常常提起我"临阵脱逃"的往事。

对我这样年龄的一代中国人来说，译制片既是我们窥看外部另一种世界的狭小窗户，又是人生成长中十分稀缺的文化养料。小时候上电影院还是件奢侈的事情，记不得最早看的外国电影是哪一部，也许是苏联神话故事片《三海旅行》。至今印象很深的还有《海军上将乌沙科夫》，也是苏联人拍的上下集彩色片，成为我了解十八世纪欧洲历史的起点。

1950年代，中国进口的外国电影大多数是苏联片子；从《乡村女教师》《夏伯阳》到《伟大的公民》《非常事件》再到《两姐妹》《静静的顿河》，这些苏联"大片"伴随着我们从小学升上初中。甚至到了1960年代初期中苏关系已经生变，上海人民广场附近体育宫下面的中苏友谊馆还继续轮番放映苏联旧片,记得票价只要一毛钱,像我这样的中学生还能够承受。

那时还可以看到为数甚少的西方国家电影,一年就一两部而已,如英国改编自莎士比亚戏剧的《王子复仇记》《理查三世》,法国的《红与黑》《郁金香芳芳》等等,对我们有着另一种吸引力。在我的心目中,孙道临老师配的丹麦王子哈姆雷特,至今仍然是难以超越的经典声音。

后来,在"文革"前的那几年里,苏联变成"修正主义",《雁南飞》《第四十一》等电影都被当作批判对象,一般老百姓就看不到了。西方电影更是绝迹,只有当报刊、学校声讨"资产阶级个人奋斗"时,还有人会提到《红与黑》中的于连,把他当作反面典型来批判。

那些年中,某个时候我们能看到什么国家的电影,可以作为中国同那些国家关系好坏的风向标。比如 1950 年代中印关系不错,《流浪者》就曾在中国风靡一时。四十年后我告诉一位比我年轻的印度朋友,中国老百姓如何喜欢《流浪者》里的歌曲,还哼了一段给他听,他却是一脸的茫然。到了 1960 年代两国交恶以至开仗,我们就看不到印度电影了,好像连《流浪者》《两亩地》这样的旧片也不能放了。等到《大篷车》开进中国,其间相隔差不多二十年。

当年看过的东欧电影中,东德的《神童》和捷克的《好兵帅克》至今仍有颇深的印象。1960 年代初,虹口海宁路上的胜利电影院一直放映外国旧片。有个星期天下午,我在那里连着看了两场《神童》,就为了再听一边影片里的贝多芬第九交响曲最后乐章的合唱。那时,新的东欧片也越来越少,因为那个地区的国家除了阿尔巴尼亚,全都跟着苏联反对中国,当初牢不可破的兄弟情谊荡然无存。最后,等到我们能看到的外国电影只剩下阿尔巴尼亚片子了,"文革"也已开始了。

"文革"十年当中,译制片的处境也很特别。有好几年,就那么几部阿尔巴尼亚电影加上江青弄出来的样板戏电影,霸占了全中国的银幕。直到罗马尼亚的齐奥塞斯库也同苏联闹翻了,我们才有机会看到《第八个是铜像》。等到南斯拉夫的《桥》《瓦尔特保卫萨拉热窝》等片子上映,那已是"文革"之后的事情了。

即使以当时的标准,阿尔巴尼亚的电影也拍得不怎么样,同这个国家的香烟(当时中国唯一的进口烟)味道差不多,但许多人还是看了一遍又一遍,连剧中的对白都可以倒背如流。也只有亲身经历过那种饥渴的人,才能理解为什么有人会无数次去看《列宁在1918》。他们不是为了接受革命导师的教诲,而只是要看这部苏联旧片中十几秒长的芭蕾舞《天鹅湖》片断。

终于,我们又有机会看到另一个国家的电影了,那要感谢邻国朝鲜的伟大领袖金日成给我们送来了《卖花姑娘》。一部外国电影在中国引发如此狂热,既是空前,也应该是绝后。那已是"文革"的最后两年,中国老百姓对《卖花姑娘》的狂热,背后也许就隐藏着一种强烈的渴求,一种力图挣脱文化桎梏的冲动。

所以,译制片在中国的命运,也是映照出国运兴衰的一面小小的镜子。"文革"结束,思想解放带来了译制片的繁荣。那时候我在复旦大学读书,几乎每个星期天都有机会到永嘉路译制厂看电影,有的是刚刚完工尚未正式公演的新片,有的是"文革"期间译制的"内部电影"。那种心情,只有用"饥不择食"来形容。

每次坐在译制厂放映间的木制折叠椅上,通往世界的窗户就打开了。我在大学里学世界历史,出了大学又研究世界经济,常常觉得从电影里面学到的东西比书本上更多、更切实。后来我在香港凤凰卫视干起了新闻评论工作,每有媒体记者问我如何把握住世事之变化,我就会劝他们多看各国的电影。虽然今天我看的外国电影几乎都不是译制片了,但没有一部能比当年的译制片更有价值,因为人生的启蒙只能一次。

(2008 年)

我被隔离了

ⅠⅠⅠⅠⅠⅠⅠⅠⅠⅠⅠⅠⅠⅠⅠⅠⅠⅠⅠⅠ

1979年冬，我被隔离，关进复旦大学的传染病房。

极不寻常的1970年代即将结束，我的大学生活进入二年级上学期。发病前不久刚去宝山农村战"三秋"（秋收、秋耕、秋种）实践，对我们这样下乡多年的老知青本不算啥事。只是回校后感觉胃口越来越差，疲劳，再后来眼睛开始转黄。自知不妙去了校医院，查出转氨酶（GPT）指标超过200，确诊急性肝炎，必须马上隔离！

三年前我在黄山农场得过一次急性肝炎，正好妻子怀孕去了上海，我一人在小家中自我隔离，喝了好多瓶农场自产的垂盆草糖浆，一个月后没事了返工上班。主要后果是1977年第一次高考，大雪中到太平县城检查身体，老老实实填写了病史，即时被刷下录取名单，否则人生很可能走上另一种轨道。

1978年夏天再次高考，有幸进了复旦读历史，谁知急性肝炎还是缠着我，本以为得过了就有免疫力，弄不明白怎么会再来一次。化验报告出来，校医院即刻要我回宿舍收拾被具去隔离病房，之前虽有预感，一时间还是呆住了。学校很快就安排人员来我们班宿舍消毒，就怕传染开来。带着歉意向同学们说了再见，带着茫然前往女生宿舍楼,一路在想如何把消息告诉妻子。

妻子与我同时考进复旦,俩人带着两岁女儿的户口全家回到上海,她读化学。可以想象,她知道后与我一样手足无措。在送我去隔离病房的路上,两人都在想同样的问题:今后怎么办?我们年过三十还能够一起上大学、读复旦,本来是做梦也没想过的大转变,谁知刚开了个头就遇上这种倒霉事。我的大学生涯会不会到此为止?

那时的复旦大学,进了邯郸路老校门来到校内主干道"南京路",往西走到头,有几栋很有年份的灰砖小楼,我们历史系和其他几个文科系各占其一,还有一栋是"校办"。靠外边那栋四周用铁丝网围着的,就是校医院的隔离病房。我住进底层进门右侧那间,成为整栋楼里第四个病人,一楼二楼每人各占一边。

安顿下来,思路渐渐清晰起来,有了点头绪。首先是让身体尽快好起来,其次是如何保证学业。离学期结束还有一个月,如果能过了这一关,寒假好好休养,争取下个学期正常复课,那就上上大吉了。问题是面前就有一大难关:按照我的病情,校医院打算同外面的传染病院联系,如果有床位就把我送过去。大概是第五天,关键时刻到来了。

午饭后不久,校医院的救护车开了进来,要我转院。我坚持不走,给了医生两个理由:首先我这两天感觉好多了,食量恢复了,也不怎么怕油腻了,病况应该好转。第二,这儿休养条件比外面医院好得多,可以养病读书两不误,不会再传染别人或相互感染(那时还不懂"交叉感染"的说法)。女医生心软,被我说动了,答应过两天再化验一次,如果指标没有明显下降,还是要去传染病院。

我当然一口答应。此后两天可能是我有生以来最乖的日子，除了好好睡觉休息，好好吃饭补充营养，还一瓶接一瓶喝垂盆草糖浆，几乎当茶。治疗急性肝炎好像没什么特效药，主要靠休息和营养，所以有"富贵病"之说。垂盆草糖浆有降低转氨酶之效，而且又是我待了十年之久的黄山农场出产，喝起来特别有亲切感。

两天后再抽血化验，谢天谢地，主要指标都已接近正常，当然就不用去传染病院了。我大大地松了口气，开始安心度过一个月的休养。复旦的隔离病院条件真不错，病房空间大，比我们七八个人住一间的学生宿舍还要大一倍。非常安静，因为是传染病，除了医护查病房没人会进来，病人之间很少串门子，只在院子里散步时聊上两句。

隔离病房的伙食更比学校食堂好太多，尤其是做饭阿姨对我们很照顾。香酥鸭是她的拿手菜，每天做一只分成四份。我能够在一个月内养好身体，除了妻子送进来的好吃东西，三十天的香酥鸭功不可没。我出院后没有再回去看看，好多年后一位同时住那儿的"病友"告诉我，做饭阿姨已经去世，不知什么病最后引发尿毒症。那时她应该才五十多岁，还不到退休年龄呢。没有机会谢谢她，晚了！

隔离期间当然不用上课，所有时间都由自己支配。每天睡觉吃饭之外就是看书，除了上课的东西，还看了好多本平时想看而没时间看的好书。另外还带了半导体收音机，整天开着也不会妨碍别人，免得房间里过于冷清。每天中午追听电台里小说联播英国作家柯林斯的《月亮宝石》，中学时看过，病榻上重温一遍仍然津津有味。还有就是关注苏联入侵阿富汗的新闻，没想到这事成为苏联崩溃的起点。

那个学期的课程已近尾声，我在病房里照样复习迎考。有几门课目同学把考卷送来交给医生，我做完后消毒再套入信封拿出去。成绩出来都还不错，应该不会是老师可怜我生病吧。学期结束同学们放假，我也高高兴兴回家，继续自我隔离休养。下学期开始我完全正常上课，包括体育。唯一的变化，是学校安排我和另一位得过肝炎的同学搬去楼梯口的小房间，一直到最后毕业。

今年春节后回到上海，在家自我隔离了好多天，那种感觉让我想起了四十年前，很像。只是当年还没有手机，病房里没有电视，日子简单得多，可以专心看许多书。另外，我们过去没有任何取暖设备，上海的冬天比现在冷好多，也就扛过来了。很怀念这一个月的特别日子，估计再过多少年有人也会怀念今天。

(2020 年)

依然心想天下的知青一代

2010年5月3日,是上海世博会开场后的第三天,浦东园区人山人海。下午我搭乘场内的电动大巴士去看世博主题秀《城市之窗》,旁边坐着一位同自己年纪差不多的女士,没有孩子陪着,拖着一只带轮子的塑胶箱子,疲惫的神态中透出安详,甚至略带满足。问她看了哪些馆,回答说"新西兰,还有澳大利亚"。我马上猜出,"是不是孩子在新西兰?"

这位姓徐的退休教师六十多岁,女儿去了新西兰,已经成家。自己一个人在上海过日子,没去过那里,也不打算去,这次就想来世博会看看新西兰是什么样子的,觉得很好。她又说,一个人慢慢看,吃力了就歇一会。反正也习惯了,有时候半个月都没有人说话,就通过互联网同女儿交谈。再谈下去,知道她同我一样都是当年的上海知识青年,去了安徽插队落户。下车时她说:"我们这些人最倒霉,那时候要什么没什么,现在总算苦出头了。"

5月9号母亲节,在网上看见一篇博客,是当年下乡时那个农场"老战友"的儿子所写,题为《我爱您妈妈:平凡的八零后儿子献给我的母亲》。文中说:

妈妈生于1950年，也算是共和国的同龄人，六十年的人生经历了国家诸多的变革。年轻时在充满理想与激情的年代参与了黄山茶林场的建设，在那激情燃烧的岁月中奉献了最宝贵的青春岁月。母亲一直很怀念那段日子。四十年后的今天，母亲一代知青间深厚的友谊让我羡慕，对自己无悔青春的真挚情感让我动容，让我这个八零后的儿子感叹身为其中一员的母亲并不老。

回沪的妈妈延续着她的努力与执着，许多对中年人来说头疼的考试在妈妈眼里并不难。她总说：努力后的失败不会后悔，成功会青睐一直努力的人。只是变革太多的社会终究不是母亲拥有理想的年代，努力的人也不是拥有所有的机会。母亲不是八面玲珑、善谋利益的人，甘于奉献的精神始终在伴随着她。已无法准确说清楚许多机会的失去与放弃对日后的人生意味着什么，也许按照世俗的眼光，母亲的有些选择有些傻，有些不懂世故。

妈妈在1997年提前退休了，现在的工资不高。她的努力与才能让她还能靠兼职增加收入。妈妈一点不想被社会淘汰，生活中很注重学习新生事物，计算机知识是她现在一直努力学习的，她甚至有自己的博客。妈妈她又十分传统，一如既往地关心着股市与投资理财，大部分的家务活也都亲自操持。她总是说等儿子结婚了自己就能休息了……祝母亲节日快乐，我今生永远欠您一次生命，让我用一生来偿还、孝敬您。

她们的经历和命运，应该就是大部分知识青年的经历和命运。尽管"文革"结束后绝大多数知青都能够回城，但已经失去的青春岁月和与之相伴的机会，都已经再也不可能讨回。一般来说，知青一代仍然是当今中国城市中境况较差的群体，一辈子都用尽力气追逐已经远去的希望。一生辛苦之后，他们往往只能把所有心血都放在孩子的未来上，偏偏这几年连大学毕业生都越来越难找到好的工作，购房和结婚成家的压力却越来越大……

其中，像我这样能够赶上读大学末班车的，当属最为幸运的少数，大概十中无一。其中，更有一些成为出类拔萃者，成为当今中国社会各个领域中的精英人物和核心人物。4月中旬的那两天，一群当年的老知青难得聚会在四川成都附近的安仁镇，那里曾是川军刘湘的大本营，如今则以樊建川先生建起的博物馆群落而闻名中国。《南方周末》集团与平安中国联合主办的"年度中国十大精英"颁奖盛典，就选在那里举行。

樊建川兄倾力尽心建起的十多座博物馆，一半展出抗日战争的历史，另一半的内容则同"文革"相关。那天下午，"老知青"们开会研讨，晚上颁奖致辞、喝酒联欢，谈论的不只是对过去的万千感慨，更多的是对当前和未来中国的沉重思考。

娃哈哈集团老板宗庆后是中国著名的民营企业家，北京开两会时笔者曾多次采访他，感受过他的商界强人气势。但这次他拿起话筒，刚刚提到四十多年前的下乡经历，就止不住流下热泪，哽咽难语。也许，只有知青一代才能体会他难以自控的情绪翻腾，因为作为知青的他，能够走到今天，即使有幸取得成就，也都太辛苦、太不容易了。

宗庆后当年是浙江知青，而那天到会的老知青中，最多还是来自北京和上海等大城市。有趣的是，这次得奖的十一位精英人物当中的两位陈丹青、徐纯中，和担任主持的笔者说起来时居然发现，1960年代有几年，我们就生活在上海同一小块地方，或同属一个派出所，或师从同一个美术老师，或是同班同学。偶然中是否也有某种必然？

2009年夏天上海的黑龙江知青组团回"老家"，参加知青博物馆的开幕典礼等活动，笔者随行。期间，在一次关于知青的讨论会上，笔者强调现在虽然知青当家，但这样的局面稍纵即逝，所以知青一代要抓住时机多做点事情，包括整理知青历史、"文革"历史，留给后人。我们不做，别人是不会做的。这次在四川，樊建川兄也深有感触地呼吁到会老知青，抓住人生最后的时光，加紧做事。

就中国最高权力层面来看，2012年的中共十八大后，新的党政最高领导人习近平、李克强都曾当过知青，政治局委员中老知青可能占上一多半，达到"知青当家"的最高境界。但恰恰到了那时，省部级以下的老知青都将相继退休下岗，"知青后"开始当家。

不过，即使当年的知青进入老年，仍然是视野和心胸最开阔的一代，也是仍然抱有理想主义的一代。不信，请看这次四川聚会的论坛话题：民族命运与个人使命。不过，与会者中有人不同意这样的表述，认为应该改为"民族使命与个人命运"。确实，在这一代老知青的思考中，不会再只有抽象的国家利益和民族利益。人，才是社会发展的核心，个人的完善才是最重要的目标。

(2012年)

"非正规教育"的一代

对于我们七七、七八同年两届进入大学的那代人,已有许许多多文章写到,但不知有谁专门从教育学的角度,把我们当作"白老鼠"来研究一番。实际上,像我们整整一代的"非正规教育"样本,不仅前无古人,也应该后无来者,浪费掉有点可惜。

我们一个班级五十个同学,有老有少,年纪最大的如我等"老鬼",乃"老三届"中最老的六六届高中毕业生,不管上山下乡还是留在城里当工人,一般都有近十年的工龄,还有的也如我一般,孩子已经两三岁。而那些中学毕业直接考上大学的,起码比我们年轻十一二岁;年纪最小的那位四川女孩子年方二八,而我那年已经三十出头。

年龄差别如此之大,人生遭遇更加不同。我们"老一辈"直接经历了"文革"整个过程,各有一段坎坷,而那些"小娃娃"连什么是"五·一六"都未必讲得清楚。另外,不同年龄的同学进大学之前受到的教育也极为不同,我们老的大致在"文革"开始前就完成正规的中学教育,而他们岁数最小的一群接受的则是"文革"创造的"革命化"教育,夹在当中还有一批不大不小的,他们根本没受过多少正规教育。

我的同学金光耀比我小七八岁,小学没有读上几年就开始"停课闹革命",到了中学又"学工、学农、学军",接着就下乡到安徽南部山区,与我同一个农场,也一起考入复旦大学历史系。他进大学时刚开始辨认二十六个英文字母,后来却能够以英语资料作为自己史学研究的基础,不仅数度到英美进修,还有多种专著出版。这样的同学并非一个两个,他们的例子使我对所谓的正规教育体制多少有点怀疑:读书是不是只有一条路,教育是不是只有一种方法?看到今天的中小学生读书读得那么辛苦,更希望有人好好研究一下我们那些同学的经历。

我自己学习英语的过程也相当的不正规。我中学读了六年英语,成绩中上,但近高中毕业时已经进入"瓶颈",要阅读一点课本以外的东西就很吃力。此后"文革"两年搞"运动"加上十年下乡,十二年里除了日本化肥尿素包装袋外面和罗马尼亚汽车车头上面的那几个英文字,没有其他任何机会接触英语,也没有任何这方面的冲动。好在考大学时可以免考外语,否则我们那个班级至少一半人成不了同学。但进了校门还是要学英语。

从拿到入学通知书到回上海报到,大概有半个多月的空闲,我除了整理东西准备搬家(我妻子也考进了复旦大学),也找了本中学英语辅导材料翻了几天,居然把十二年前的记忆唤醒了。入学时有一项外语"摸底考试",全班只有我和一位女同学勉强通过,实在幸运。此后两年我们就可以免去基础英语课程,空出许多时间来学别的东西,包括专业英语。

那时大学教学百废待兴，找不到其他合适的读物。我从老师那里借来一本美国大学的世界现代史课本，翻着英汉词典看了起来。开始时一天只能看一页，坚持看下去渐渐快了起来，也越来越容易明白其中说些什么。用了两个月看完第一本，又借来一本很旧的《世界史纲》（作者为英国史家 H.G. 威尔斯），不知天高地厚地拿它当作自己的英语教材，整整看了一个多学期，也翻烂了一本字典。接着又看汤因比的原著……

有趣的是进大学后，我发觉自己对英语文字的理解能力比十二年前好了许多。读中学时翻来覆去看不明白的东西，现在比较容易弄懂了。我还发现英语语法有些地方同古汉语相像。那时我一面看《世界史纲》，一面看"文革"后首次印刷的《资治通鉴》，遇到疑难的句子进行语法分析，道理是差不多的。所以，古汉语越是长进，看起英语文字来也越是容易，反之亦然，至少对我是如此，不知教育学家如何解释。后来我听说有考"托福"、GRE 一类的事情，又弄来相关的词汇表默读了几个月，有一天翻阅美国的《时代》周刊，发现里面的文章读起来并不那么困难了，于是就长期看了下去。

上面说的是我学习英语的"非正规"过程。其实，不只是外语，我们那时的整个知识结构都可以说是"非正规"的，获得的途径也是"非正规"的，因为我们属于空前绝后的"乱看书"一代。

第四辑

行走世界篇

"八百岁"东瀛赏樱

|||||||||||||||||||||||||||||||

4月樱花处处开,到日本去赏樱却有特别的感觉,因为"场景"特别,风俗和历史文化都特别。尤其日本人对樱花的迷恋,更是我们探讨这个邻国时经常提起的话题。

2015年4月,我们上海六对老夫老妻结伴出游,到大阪周边一些著名景点观赏樱花。这十二人,有的是当年到安徽黄山茶林场上山下乡同一连队的"队友",有的是五十年前中学的同学、同学的朋友,退休后都喜欢周游天下。浦东机场出发时,想到大家都年近七十,年龄加起来超过八百,就取名"八百岁"东游团,挺霸气的,为自己壮胆壮行。

出门在外常常会有意外,意外又常常会带来惊喜和收获。我们本来打算一个星期都住在大阪,靠近心斋桥、黑门市场的同一个饭店,热闹又方便。"领队"于立兄早就做过详细研究,每天去附近一个景点游玩,早出晚归,不用收拾行李老是换地方。

但中间还是出了一个状况。大阪那家饭店有一个晚上已经全都预订出去,旅行社把我们安排到了奈良的一个叫樱井的地方,好像在挺远的山里面。没办法,只好折腾一下吧。谁知道,这一路除了原来行程确定的京都、奈良等处观赏樱花外,又增添了井手町的玉川乡间樱花、石舞台古坟的雨后夜樱和多武峰谈山神社的清晨探樱等意外"场景",给我们留下了更加深刻的印象。

午后离开京都前往奈良,中途在一条小河旁短暂休息,一下车我们就被河边密如白云层叠的樱花吸引住了。后来查了资料,才知道这条小河名叫玉川,流入京都地区历史上有名的木津川。两侧乡村名叫井手町,不到二十平方公里,人口近万。

顺着河边小径往里,两侧的樱花越来越密,几乎要在小河中间相互触碰。多云的天空掠过一阵春风,千百片花瓣飘舞起来,落到河面的被哗哗流水带往前方,落到路面和路边草丛上的,铺成了一片洁白的残花地毯。河堤旁零散有人悠闲午餐,像是当地或附近的居民,年轻父母还带着婴儿车。一群学生模样的也席地而坐,轻声交谈嬉笑,夹着几个西方面孔,看来都是从不远处过来的。除了风声和流水,眼前就如一幅凝停住的水彩风景画,带着淡淡的、不加修饰的素雅。

沿着小路,乡民们挂起了许多粉红色的小灯笼,樱花盛开也为他们带来喜庆气氛,却不是旅游景点那种浓妆打扮的热闹。没有多少外来的游客,除了我们几个。十五分钟的休息时间很快就过去了,真是不知不觉。同行的导游来找我们,进到里面也被樱花美景迷住,端起相机拍了起来。他每年都要带游客到处赏樱,却不知道有这么个叫井手町的小地方樱花开得如此之壮美,如此之遮天布地。

如果不是还要赶路,我们谁也不想离开,上车时都说下次一定再来。确实,我们中的一对夫妇两年后的樱花时节再到大阪,特意又来井手町重游。我们的导游记下了这个地方,从此成为他带领游客赏樱的必到之地。但我想，藏在日本山山水水之间，像井手町这样的樱花美景应该还有千百处，只是有待我们去寻觅。

雨中离开奈良东大寺时天色已黑，我们前往山中的住处。中途到了一个地方，导游说可以去附近一个地方观赏夜樱，以"补偿"我们在大阪错失的机会。当然好啊！不远的前方就有一片闪闪的灯光，照着一堆堆的巨石。进去的路口竖着介绍的牌子，第一行的汉字就为：特别史迹：石舞台古坟。

到人家的坟上看樱花？对！这座石坟是日本历史上十分重要的飞鸟时代遗迹，规模最大，约建于公元七世纪初期，相当于中国隋朝。飞鸟时代的"圣德太子"仿照中国隋唐建立官僚体制，还引进了佛教，深刻变革了日本社会，接着就是奠定天皇中央集权的"大化改新"，奈良正是当时的政治中心，首都遗址也就在附近。

三十多块巨石构成坟墓洞穴，据说总重量为两千三百吨，最重的一块有七十吨，当年如何搬运过来也是学问。白红两色的樱花树围绕着巨石排列，在专门设计的灯光照射下，花瓣色彩的对比特别强烈，还带着刚刚沾上的雨珠。观赏夜樱的游客不多，只有两个身着古装的女孩在大石堆前相互拍照，让我顿悟了"石舞台"的意思："月夜的时候狐幻化成美女，在其上翩翩起舞"。可惜当晚没月光，我们也不能久等。

继续我们的行程，不多久就进入山中，黑暗中车子在云雾里绕山盘旋，司机好像也不清楚要去何方。行至半山，忽然路边有人打着灯对我们示意，原来饭店就在附近。大门外，一排员工已经等着，打着伞鞠着躬，带引我们这些迟到的来客一一入内安顿。这家名叫多武峰酒店的日式旅馆给我们的第一印象，就是百分百的待客如宾、宾至如归，服务之周到让我们都有点不好意思，而且非常干净整洁。

已经很晚，四周黑黑的，但我还想弄明白自己究竟身处何地，多武峰又在何方。在酒店大堂看到一面镜框，里面是一张现在已经不再使用的二百日元纸币。问了才知道，纸币上的图案为谈山神社，就在酒店正对面的多武峰下。马上查百度，原来，谈山神社是为了纪念"大化改新"中起了重要作用的"内政部长"藤原镰足。今天的整个建筑群仍然有着不一般的历史和文化意义，才会被用作货币的图案。

第二天清早我们就要去"日本赏樱第一名所"吉野山，一定得赶在出发之前去谈山神社一睹究竟。天色刚亮，我们"八百岁"中的几位就不约而同起身，在细雨中出门，酒店人员要我们都带上伞。没走几步，透过雾气，神社已经出现在面前，里面空无一人，任由我们四处穿行。没有风，除了小溪潺潺和几重鸟叫，只听到自己鞋子在细石路上擦出的沙沙声。

那儿的樱花并不密集，散布庭园楼阁之间，在神社常见的红橙色廊檐衬托下，白色的花朵雨中显得格外妩媚，静静不动，间或有水滴落下。各栋建筑中最有名的，要数那座十三层的木塔，据称为世界唯一，与中国的应县木塔有得一比，年份却早了好几百年。背后的多武峰上有三千株枫树，如果金秋时分来这儿，应该是火一般的通红。

吉野山的早上雨停云散，各种颜色的樱花密密地布满每个山谷，在半露的阳光下随意张扬，我们也为自己的幸运而高兴。

但我的心思却好像还留在刚才谈山神社的雨雾中，还在细细玩味七十年前先父《中国抗战画史》中的一句话："日本人以樱花为国花……因为樱花，当它开得灿烂喧闹之日，便是它凋谢零落之时。"

(2017 年)

东京自行车

前不久去日本东京住了几天，发现街头共享单车几乎不见踪影，与三五年前不一样。除了同咱们差不多的原因，即有些使用者乱停乱放造成管理不便、民怨日增，还因为当地地铁、火车网络密集，居民交通"最后一公里"需求不是很大，而且几乎家家都有自行车，可能还不止一辆。

东京街头骑自行车的很多，感觉上比以前更多。朋友说他公司里面好多年轻同事骑车上下班，只要距离不太远，省得堵车挤车，还可以健身。一位已退休的女士说，她平时也喜欢骑车，东京好多小巷，到附近购物办事还是自行车方便。另外，不像上海满街都是电动（自行）车送货送餐，东京更多见到的仍然是摩托车，此外就是自行车。

骑自行车送快递的，后面还拖着一个带轮子的小货箱；骑自行车送快餐的，双肩背着一个保暖箱；邮局的大爷级员工开着面包车沿街一路开箱收信，送信的小伙子则骑着自行车一条条小巷转来转去。还不止一次看到派出所警员骑车执勤，最热闹的银座路口，警察岗亭门口也停着一辆自行车，门上则贴满写明悬赏金额的通缉令。

我喜欢从细节去了解一个国家、一个城市,各地自行车"文化"的不同,就是一个很有意思的切入口。东京其实说不上是对自行车"友好"的地方。丹麦一家咨询公司调查后认为,那儿虽然称得上一个自行车都市,"但并不是因为基础设施、国家、自治团体的建设完善,而仅仅因为很多人骑自行车而已"。也就是说,东京的自行车只不过是公共交通的附属物,却像路边的野草顽强成长。

进一步分析,东京对自行车的管理,无非是在行人、汽车和自行车都日益增多的困境中,就如何分配狭窄街道的使用权,想尽办法找到妥协的途径。结果却是有关法规常常摇摆不定、顾此失彼,各方横竖都不满意,说白了就是让自行车"在人行道上跑,被行人讨厌;在车道上跑,被开车的讨厌"。

按现行交通规定,自行车一般要同汽车一样在马路上靠左行驶,少数路段还专门划出自行车道。遇到路窄汽车多的情况,自行车往往就骑上了人行道。照理,只有老人、孩子和残疾人可以这么做,其他人都有违法违规之嫌。只是当你在人行道或步行街上行走时,身边不断有人骑车掠过,大概就可知道有关限制和法规名存实亡,除非出了事故寻找责任——东京的交通事故三成因为自行车。

不过,在东京街上行走还是比较安全,首先没有那么多电动车与你擦身而过,摩托车更不会驶上人行道让你左躲右闪。日本朋友说,他们从小就骑车上街,车技一般都练得不错,在人行道上不会撞到人。前面如果有行人挡着,骑车的往往停下来等候、避让,不会随便按铃以免冒犯他人。也就是说,即使自行车上了人行道,"行人优先"的原则仍然必须遵守。

据粗粗了解,日本对自行车还有其他种种要求、规定和限制。如购车后马上要实名登记,要装前后车灯和车铃,孩子骑车一定要戴头盔,骑车不能打伞(只能穿雨衣)、不能玩手机、不能单脱手,当然更不能双脱手,成人不能两人同骑一车,不能两车并行,等等。

还有,酒后不能骑车,如同开汽车不能酒驾一样。对速度快慢的要求是随时可以停下,否则就算超速。闯红灯和逆向骑行等十多项行为算是严重违法,最多可能被罚四万日元(约合两千多人民币),多次恶意违章骑车的还会被"请"去参加"骑行者讲座"。前年6月开始实施新版道路交通法,一个主要修订就是加大对自行车违规的处罚。

对一般东京市民来说,自行车带来的最大麻烦就是街头乱停乱放,妨碍正常行走,占据公共空间,破坏城市美观。但对于骑车的东京人来说,最大麻烦则是停车越来越不方便。有的停车场收费不高,第一小时免费,后两小时收一百日元。还有全自动的,把车推进去就不用管了。但就是各种停车场都不多,市中心地区更少。

东京交管部门这两年对街头自行车乱停放加大处罚力度,一位每天骑车上班的中企外派员工说她今年已经被罚过多次,每次两千日元,大约一百多人民币。其实有的区域罚得更重,要交三千日元或更多才能取出被扣自行车。

东京闹市如银座的街头,地上、墙上和栏杆旁都有不少禁止乱停放自行车的宣示,详细写明罚则。管理部门还聘用专门人员来执行，他们年岁都不小，两人一组穿着制服，手持卡片相机、电子记录本等工具，有的专给路边汽车抄牌，有的专门对付人行道上的自行车。

做法也蛮合理，先礼后兵。发现违规停放的自行车，第一步是贴上一张写明时间的红色小条子，警告车主尽快把车挪走。一个小时之后车子如果还在那儿，就会移到专设的扣押地点，同时也告知车主到那儿取车交罚款。

这办法应该起到作用，新闻中看到有的扣押点集中了好几十辆违规停放的车子，违规者乖乖地交上两千元罚款。当然，有的车太旧太破，车主不愿交钱，也就不来领车。另外也看到有人用钢缆铁链把自行车拴死在路边栏杆或柱子上，叫查处者无法移挪。

我骑了五六十年自行车，还没有机会在国外街头试过。下次去日本打算拍一系列有关"细节"的视频，或许就可以骑车代步，多转转东京和其他城镇的大街小巷，一定会有更多的发现和体会。

（2019 年）

宾州州立大学冰淇淋，全美最馋人

那是 2008 年 11 月初的一个下午。我们在美国宾州州立大学校园里对几位学生做完街访，记录下他们对奥巴马成为美国第一位黑人总统的兴奋和期待。横穿校园的柯廷路（CURTIN RD）两侧，层层树叶在夕阳逆光下变幻出各种不同浓度的红色，美得叫人不想离开。

我和上海外国语大学的两位老师、六位学生，这时候都有点累，有点渴，也有点饿了。过去接连好几天都忙于采访、编写和报道，尤其是上一晚大选开票，每个人都没睡上几个小时。看到路边有一家铺子，好像是饮食店，我们就走了进去。发现里面只供应一样东西，冰淇淋。太好了，我本来就喜欢冰淇淋！

忘了那时确切的价钱，反正不贵，大概二美元半到三美元一份吧。这一份分量足够多，冰淇淋球足够大，而且每份三个。装冰淇淋的蛋筒像个小火炬，上面就是三个不小的坑。也可以用纸杯，说是杯子，实际上就是个碗。我本来喜欢吃蛋筒，但怕冰淇淋球太大，边吃边流下，有点狼狈，于是就选了纸杯。

柜台后面的服务员都是小年轻，一看就知道是打工的本校学生。一个小伙子瞧了我一眼，大概注意到我的白头发，问：

"你行吗？"我回答："没问题！"他就在我的杯子里按了三个大球，接着又是三个，不怀好意地笑着递给我，意思是"看你能行！"堆得高高的一大碗，捧在手里都挺有分量。

尝了第一口，我就知道这应该是我这辈子吃过的最美味的冰淇淋。浓浓的奶香，甜而不腻，入口融化后滑溜溜的，没用太多时间就全都吃完，连我自己都不相信有如此胃口。超好吃，而且分量超大，就是宾州州立大学这家冰淇淋专门店留给我的印象，也永远忘不了那小伙子把六个大球递给我时的眼神！

美国宾夕法尼亚州州立大学（与费城的宾夕法尼亚大学不是一回事），英文简称PENN STATE，在美国颇有名气，公立大学中名列前茅，总共有近十万学生。总校位于宾州正当中的"中央县CENTRAL COUNTY"，那个小镇就叫STATE COLLEGE，四万多学生为镇上的主要居民。统计数字表明，那儿是美国平均收入最高的小镇之一，也是平均学历最高的小镇之一，又是全美国最安全的小镇之一……

学校很有钱，每年可筹集到三十多亿美元的经费和捐赠，过去那个学年的全部预算开支近五十亿美元。学校崇尚体育，今年（2016）就有十三名学生到里约热内卢参加奥运比赛，还有一支很有名的橄榄球队。学校以"海狸BEAVER"命名的体育场，可容纳十万以上观众，美国第二大，世界第四大，与上面讲到的冰淇淋店处在同一条大道上。

而大学里面这家叫作"伯基BERKEY CREAMERY"的冰淇淋，则应该是美国最好吃的，没有之一。有位中国留学生说："我一开始申请宾夕法尼亚州立大学，并不是因为它的科研能力和学术排名,仅仅是因为它好吃到没朋友的 BERKEY 冰淇淋。"我的第一次品尝,可以说是误打误撞,并不知道它的名声和来历,直到第二次去那儿,才有了更多了解。

2008 年秋,上海外国语大学第一次尝试把新闻专业的学生带到国际重大新闻事件现场开课。从那之后,上外同宾州州立大学建立起很不错的合作交流关系。作为这门课程的策划者和参与者,我也有机会多次与上外师生到美国实地采访报道和上课,宾州州立大学成为我们课程的必到之地。

2012 年 11 月我们再来到这儿上课,当然换了一批新的学生。我的职业习惯是不管到哪儿,每天早上都会翻阅当地报纸。宾州州立大学有一份编排很不错的日报,全都由新闻学院的学生操办。那天我看到一条新闻,说是有位匿名人士向学校冰淇淋专业的一位教授捐赠了一百万美元,专门用来开发新口味的冰淇淋。我马上把这件事告诉一组学生,要求他们去发掘相关的新闻。

为了冰淇淋而如此大手笔捐赠,真有点不可思议。实际上还不止如此,如果学校的冰淇淋研究基金能够另外募集一百万美元,这位人士还会再捐出一百万美元。查找多一点资料,不难发现这儿的冰淇淋好吃,背后有历史、有故事呢!

同美国的许多公立大学一样,宾州州立大学前身也是地方农牧业专科学校,已有一百六十年的历史。1865 年,也就是专科学校建立后十年,就开始最早的乳制食品研究,至今正好一百五十年。十九世纪末,学校开始设立冰淇淋短期课程;到了 1920、1930 年代,随着冷冻技术的发展,冰淇淋在美国成为大众消费,学校的研究和生产都相应发展和扩张。

直到今天，宾州州立大学食品科学系的冰淇淋研究和课程仍然在美国冰淇淋行业最具权威，一些名牌冰淇淋的开发者实际上都曾是那儿的学生。大学的 BERKEY CREAMERY，则成为美国大学里面最大的冰淇淋生产者，闻名全国。

来到宾州州立大学，几乎人人都会慕名光顾那家冰淇淋，普遍的评价是"比哈根达斯和意大利的冰淇淋好吃多了！"有一个故事说，美国总统克林顿夫妇都喜欢吃冰淇淋，一次来到宾州州立大学，特地要求 BERKEY CREAMERY 晚一点打烊收摊，等他们演讲后赶过来品尝。按照店里很牛的规矩，客人不能自己点要喜欢的味道，给什么就吃什么。那次因为克林顿是总统，店主破例让他自己点了三个球，一起来的希拉里就不行。

今年是我第三次来到这所大学。11 月 5 号那天中午一下车，我就拖着上外的顾老师穿过校园，直奔冰淇淋铺子。远远看到那儿有一大堆人，排着长长的队伍。原来那天晚上学校橄榄球队要在大体育场迎战爱荷华大学球队，观看比赛的十万观众白天就塞满了小镇的主要街道。好些携家带口而来的老校友趁机碰头聚会，少不了都去买个冰淇淋，边吃边回忆当年的味道。

排队的人龙太长，我们没有那么多时间等候，只好买个预制的，味道也不错，但总是比不上新鲜的，心理作用吧。此后两三天，好几次打算再去，都因为要上课、要采访而耽搁了，始终没去成。下次，两年后还是四年后？反正明年（2017）去不成了，我们的课程初定四五月间去法国。

另外，这次大选前的校内气氛同八年前很不一样，叫人有点提不起劲头。美国的大学师生多数倾向支持民主党和希拉里，宾州州立大学也如此。八年前奥巴马用"改变CHANGE"的口号,让宾州州立大学的学生大为振奋,参选热情空前高涨。而这次,即使在校园里打着蓝色标语牌支持希拉里的,声势也小了许多;支持特朗普的学生则多低调不出声。

到了8号午夜、9号凌晨,大选开票结果逐渐明朗,希拉里败局已定,秋风秋雨中的校园更是一片沉寂。据说在校内民主党的竞选办公室里,还有一些无法接受选举结果的学生在哭泣。第二天上午,我们就启程前往纽约。听宾州州立大学的朋友说,和其他许多大学一样,那儿不少学生也因情绪低落不去上课,校园里也出现了抗议特朗普的聚会。好些美国大学校长给学生写信安抚劝导,就像2001年"9·11"事件发生后那样。

我想,那两天校内的冰淇淋销路不会好到哪儿去,忧心忡忡的学生一定没有品尝的心情。我还想,日后特朗普如果也以总统身份去BERKEY冰淇淋店,会不会受到抗议学生的包围?店主会不会也让他自己挑三个球?但不管怎样,那儿冰淇淋的味道应该不会因为特朗普当选而改变。在过去一百五十年的美国历史中,还有比这更大的事情呢。

(2016年)

企鹅的味道不好闻

||||||||||||||||||||||||||||||

企鹅为什么叫这名？西文 Penguin 有几种说法，中文名字倒没多大歧义。"企"本来在汉语中就是"抬起脚后跟站着"的意思，也就是说这傻胖老是站着，好像"企盼"着什么。但我怀疑最早叫它们为企鹅的应该是广东人。香港搭乘公共交通或手扶电梯，常可见到半英半中的文告里有这个"企"字，作站立的意思。内地"企"字以前多见于"企业""企图""企划"，最近几年官方文本中多出一个"企稳"，似乎借用了粤语而恢复到原意。

企鹅"企"着有点像人，大小高矮同咱们差不多，人类对它们也有特别的兴趣。二十年前去澳大利亚玩，一伙人除夕夜放弃倒数迎新，跑到墨尔本南面天涯海角的地方，等着看小企鹅登陆回家。那儿夏天的日落时分，实际上已快半夜，海风把我们冻得够呛，几千个人就裹着毯子、外套，围坐海滩外面傻傻地等着。

那里的企鹅是小个儿类型，总共才一两百只，派头却不小，跟着"首领"从海上游水寻食回来，上岸后不理不睬我们这些辛苦等候的人群，径直打道回府。管理人员还不让大家用闪光灯拍

| 2011年12月，在南极 |

照，怕惊着它们。我突然想到企鹅每天下海登岸，就像是咱们上下班稀松平常，倒是人类太大惊小怪。如果哪天有一大群企鹅跑到城市里，围着地铁出口观看咱们上下班，人类会不会对它们也嗤之以鼻？

六年前又有机会去看企鹅了，那是到南极，一个不看企鹅都难的地方。出发前有位小朋友同我有一段对话。"给我带个企鹅蛋回来吧？""不行！根据《南极条约》，除了拍下的照片，我们不能带走那儿的任何东西，当然也不能把外面的东西带进去。""那就代我抱抱企鹅吧！"小朋友失望了。"也不行！根据《南极条约》，人类必须同企鹅和所有当地动物保持五公尺距离，除非它向你走近。"但我想，企鹅不会主动跑过来拥抱我吧。

不清楚《南极条约》里面具体如何规定，我说的都是出发前得到的指令，应该都出于这份中国1983年加入的国际条约。条约的一个宗旨是保护南极，当然也包括世世代代生活在那儿的一亿多只企鹅。我们在南极一个星期登岸十三次，每次上下船都要仔细清洗长筒靴底沾着的泥沙，然后消毒。作为领队的探险队员还会把先前登岸者不小心落在那儿的垃圾捡回船上带走，认真得感人，我们当然也不敢怠慢。

从中国漂洋过海去看企鹅，实际上挺辛苦。我们先飞十三个小时到巴黎转机，然后再飞十三个小时到阿根廷首都布宜诺斯艾利斯，第二天上午再飞四个小时到阿根廷最南端火地岛上的乌斯怀亚港上船。接着是整个行程中最艰难的四十个小时海上颠簸。处于"西风带"的德雷克海峡必定巨浪滔天，船上的乘客十之八九晕得躲在房间里面，甚至无法起床。但到了南极，远远望见冰原上的成千上万只企鹅，每个人都会"满血复活"，精神焕发。

我们从小就很喜欢企鹅，不过那只是照片、电影里的企鹅，动物园里的企鹅，还有孩子们的玩具企鹅。真的到了南极，看到了无数只企鹅，而且每天都看，有时上下午都看，看上一个星期，一定会有不一样的"观感"，而且不只是审美疲劳问题。它们还是那样胖胖傻傻很有趣，但一大群企鹅聚集在一起会很吵闹，而且很脏很臭，至少我们看到的那几种企鹅在孵蛋季节就是如此。

先说吵闹吧。企鹅嗓门挺大，几百上千只成帮结伙，很远就可以听到一片嘈杂，尤其是对歌求偶的季节。别看它们样子老实，内部矛盾还是时有爆发，生存压力大么。南极冰天雪地，企鹅非要在零下四十度的冬天筑巢生蛋传宗接代，"建筑材料"极度缺乏，附近的小石块很快就被捡完，只好越跑越远去找寻。奸猾一点的就会去偷邻家的石头，弄不好被发现，吵起来、打起来，热闹得很。

再有就是婚外情引发争端。企鹅说是终生一夫一妻制，比咱们人类还忠诚，实际上也常有出轨举动，闹起家庭纠纷。不过我们在那儿时间短，只看到过做贼偷人家建材被追打的，没遇上婚变的好戏。听到分贝最大的企鹅尖叫，是它们的陆上天敌贼鸥突然来袭的时候。贼鸥的攻击目标不是成年企鹅，而是自空而降掠夺企鹅蛋（或小企鹅）去吃，凶狠的还会到孵蛋的企鹅身下硬把蛋抢走。

我用相机拍下了企鹅的一次成功自卫反击战，显示了它们团结合作的一面。先是一些企鹅发现天上贼鸥飞近，发出空袭警报式的喊叫。贼鸥无法突袭，只好落在一片企鹅窝巢之间的空地上。十来只企鹅马上排成一个圆圈，把贼鸥困在当中，不让它突围接近自己的家。贼鸥左冲右突不能得逞，还不断受到企鹅的追逐和攻击，无可奈何只好飞走，另找机会。

说到企鹅的家，只能用既脏又臭来形容。我们去的一月份正是南极企鹅孵蛋的时候，白色的冰原上整整齐齐排列着数以千计的企鹅窝巢方阵，相互之间的距离在一米多。每个用小石块垒起的小窝里面都有一只企鹅一动不动地孵着蛋，它的另一半则外出觅食。窝巢四周的冰雪都被染成深深的铁锈红，从船上远远看去一大片雪白中有一块变成红色，那一定就是企鹅的家园。

南半球企鹅有十多种，帝企鹅据说很注意自身的清洁卫生，可惜我们没见到。那几天遇上的三种，帽带企鹅（脖子那儿有条

行走世界篇 | 277 |

细黑带)、金图企鹅(又叫巴布亚企鹅,红嘴绅士模样)和阿德利企鹅(黑白两色如熊猫),全都在家里吃喝拉撒,脏不拉叽的。它们以海里的磷虾为主食,饱餐后胃里面消化不掉的东西会吐出来,主要是磷虾的渣壳,把窝巢四周染成红色,而且有一股浓烈的腥臭味道,老远就可以闻到。

可以设想一下,与企鹅做邻居会有怎样的感觉。真有四个英国女孩就同企鹅住在一起,而且要住上一年。她们安家的小房子门外、窗外都有企鹅窝,连屋顶上也有,而且还不能干扰它们的日常生活,更不要说驱赶了。她们是洛克罗伊港打理布兰斯菲尔德博物馆的志愿者,还负责经营整个南极洲唯一的纪念品商店。如果没有船只带来客人,她们就只能整天同企鹅打交道。

我们去的时候,正逢人类到达南极点一百周年的日子,所以团员人数也正好一百位,可谓规模空前。我们分批搭乘冲锋艇登岸,参观英国废弃的 A 考察站改建的博物馆。里面房间很小,人一多就转不过身来。几乎每个人都会买邮票、寄明信片,还有就是购买纪念品,包括 Made in China 的企鹅玩具。我们一批批到来,把那四个女孩忙得不亦乐乎,后来听说那天卖出的纪念品创下纪录。也因为如此,她们就没有时间上我们船吃上一餐,再洗个热水澡,只能等下一艘船到来。

同她们说再见后回冲锋艇,一列十来只企鹅正好从我们面前走过,按规定必须让它们先行。它们沿着岸边走了好几个来回,等到带队的那只纵身跳入水中,其他企鹅也一只跟着一只入海。别看它们又胖又傻,水中却十分灵活,否则稍有闪失就会被海里的天敌海豹捕食。过一会登岸,这些企鹅已经吃饱磷虾,全身洗得干干净净黑白分明,可爱许多。

  船上的探险领队告诉我们,不同种的企鹅孵蛋方式不一样,有的是母的生下蛋交给公的去孵化,有的如阿德利企鹅则是公的母的轮流孵蛋。"再过几天小企鹅就会破壳而出,到处都可以听见它们叽叽喳喳的声音"。

  那是南极的盛夏景象。

(2017年)

有伤心故事的波尔多酒庄

2015年7月的一天上午，法国波尔多地区天气阴沉沉的，还不时飘来几滴雨星。我们来到圣·克里斯多利小镇上，四周找不到一个人问路，这在法国、在西欧倒也是常事。总算发现一块小小的路牌，指明去圣多利酒庄的方向。小镇的名字和酒庄原文都是 Saint Christoly，只是酒庄的中文翻译成了圣多利，而且榜上有名。

酒庄位于波尔多著名的葡萄酒产区梅多克的中心，我同上海外国语大学的学生和老师按照约定时间前去采访。小巷子转个弯就看见墙上大字，表示酒庄就在前面，女主人玛蒂娜已经在那里等候了。她同开动装货铲车离去的女儿讲了几句，就转过身子接待我们。年过六十的她打扮像个学校老师，只是脸上带着阳光染的金黄色，踩在砂砾地上的双脚颜色更深，从五彩凉鞋前端露出的脚趾甲涂得红红的。

酒庄不大，葡萄种植面积三十公顷，一半种梅洛，另一半赤霞珠，建筑物也就几栋平房。我去过好多国家的酒庄，都有差不多的参观程序，主要介绍他们的葡萄品种、生产过程和产品特色。玛蒂娜却直接把我们带到酒库，那儿也没有什么特别，一两百只装满葡萄酒的大木桶上下两层整齐地排列堆放着。吸引我们的是一面墙上的一张肖像画,还有用好多条白色细绳串联起来的家谱。

玛蒂娜要讲的是圣多利酒庄一百五六十年的历史,他们家族的历史。这个家族从1850年开始种植葡萄,酒庄至今已传到第七代经营者手中,就是玛蒂娜的两个女儿桑德琳和凯瑟琳。她们都已四十上下,一位主管生产,一位负责销售。她们的孩子都已出世,应该是酒庄的第八代主人。但在墙上族谱图表的中心位置,却是无缘成为酒庄继承者的约瑟夫·皮内,玛蒂娜丈夫赫维·荷劳德的祖母伊冯娜的兄长,肖像画中的那位年轻军官。他的名字下写着"1891—1918"的字样,去世时才二十七岁。

玛蒂娜指着面前成排的酒桶,我们看到上面贴着五个时间:1914、1915、1916、1917、1918。那不是酒的年份,而是第一次世界大战中约瑟夫从军出征的记录。他有一个习惯,部队每到一个地方他就会寄一张明信片回家报平安。今天,他的后人把这许多张明信片复制出来,一只大木桶上贴一张,展示那几年里他的军旅路线。

大战开始那两年,约瑟夫主要在法国北部作战。1916年6月,他寄回家的明信片上打着"凡尔登"的字样。史书记载,那一年从年初打到年末的凡尔登战役,是一战中"破坏性最大、时间最长的战役",法德双方共投入两百多万军力,死伤总数近一百万,两国各有十多万官兵葬身战地。约瑟夫还算幸运,这年9月他同部队调防到法国西南部。

行走世界篇 | 281

1917年3月,约瑟夫明信片上的地点开始向东方移动,4月从法国南部港口马赛上船,5月登陆意大利,接着到了罗马、那不勒斯,又继续往东,直到希腊南部才停下来。法国把军队调派到希腊,是为了对付德国的盟国保加利亚和奥斯曼帝国(土耳其)。5月15日早上8点,约瑟夫在寄给妹妹伊冯娜的明信片中写道:"今天,我们即将在一小时后登陆。这里的海很美,天气很好。我想我们能顺利穿越。"

一战进入了第四个年头,仍然待在希腊南部的约瑟夫在1918年1月19日的家信中说:"亲爱的伊冯娜:你能给我寄一双袜子和一条毛巾吗?这里没有这些东西⋯⋯这儿依旧很冷,真希望坏天气赶紧过去,不过我更希望这一切赶快结束。到什么时候才是个头呢?我们在这儿什么都不知道。德国鬼子和保加利亚人暂时还没有动静。我们希望一直这样下去。"到什么时候才是个头呢?伊冯娜和她的父母也一定这样想。

又过了近半年,大战已近尾声,法国和它的协约国伙伴胜利在望了。1918年6月,约瑟夫的部队北上,到了贴近保加利亚的萨洛尼卡,希腊人称为塞萨洛尼基。今天是希腊第二大城市的萨洛尼卡,1917年8月被驻守的法军引发的一场大火毁了大半,三分之一居民无家可归、四散离去。约瑟夫和他们的部队到达时,应该还看得到灾后惨况。

10月的一天,也就是1918年11月11日一次大战各方签署停战协议前的两个星期,约瑟夫从萨洛尼卡寄回了他的最后一张明信片。他没能回到波尔多的自己出生之地,给亲人送去的只是阵亡通知书和四年征战中得到的五枚勋章。在圣·克里斯多利小镇中心广场上，有一座白色的纪念碑，两侧刻着一次大战中阵亡的二十四位当地年轻人的名字，1918年有三位，最末那一行的名字就是约瑟夫·皮内。

约瑟夫已经去世近百年，今天他仍然是圣多利酒庄故事中的一位主角。只是因为他的不幸，酒庄的主人不再姓皮内，由妹妹伊冯娜与丈夫继续用心经营。他们努力提升红葡萄酒品质，1924年在巴黎农业大赛葡萄酒竞赛中获得第一块金牌，此后又多次获奖。1932年获"中级酒庄"称号，保持至今。伊冯娜1995年去世，享年一百零一岁。

玛蒂娜同丈夫赫维接手酒庄已近四十年，他们的女儿出外学习专业后，也回来加入经营。同波尔多地区的大大小小酒庄主人一样，他们现在担心的是气候变暖，传统品种的葡萄质地和产量都受到影响，或许要试种一些其他品种。最近几年里，2009和2010两年是他们葡萄酒的好年份，获奖的佳品每瓶才卖11欧元。

离开圣多利，口中还留着品尝红酒后的味道，想着的却是贴在酒桶上的约瑟夫明信片。同圣·克里斯多利一样，法国几乎每个地方都可以看到纪念一次大战为国捐躯者的名单，有的刻在教堂墙上，有的在市政厅门口，有的放在大学里面。

这次离开波尔多后途经波城，看到市政厅大门内两侧墙上都嵌着石碑，分别纪念一次大战同二次大战中当地的亡灵。一战那块面积大许多，刻上的名字也比另外一块多，而且全是军队官兵。统计数字表明，一次大战法国军队伤亡人数高达全部人口的1/28，比对手德国的1/32、盟友英国的1/57高出许多。像约瑟夫那样的年轻精英成千上万倒在了战场,从此法国大伤元气、一蹶不振。二十年后大战再次爆发,法国迅速败退和投降,也就可以理解了。

(2017年)

在德累斯顿乐声中告别 2016

送旧迎新之际,听了柏林爱乐乐团的第一场新年音乐会,第二天本来可以直飞维也纳,但我们还是要绕道好几百公里去一次德累斯顿,再从陆路横穿白雪晶莹的捷克前往奥地利。为的就是多一场美乐的享受,等着我们的正是德累斯顿交响乐团的新年音乐会。

很早很早就知道德累斯顿这个地名,知道它在德国,当时属于东德;而且从一开始就同音乐连接在一起,知道那儿有个非常棒的德累斯顿交响乐团,其他则一无所知。

去年(2017年)12月,我在上海"大隐书局"做了个讲座,讲初中时候怎么会喜欢上欧洲古典音乐。在场有位1994年出生的女孩就说:"对于一直处在应试教育压力下的我们这一代来说,社会欠我们一节音乐课……"是呵,还有美术课,这些都关系到一个人审美能力的形成,关系到终身。我们那时只是因为课外有很多空余时间,还有1960年代初期上海还没有完全封闭的文化艺术环境,才有可能碰触到音乐和其他美的东西。

喜欢上柴可夫斯基,最早是因为芭蕾舞《天鹅湖》,舞蹈和音乐都太美了。还记得1963年11月的一个下午,刚读高一的我在九江路人民大舞台门口排队买中央芭蕾舞团的《天鹅湖》票子，看到晚报上一条小新闻说美国总统肯尼迪被刺杀，一起排队的人为此都很兴奋。四十多年后有机会与中央芭蕾舞团同台，闲聊时向团长赵汝蘅谈起这事，她说当时她是跳四个小天鹅的。而我看了她们的演出，马上就到上海音乐书店，掏空口袋买了一张苏联进口的密纹《天鹅湖》唱片，不知听了多少遍，直到后来无法保存。

看外国电影也很重要。知道德沃夏克的第九《自新大陆》交响曲，是看了日本电影《这里有泉水》，这是很朴实的一部黑白故事片，讲山村学校音乐老师如何带着孩子进入音乐世界。最初听到肖斯塔科维奇这个名字和他的作品，是通过苏联电影《列宁格勒交响曲》。电影拍得如此悲壮，以致今天我还能依稀记得一些画面和情节，却一点也回忆不起音乐的旋律，就像记不得当时怎么会知道德累斯顿交响乐团的。

反正，2002年晚春我第一次去德国，在柏林办完公事后就和妻子搭火车前往德累斯顿。中午到达，在旧火车站旁边的小旅店住下，下午就往老城方向一路逛过去，直到易北河畔。很容易就找到了闻名天下的森帕歌剧院，那儿是德累斯顿交响乐团（又称德累斯顿国立管弦乐团）的"根据地"。运气真不错，当晚就有一场音乐会。

开场前两个小时出售余票，边门前已经排起了不短的一条队伍，前面起码四五十人，我们能买到吗？边门准时打开，德国人么。却不是让大家按照排队顺序开始买票，而是由一位中年女子挨个来问："有两张最好的位子，哪位要？"问到我们时，我和妻子对视了不到一秒钟，就说："要！"保证有票最重要！

接着那女士又从排队的头上开始问价格低一点的票子有谁要，这样一遍遍问下来，最后问的是最便宜的站票，不少年轻人就等这个。不知道这种做法是不是森帕歌剧院的传统，也不知道有没有别的剧场或音乐厅这么做；看起来挺麻烦的，其中的道理大概就是照顾买好票子的听众少些排队时间。

来不及回旅馆换正式一点的衣服，我们只能便装入场，其他一些外来游客也如此。但当地的听众可一点也不随便，个个都是盛装打扮，同我们对比鲜明。可见，到森帕歌剧院听一场音乐会，应该是件很隆重的事情，得讲礼仪，得学学。还有一事也让我们有点窘迫，那就是入座。

不像别的剧场当中或两侧有过道，森帕歌剧院场内所有座位都是从这端一直连到那头，整个一排当中没有一点空隙。加上每排之间的距离也不宽敞，今天的德国人一般个儿较大，要进到当中一点的座位，几乎要劳驾半排人起立让我们过去，我们也只能不断"Sorry，sorry"。中场休息时出去进来，免不了再来一遍。

那场音乐会的指挥应该是来自荷兰的伯纳德·海廷克，七十多岁，满头白发，曲目中应该有马勒和布鲁克纳的交响作品。我喜欢听古典音乐，但远不是行家；因为不大熟悉，今天要翻查资料才想得起来。印象最深刻的还是入座时大家起立的场景。

森帕歌剧院为什么如此布局？去年初夏去德国西部看老同学和朋友，在大学城哥廷根街头看到一些历史名人的铜像，在巴伐利亚一位侯爵的私家博物馆里看到中世纪武士盔甲，个子都不高。老同学和博物馆主人的解释都是，两百年前的德国人应该还很矮小，一般只有一米五六十。历史悠久的森帕歌剧院座位间的距离比较窄，就是这个原因？

那为什么没有中间过道呢？这次有机会到森帕歌剧院的后台参观，顺便把问题提给了陪同的交响乐团经理。他的回答是："剧场最早就这样，后来重建时也就保持了原样。"我们正好来到了舞台当中，往场内一瞧，有点明白过来——正对面就是二楼和三楼富丽堂皇的大包厢，由下面一大片红色座位烘托着，很有帝王气派，当年一定是萨克森王国最高统治者和王公贵族的专享。设计者的想法或是——如果包厢下面设通道让人进进出出，不仅破坏了整体的美感，也是对"至尊者"的不敬，所以就委屈众人从两边进出走动。

位于德国东部的德累斯顿有易北河畔的佛罗伦萨之称，以形容其美，也形容其历史之悠久、文化积累之深厚。易北河挺长，斜穿德国到汉堡流入波罗的海。小时候听到这个名字，还是因为第二次世界大战中美苏军队在易北河上会师。那是1945年的4月25日，五天后希特勒就自杀了。

但在此之前两个多月，德累斯顿已经在美英盟军大规模轰炸下几乎被彻底毁灭。密集投下的燃烧弹形成极为猛烈的旋风，把无数建筑变成废墟，又把城市中心上空的氧气都消耗光，造成数万平民死亡。看过一些关于德累斯顿大轰炸的历史影片，镜头中街上的死者成为炭灰却还保持原形，更多的在室内或地下窒息而死，实在惨不忍睹。

直到今天，关于这场大轰炸是不是战争罪行，仍然是历史学家争论不止的课题，而德累斯顿的重建却已经大致完成。2002

年我们第一次去那儿，老城的主要街道两旁是连片工地，好多旧建筑都已恢复旧貌。曾被称为世界最美建筑之一的新圣母大教堂战时被炸得只剩一堵残墙，那时还只重建了一半，旁边竖着顶部钟楼的模型，呼吁各方捐款。

这次再到德累斯顿，九十多米高的新圣母大教堂已于2005年正式落成，前后花了十一年时间。黄色的砂石外墙明暗斑驳，黑色的都是遭受过战火熏烤的旧料，废墟中找出来重新使用的砖石占到全部材料的四成多。不是为了省钱，而是要让后人知道曾经发生过什么。重建经费中不少捐款来自昔日仇敌英国和美国，英国还以"英国人民"的名义捐赠了八米高的十字架。二战中毁于纳粹德国空袭的英国中部重镇考文垂（战后与德累斯顿结为姐妹城市），用考文垂大教堂废墟中找到的中世纪钉子制成了这座十字架。

冬日的下午太阳落山早，我们进去时正好一道斜阳穿窗而入，洒在圣像上方宏伟的管风琴上，也把整个大厅染成金色，更显神圣。重二十吨的管风琴是对"西方音乐之父"约翰·塞巴斯蒂安·巴赫的纪念；当年他作为管风琴手，就在这座教堂里多次演奏自己的作品。

与大教堂同样闻名于世的茨温格宫，可算是德累斯顿最辉煌的建筑，也同样毁于那场惨绝人寰的大轰炸，但在东德时期的1963年就重建起来。幸运的是宫殿北侧外墙和上面的一百零二米长巨幅壁画，居然逃过了劫难。那可是世界上最长的瓷壁画，画面为萨克森王国韦廷王朝八百年中各代君主的骑马像，一共用了两万七千块手制精美陶瓷片，全都出自二十五公里外欧洲最有名的瓷器产地迈森。

去年我到过多个德国城市,像纽伦堡、罗腾堡、明斯特等,都是在二战中大部分被炸光,后又参照历史资料把老城恢复原貌。从中感到的不只是德国人对传统的尊重和热爱,更有要同过去这段历史较劲的味道。要么留着废墟作为战争残迹以警世,要么就按照旧样重建,花再多时间和金钱也在所不惜。不幸,德累斯顿今天已成为德国极右翼政治势力以及新纳粹最活跃的地方,很难说同当年的那场大轰炸留下的惨痛记忆无关。

茨温格宫原先是萨克森王国的王宫,不仅外观庄伟,里面的艺术藏品也极为丰富,起码得用一天时间欣赏,最后累得像我们十几年前那样拖不动双腿。就在我们离开德累斯顿后没多久,就看到新闻说易北河发大水,把整个老城都淹了。茨温格宫为了保护珍贵文物,不得不把许多名画捆绑到天花板上,以免同石雕一样遭到浸泡。森帕歌剧院就没那么幸运,洪水淹进了剧场,储存在地下室里的歌剧服装、布景都被这场少见的水灾毁了。

都说是水火无情,森帕歌剧院也格外多灾多难。歌剧院以她的设计者、著名建筑家森帕命名,1841年完工,音乐家瓦格纳的歌剧《黎恩济》《漂泊的荷兰人》《唐豪塞》相继在那儿首演。不幸,1869年的大火烧毁了一切。重建后的歌剧院再度毁于1945年2月盟军的大轰炸,直到1985年才又完成重建。首演之日,正是被毁四十周年的日子。重建的森帕歌剧院完全按照原貌,同百多年前一样辉煌华美。

我们在歌剧院里面继续参观,从舞台下到场内,又上到当年的王室包厢。柏林的一位朋友曾提醒我,到森帕歌剧院一定要留意舞台顶上的"五分钟数字钟"。果然，正对着包厢的舞台上方有两块并排的正方形，白底黑字，周边金色图案。我们看过去，左边的方块是罗马数字Ⅵ，右边是阿拉伯数字 5，也就是 6 点 05 分。

当年森帕歌剧院落成后，国王奥古斯特二世常来看演出，每次都受到场内其他观众开关怀表的声音骚扰，于是就要求在剧院里面造一座时钟，必须让所有人都能看到。钟表师古特凯斯受命后，与他学生阿道夫·朗格一起商讨，别出心裁地设计出这只长方形数字钟，每五分钟翻动一次。这位朗格先生正是德国名表朗格的创始人，他的第四代传人瓦尔特·朗格今年 1 月以九十二岁高龄离世。瓦尔特在 1990 年代推出的朗格大日历手表，就是受森帕歌剧院数字表的启发。也难怪，歌剧院大厅和走廊里就有多处朗格表的陈列和广告。

我们在包厢拍了不少照片，对面的数字钟已经翻动到 6 点 15 分了。音乐会 7 点钟开场，但舞台上早就有乐手在试音，陆陆续续又有更多人到来，至少二十来人。提前练习预热应该是他们的传统，之前在柏林、之后在维也纳听的那几场音乐会，好些乐手也是早早到来。毋庸置疑他们都是世界顶级的演奏家，却还是那么认真；或许只有这样，才能一直保持最高水准吧。

上海电视台转播世界顶级新年音乐会，今年正是第十个年头。在上一天柏林爱乐乐团新年音乐会开场前，我在大厅里遇见了从上海专程前来采访和转播的团队，知道今年艺术人文频道的"跨年音乐之夜"除了要转播柏林爱乐的这场，还要转播德累斯顿交响乐团的新年音乐会。所以，我们只是比上海乐迷早一两天现场欣赏了同样的音乐会。

担任德累斯顿新年音乐会指挥的克里斯蒂安·蒂勒曼有"大熊"之称,上海乐迷对他应该不会陌生,过去十年他不止一次来过中国,到过上海。同样,担任布鲁赫 G 小调第一小提琴协奏曲独奏的尼古拉·兹奈德 2011 年也到过上海,不过是作为德累斯顿交响乐团的指挥。那次担任同一首布鲁赫小提琴协奏曲独奏的是上海的黄蒙拉。今年 2 月,兹奈德将再赴上海,同行的是伦敦交响乐团,他作为小提琴家将演奏芬兰作曲家西贝柳斯的协奏曲。

兹奈德是生于丹麦的以色列和波兰混血儿,现在虽然有点发胖,年龄也才刚过四十。而在柏林爱乐新年音乐会上,高难度的拉赫玛尼诺夫第三钢琴协奏曲的演奏者丹尼尔·特里丰诺夫,1991 年在俄罗斯出生。另外,在维也纳交响乐团除夕夜的新年音乐会上,指挥贝多芬第九"合唱"交响曲的,是 1982 年波兰出生的克里斯托夫·欧班斯基。当然还有维也纳爱乐乐团的金色大厅新年音乐会,1981 年委内瑞拉出生的指挥古斯塔夫·杜达梅尔已成为 2017 年国际乐坛热门话题人物。接连听了这四场新年音乐会,我在新浪微博中留下一句感想:"这次在欧洲,明显感觉到一代国际音乐新人正在冒起。"

黄昏时分暮色浓,我们搭着马车在德累斯顿老城巴洛克风格的建筑群中嘀嗒行过,很有一种穿越历史的感觉。又想到,路边哪一栋房子的哪一楼,会是普京三十年前的居所?派驻德累斯顿的那几年给他留下了什么?除了 KGB(克格勃)的干活,他也会经常去森帕歌剧院和茨温格宫吗?

2016年最后一个清晨,我与妻子在阳光与寒风中又一次来到老城,街头几乎空无一人,似乎让我们独享天空透明的碧蓝和易北河畔清新得发脆的空气。时间太短,好多想看的艺术馆没看,好些想去的地方没去。留给下次吧,德累斯顿的过去和今天都值得细细品尝玩味,尤其还想再听几场音乐会。

(2017年)

格但斯克：历史伤口还在痛

2007年夏天坐邮轮环游波罗的海，在波兰港口城市格但斯克停了一晚。旧城中心的圣玛利亚教堂，是世界上最大的砖砌教堂，附近的街道和集市也具有浓浓的历史文化气息，对我这个历史系毕业生当然极具吸引力。但我在格但斯克想到更多的，却是"这里打响了第二次世界大战"，还有"瓦文萨在这里搞起了团结工会"。

格但斯克（当时叫但泽）的威斯特布拉德半岛，正是1939年9月1日纳粹德国向波兰发动"闪击战"，打响第一炮的地方。今年的9月1日，世界多国领导人到那里会聚，共同纪念"二战"爆发七十年。但与此同时，一场在波兰与俄罗斯之间延续了许多年的争论，又爆发了新一轮交锋，显示历史的创口仍然没有愈合。

直到今天，波兰人还有两口气无论如何也难以咽下。一是希特勒吞灭波兰之时，斯大林也在波兰背上捅了一刀。确实，1939年苏联与纳粹德国8月23日签订莫洛托夫－里宾特洛甫条约，即《苏德互不侵犯条约》，紧接着的9月1日德国就进攻波兰，两者之间的关联不言而喻。又过了半个月，德国军队已经攻下西半个波兰，苏联红军9月17日也越过边界，占领了波兰东部。

世人后来才知道，正是在斯大林同希特勒密约中，确定了波兰被瓜分的悲惨命运。这又带出了另一场悲剧。

当时在德军的猛烈攻势下，大批波兰军队退入东部，结果有二十五万官兵成了苏联红军的俘虏。一年后的 1941 年夏天，希特勒向苏联发动突然袭击，很快攻下波兰东部，进入苏联本土。在斯摩棱斯克附近的卡廷森林，德军发现了一万多具波兰军人尸体，正是早先神秘失踪的波兰战俘，其中大部分是军官。苏联一直拒不认账，反说是希特勒栽赃和西方国家诬陷。直到苏联瓦解、叶利钦当政，才公布了当年的档案，证明了卡廷森林屠杀是斯大林决定，内务部执行。

波兰是个小国，被杀的近两万军官可以说是举国之精粹，也不知牵动了多少个家庭。过去几年，我看了好几部波兰电影，都与卡廷森林事件相关。多年来被封闭的历史真相陆续浮出水面，不断撼动人心，也难怪波兰人至今无法谅解苏联的作为。同样的还有与苏联为邻的北欧国家芬兰，二战刚开打就挨了苏联一刀。

斯大林占了半个波兰后，为了巩固列宁格勒的防御，1939 年 11 月向芬兰开战，硬是把原属芬兰的卡累利亚地峡及周边地区占为己有。三个多月战事中，芬兰人杀敌二十万，自己伤亡八万，却难以再坚持下去，只得求和。在芬兰最近几年拍的相关电影中，见到的是一场举国抗敌的人民战争，最终仍无法抵挡强敌压境，小国的无助与无奈实在叫人感叹。当年中国好在人多地方大，日本鬼子一时半时还吞不下、灭不了，咱们才有持久抵抗的可能，否则也难免成为大国交易、弱肉强食的牺牲品。

行走世界篇 | 295

这次纪念二战爆发七十年，波兰领导人公开要求俄罗斯为当年苏联的行径道歉。但前往格但斯克参加纪念活动的普京仍然没有正面回应，只是承认当年斯大林与希特勒的交易是"不道德"的，同时又辩解说，正是由于英法等国牺牲捷克利益，同希特勒签订《慕尼黑协定》，苏联为了自卫才不得不牺牲波兰同希特勒作交易。

历史上，波兰作为列强夹缝中的弱国，一直多灾多难，尤其受到从沙俄到苏联的屡屡欺凌，几度亡国。不过，波兰最终还是报复了苏联。正是1980年代波兰"团结工会"的反抗运动，逐步扩展到东欧其他国家，最后导致苏联和整个苏联阵营的分崩离析。今天的波兰已经融入了欧盟，同俄罗斯分道扬镳。

只是瓦文萨当了总统后，他赖以起家的格但斯克船厂却在波兰经济转型中陷入绝境，1998年宣告破产，几度转手改组，至今未脱困局。我在格但斯克那一天中，几度经过船厂门外，只见大门闭锁，车间厂房陈旧破败，一片萧条……很想知道，当初跟着瓦文萨闹"团结工会"的那些船厂工人，现在日子过得是否顺心？

（2009年）

在台阶上打手机的不丹喇嘛

新年期间在上海家中改稿子,关于2016年春节不丹之行的。有一些事情需要再核实一下,就通过微信请教不丹的朋友。很快就有了回复:男子穿的国服"帼"最便宜的约为两千五百努(不丹货币),合人民币二三百元;首都廷布中央邮局用自己照片印一版邮票三五美元……

不丹也通微信?对,在这个喜马拉雅南麓的山地小国,也可以用微信,同我们在上海一样。好多人觉得不可思议,我本来也如此想。去年出发前,我们就按照旅行社小册子中的提示同家人、朋友打招呼:"手机在不丹应该能收到信号,但不稳定,打电话时常会掉线。"好吧,那就准备断线、断网一个星期吧。

但对于今天的中国人,手机和上网已成了基本生活需求,游客不管到了哪儿,第一件事情大概就问有没有wifi、密码多少。所以,当飞机在不丹唯一国际机场——帕罗机场降落后,休息了一会儿,得知当地导游白马会带我们去电信公司办不丹的手机卡,"可以打电话、上网",大家都难免有点惊喜。

不丹城市街头几乎所有的房子都一个样式,白墙,彩绘屋檐、门廊和窗框,红或黄色屋顶。我们面前也是如此的小小一栋二层楼房。若不是前面墙上挂着不大的一块绿色牌子，旁边院子里竖着不高的一座信号铁塔，很难想到这儿就是做电信服务的。进去后又看到柜台橱窗后面堆着高过人的文书档案，马上想起印度公家机构拖拖拉拉的办事风格，有点担心。

意外的是，穿着"帼"服的办事人员很利索地帮我们一行十多人换好新的手机卡。有的是大卡，有的是小卡，只有我的手机要换中卡，排在最后一个，也没有问题。记得是每人三百努，约合三十元人民币。让我们略有遗憾的是，第二天我们手机上都收到一条信息，不丹电信公司说："为了庆祝小王子今天诞生，手机充值赠送同等金额！"唉，小王子早一天出世多好！

实际上，我们见到用手机的第一个不丹人，是在曼谷飞帕罗的不丹皇家航空公司客机上。前面一对年轻夫妇带着两个男孩坐第一排，大的十岁出头，小的七八岁，中途妈妈就拿出手机给他们拍照。飞机穿过山口俯冲，直落帕罗机场，跑道上已经铺起了红地毯。我们问空姐怎么回事，她们说是迎接王妹一家。原来如此！之前已有王后快到待产期的消息，看来王室成员正赶着回来呢。只是王妹与我们同机，怎么没有特别加强安检呢？

不丹王妹用手机可以理解，平民百姓呢？我们出了电信公司到了帕罗街头，只见对面过来几位身穿"旗拉"（女性国服）的年轻女子，手上都拿着手机，对面街头四五位男青年正围在一起聊天，有的正在刷屏。一路过去，看到好些行人边走边用手机聊电话。除了老年，不丹人用手机的还真不少！

最能表明手机普及程度的，应该是街边一张不丹本地电影的海报。电影名叫《SMS》，内容应该讲新老两代人的冲突，两位年轻主角都穿着国服但打扮时髦,男的戴墨镜,女的化浓妆,分别呈现在左右两只新款苹果手机的屏幕上。

不丹人用的手机当然都是进口货。新款智能手机不便宜,一位导游说他刚托朋友从香港带了一只新版苹果手机,花了一千美元。能够用上新手机的,大可在年轻朋友中炫耀一番。在新年早上做法会的岗提古寺,在为小王子诞生举行庆贺典礼的旧都普那卡宗堡(宗堡是地方上政教合一的权力中心),都看到年轻人围在一起摆弄新手机,无心旁顾。如果有机会,我很想把照片里不丹人玩手机的各种姿态都找出来。

不丹已不再是高度封闭的山地小国,手机,比什么都更能说明不丹的今天。除夕晚上在东部岗提谷地的一家精品酒店大堂,我们一边享用着大厨特别为我们中国客人准备的年夜饭,一边用手机同国内亲友相互拜年。关于春晚的各种评论如潮水般涌进我们的微信,让人几乎感受不到几千公里的距离和两小时的时差。

不丹七十多万人口相当于中国一个中等规模的县,面积却有三万八千多平方公里,比咱们近千万人口的海南岛还大一点,而且都是崇山峻岭。可以说,有史以来手机第一次把他们如此密切地连成一体。据新加坡《联合时报》2014 年的一篇报道,不丹七十万人口中已经有五十五万手机用户。《不丹人》半月刊编辑勒桑格说:"不丹从封建时代跳到现代时代,绕过了工业时代环节。"不丹首相托杰相信技术力量不可抗拒,他说:"技术不是破坏性的,它很好,有助于不丹繁荣。"

但封闭社会一旦被打破,"外面的世界真精彩",也必然带来难以预料的变化。今天的不丹就在这样的变化中。想到电视和电脑、互联网进入不丹要比其他国家晚好些年，我就问导游白马："开始的时候，不丹人对手机有没有什么抗拒、抵制？"回答是："没有啊，为什么要抵制？只是这两年更加流行起来。"他用的手机是新出不久的苹果 6S，时髦的土豪金颜色。

最令我意外的是寺庙里面，身披袈裟的大小喇嘛似乎都已离不开手机。在旧都普那卡宗堡为小王子祈福的盛大法会开始前，散在各处等候的喇嘛们不少都在看手机、打电话，小喇嘛则是三五成群围着手机刷屏。我在大殿对面的二楼走廊遇到一群年轻的喇嘛，正等着召集。靠栏杆的长条凳子上并排坐着三个，每人都在专心摆弄自己的手机。就连那位威风凛凛挥动响鞭召集僧众的紫袍喇嘛，在法会开始后也一度走到殿外看手机打电话，或许有什么要事联络吧。

我们的旅程最后又回到帕罗。帕罗宗堡在华人世界名声远传，是因为 2008 年 7 月香港影星刘嘉玲、梁朝伟在那儿举办了一场豪华婚礼。下午四五点钟我们来到帕罗宗堡大门前，正好迎面出来一大群喇嘛，见到门口的游客就双手合十打招呼。有人要同几位年长的喇嘛在台阶上拍照合影，他们都乐意答应。从旁边匆匆走过的年轻喇嘛纷纷从袈裟里面掏出手机打起电话，有的干脆到一边坐下刷网。

一位年轻喇嘛停下来，靠在门框上，在风中用藏红色的披肩裹住身体，脚上穿着一双挺鲜艳的塑料拖鞋。他一手持手机，一手摸着自己的脸颊，笑嘻嘻地看着周边的男女游客，不经意间给我很深的印象。他拿手机的左手，无名指上戴着一枚金戒指，莫非就是那种短期出家入寺的僧人，今后仍会还俗。

同其他地方一样，手机已经成为不丹寺庙里喇嘛日常生活的一部分，成为他们同外界连接的渠道。那么，本来应当远离红尘俗世而静修的僧人都开始刷屏，究竟是更加有助于弘扬佛法，还是会给他们内心带入外界的躁动不安？更加令我好奇的，是喇嘛们每天刷屏究竟看些什么？只看有关宗教信仰的，还是也看许多世俗的东西，看哪种东西更多一点？我没有机会问他们，也怕问了让人家尴尬。

不过，手机在不丹这样一个曾经长久封闭的国家究竟会起到怎样的作用，会不会让千年传统加速风化瓦解，却是一个无法回避的重大问题。尤其是不丹年轻一代，也就是今天打着手机长大的一代，必然会遇到更多来自外部的影响和冲击。在政府部门工作的女孩桑姆从另一个角度回答了这个问题："我们当然不希望发展的代价是要牺牲我们的美丽家园。据我所知，无论这里的年轻人到多远地方留学，看到了多少花花世界，最终都还会选择回归家园。说到底，还是自己的家好。"

(2017 年)

巴黎寻墓记

|||||||||||||||||||||

也许因为农历七月十五"鬼节"出生，我对墓地总有特别的感觉，尤其到了别的国家，总想去看看那儿的墓地，著名的和非著名的。不为别的，墓地里面有历史，有文化，有艺术，有说不完的悲欢离合、人生哲理，有时还会遇到新闻。早先在"文汇笔会"刊发的《扎哈罗夫的葬礼》，就是在莫斯科新圣女公墓撞上的。跑多了很想写个系列，这儿开个头吧。

2017年5月，我和上海外国语大学师生到法国采访报道马克龙当上总统的那次大选，在巴黎塞纳河左岸的蒙帕纳斯住了一个半星期。百年前，那儿正是巴黎文化气息最浓厚的地区，直到二战之后。而如今，当年每晚在咖啡馆、舞厅和酒吧风流聚会的名人，许多都安眠在不远的蒙帕纳斯公墓里面，离我们酒店也不远，步行十来分钟。

前后去了三次，都是下午完成其他采访之后，顶着暮色而归。最晚那次差点给关在墓园里面留宿过夜，只是为了寻找莫泊桑，为了向他致敬。我最早接触法国文学就从莫泊桑的作品开始，李青崖先生翻译的《莫泊桑中短篇小说》，上下两集，父亲留在上海家里，成为我的读物，记得上面还有李老题字。不经意中翻开，

第一篇看的是《项链》，一下子就读进去了，接着一篇接一篇——很快就翻到了《羊脂球》，那年月，对我这样的高小学生，对这样的法国女性理解上还是有点难度。

蒙帕纳斯公墓为巴黎三大著名墓园之一，进去时一定得找份带编号的地图。即便有了，要在密集的石碑和雕像中按图索骥仍非易事。兜来兜去就是找不到莫泊桑安葬的26号墓区，问了管理人员才知道在墓地的另外一小半，当中被一条马路劈开。匆匆赶去已见夕阳，正好遇上一老一小最后两位拜访者出来，给我粗略指点了方位。

莫泊桑的墓不好找，比想象的要小，而且没有什么特别的装饰物，没有雕像，只有一座带十字徽和他名字的石拱门作为墓碑，不高而朴素。两三平米大小的墓地四边有金属围栏，里面种着一小片不知名的黄绿色植物，普普通通。那天也没有人献花，给人一种孤单的感觉。莫泊桑四十三岁因精神病去世，一生无妻无子，情妇给他生了三个孩子，都只养不认。

墓碑下面本来有一小块白色大理石板，刻着他《一生》中的名言："我们所见的一生，从不会如想象中那般美好，也不会如想象中那般糟糕。"我去时却不见了，是被文化流氓破坏了？留下的石座赤裸裸，上面只有两行模糊不清的涂鸦，还有到访者留下的一些石块、卵石和贝壳。后来又看到别人拍的一张照片，连那个简陋的石座也被砸破了右下方。崇尚文化的法国到底怎么啦？不知今天是否修复。

在莫泊桑墓地四周徘徊，突然听到钟声，墓园6点整就要关门。我只好匆匆离开，朝着铁门方向奔过去。一路上还担心跑错方向就糟糕了。拜访墓地时间永远不会够，好在明天还可以再来。下一次，我一定要找到法国历史上十分重要的"德雷福斯案"主角的墓地。导演波兰斯基去年的获奖大片《我控诉》，讲的就是这件事。

与莫泊桑相比，身为犹太人的德雷福斯墓地更加简单无华，也更加难找，兜兜转转花了我一个多小时。每个法国学生上历史课，一定都读到过犹太人阿尔弗雷德·德雷福斯炮兵上尉的案件。他1894年因涉嫌出卖军事机密给德国而被捕，被以叛国罪入狱流放，后来发现为冤错，但法国军方却坚拒重审。

从1897年到1899年的两年中，整个法国都被卷入德雷福斯案，历史学家芭芭拉·塔奇曼说："法国纵身跳入历史上最大的骚乱之一。"她还引用后来出任法国总理的莱昂·布鲁姆的话，那似乎"是名副其实的内战……最亲密的感情和个人关系也被打断，世界被倒了个儿，一切要重新分类。那是一场人类危机，和法国大革命一样猛烈……"

但在今天的巴黎蒙帕纳斯公墓里面，我几乎问遍遇到的每一个人，全都一脸的茫然。最后在地图上标明的墓区转了好几圈，都有点想放弃了，低头一看却发现他和家人的墓碑就在我前面一米处平躺着。墓地没有任何装饰和图案，四周没有花草，碑上散放着二三十颗小石子，那是犹太人到访墓地的习俗，摆上小石头表示敬意。

墓地是德雷福斯家族的，碑文上刻着八个人的名字，最后一位2012年去世，名字刻在碑石的右侧，以后大概还会再增加。打头那行就是1935年7月12日去世的阿尔弗雷德·德雷福斯，那时他早已洗清冤案，官升少校、中校，一次大战结束那年退伍。

我不识法文，但从第二行的文字大概可以猜出，二次大战中，他的外孙女玛德琳·利维遭放逐，死于奥斯维辛集中营，才二十五岁，是犹太家族永远的痛。德雷福斯案当年会闹得这么大，也是因为法国国内强烈的反犹浪潮。

想了解或重温德雷福斯案件，除了看书，当然就是看电影《我控诉》。片名来自法国大作家左拉发表在《震旦报》上致总统公开信的标题，这篇文字掀起的风暴有力推动了案件的重审。左拉现在已经进了法国的先贤祠，他的墓在巴黎另一著名墓园蒙马特公墓，有时间一定要去，几天之后。

蒙帕纳斯公墓众多名人中，拜访者最多的当数萨特和波伏娃，还有杜拉斯、桑塔格、波德莱尔、潘玉良……说不尽，写不完，待以后。巴黎寻墓，当然还有拉雪兹神父公墓和蒙马特公墓。

（2020年）

武科瓦尔淡去的伤痕

|||||||||||||||||||||||||||||||||||

多瑙河水并不蓝,有点绿有点黄,正逢初夏多雨还有些浑浊。只是到了武科瓦尔停靠,才发现多瑙河真的变蓝了——碧蓝碧蓝的天空把河面染成蓝色,又漂浮着几朵纯白纯白的云,片刻间就会把人化得软软的。河边散落着几栋小房子,黄色、白色与砖红色相间,都被野花和小树遮着半隐半现。我走几步就停下来,多留几张美景在手机里面。没想到武科瓦尔会这么美,而且特别特别的安静,静静地面对着多瑙河对岸的塞尔维亚。

武科瓦尔 Vokuvar,克罗地亚东部边界小城,才三万人口。这次东欧行顺着多瑙河往南漂流,沿途最吸引我的就是她了,也就为了二十八年前(1991 年)的那场是非难辨的战争。作为一个新闻记者和编辑,我有大半年时间几乎天天都关注武科瓦尔,每天都收到从这个被围困之地发出的新闻报道、图片和视频,看着她在世人的眼光下一天天被毁成废墟。

那是当代文明世界的耻辱,不可思议的人道悲剧。打开武科瓦尔的地图,左上角有一个醒目的红十字图案,上面还点缀着好些小黑洞,旁边的克罗地亚文字译出来就是武科瓦尔医院。我要去那儿,沿着多瑙河边的道路最多一个小时可以走到,能赶在天黑之前回来。

　　我开始了一个人的探寻。同行的朋友都去了市中心。语言不通问不到路，但手里有地图，当地人都很友善，指指点点大概搞清了方向。往西往西再往西，前面的太阳渐渐低垂，好在夏日的欧洲天黑得晚。经过几栋政府机构模样的大楼，前面那个黑色玻璃墙建筑像是医院大门，上方有 BOLNICA 一排大字，应该是克罗地亚文，后来用翻译软件查出就是医院的意思。

　　正好出来一位年轻女子，大学毕业生的样子，英文很不错。她说这儿就是我要找的医院，只是那个战争纪念的地方不好认，她可以带我去。下班时分，不好意思麻烦她，还是自己试一下。按着她的指点，往前再右转，只看到一条往下的通道，顶上悬撑着一幅巨大的红十字图案，上面凿有大大小小近二十个窟窿。

　　我看了一会儿，才明白这不是寻常的纪念碑，而是仿照当年战火中铺在医院屋顶的红十字符号，连同被敌方轰炸和炮击打出的破洞，变成的一种控诉的纪念。通道旁边是医院大楼底层的侧门，玻璃上也有这么一个带洞孔的红十字，旁边还堆放着一些沙袋和厚木板。推门进去，不见一人，出来时一辆救护车送来一位老妇人，司机和医院工作人员在旁边坐着抽烟，没人注意到我两次进出。

　　里面就是二十八年前战地抢救中心的原状，那时使用过的手术床、无影灯、血液循环器和监控电脑都依次放在墙边和墙角，今天看来更显得陈旧。靠窗的墙边贴上了沙包堆叠的照片，重现战时实景，另一面墙上有一些文字和图片：原来的医院大楼和战后被毁的模样；一长串的名单分门别类，也许是参加过抢救的医院各部门人员；黑色方框中三十名殉难者名字，都有出生年份和职务，最年轻的才二十刚出头，司机。还有一面墙上挂着特蕾莎修女的画像，双手捧着一张纸在看着什么、念叨着什么。

简简单单的纪念，纪念了极不简单的经历。医院大门口有一块黑色大理石碑文，粗粗翻译了几句，是为了纪念1991年战争中这儿被杀的二百人。从8月到11月，塞尔维亚方面三万军队围城八十七天，克罗地亚守军才两千多，医院也成为对方地空猛烈攻击的目标。11月3日，有医生发出求救信："昨天医院接收了八十七名新伤员，今早又接收了十八名，总数增加到三百五十名。他们主要是平民，其中多数是妇女和儿童。情况十分紧急，药品告罄。我们已陷入绝望之中。"

半个月后武科瓦尔完全失守，成为二次大战之后第一座被整体摧毁的欧洲城市，一万五千栋房屋变成废墟。三千克罗地亚人死亡，其中四分之三为平民，包括医院被集中处决的二百伤病员，其中有妇女也有儿童。如此之恐怖、惨痛，今日只留下一块碑文几行字，连同后面三米多高的木制十字架，在无人的黄昏中默默地站着。

重建的医院两座新楼比原先更加有现代感。院子当中竖着一座裂成两半的不锈钢雕塑，嵌着一颗永远破碎的心，武科瓦尔的心。同医院一样，武科瓦尔已经重建起来，只是还处处可见渐渐淡去，却不会消失的伤痕。

市中心广场旁桥头的塑像，是为了纪念从法国前来参战而被杀的年轻人让－米切尔·尼古莱。政府机构门前的石碑上，刻着战时殉职的公职人员。一栋残破的二层小楼没再修建，窗台上摆着的红色鲜花已经垂挂到斑驳的黄色墙上。市内唯一高层建筑仍然抛废在那儿，门口却还挂着 HOTEL DUNAV（多瑙河酒店）的字样。河畔最高的大水塔四周已经围上了钢架，当年围城时它被炮轰得千疮百孔，顶上仍然飘扬着克罗地亚国旗，成为武科瓦尔象征而闻名世界。

回去时经过黄色外墙的武科瓦尔博物馆，大门已经关闭。战争曾彻底毁了它，里面的文物被抢劫一空。战后开始重建的第一步就是清除里里外外的地雷，接着追讨、修复和募集文物，克罗地亚各地和欧洲多个国家也送来了上千件捐赠。2016 年，欧洲博物馆论坛把素有"欧洲博物馆奥斯卡奖"之誉的斯列托奖颁发给了武科瓦尔博物馆。馆长女士说："战争可以摧毁城市，但摧毁不了文明，更摧毁不了人们对文明的追求。"

但文明真的能够抵挡野蛮吗？当年武科瓦尔一夜之间从文明坠入地狱，谁能料到本来和好相处的邻居、朋友甚至同住一个屋顶下的亲人，竟会彼此仇杀起来，非要你死我活！回去的路上我一直在自问，同样的悲剧今后就一定不会重现？没有答案。

穿过一处起码百年历史的墓地，小路两边都是长满青绿苔藓的墓碑。靠近码头的一座小桥上，走来三位身着民族长裙的女孩，满面青春笑容，和多瑙河上空的蓝天一样动人。如果她们能够走出墓碑一般沉重的历史影子，如此美丽的地方就是天堂。

（2019 年）

莫斯科"偶遇"扎哈罗夫的葬礼

马克·扎哈罗夫在莫斯科去世了,他的中国学生查明哲导演好几天后才知道。中国媒体上找不到什么报道,还是查导的朋友在中央戏剧学院一处布告板上见到有人贴出消息,拍照传给他。2019年10月1日下午在莫斯科的新圣女公墓举行扎哈罗夫的葬礼,我们正好遇上并进行了采访。

上午结束与俄罗斯社会科学院学者的座谈,赶往下一个地点新圣女公墓,天雨车多,下午2点多才到。入口处似乎有点不寻常,有警车和警察,有电视台记者摆着脚架和摄像机,还有人手持鲜花在等着什么。里面一定有什么重要事情、重要活动。望进去,主要通道的路口聚集着好多人,红色的遮雨棚下一片黑色的衣着,那儿应该在举行葬礼。

往里走了没几步,就被一名女警卫挡住,要我们绕道。往左不远是俄罗斯首任总统叶利钦的三色国旗墓地,再过去的红色围墙旁边就是公墓里唯一一家中国人,王明夫妇和女儿芳妮。我们从墙边转了个圈到了葬礼的另一侧,那边也停着一排黑色豪华汽车,还有一群安保人员。见到一位女士走出来,俄语专业的刘方洲上去打听,才知道今天下葬的是俄罗斯导演扎哈罗夫。那位女士说:"我来,因为热爱他!"

莫斯科的 4G 信号算是不错,中移动全球通的联网能力也够强,即使在开阔的墓地当中,我们用手机也很快找到了不少俄文和中文的资料。马克·扎哈罗夫是俄罗斯戏剧界五大名导演之一,9月28日去世,享年八十六岁。人们上午在他主管和打理了四十多年的列宁共青团剧院为他举办遗体告别仪式,下午移到新圣女公墓落葬。

对于我们的采访课程来说,能够遇到这样的机会实属难得。尽管有点突然,但如何很快做好准备进入状态,如何在有限时间、陌生环境中设法获取必要而足够的信息素材,拿出合格的新闻报道,是一次很好的现场实战演练。一转眼,会俄语的学生开始采访前来参加葬礼的仰慕者,手持摄像机的学生则绕到人群前面,在圣咏的音律中记录安葬仪式……

我们"上海外国语学院全球重大事件多语种全媒体报道团"课程始于2008年,今年已是第九次组团,成员是二十位全校挑选出的学生连同四位老师。这次以俄语专业为核心,中俄建交七十周年为主题,两个星期飞机加火车,穿行俄罗斯从东到西五个主要城市。10月1日在首都莫斯科,我们这一组选定的采访目标是闻名世界的新圣女公墓。

一个地方的公墓就是历史的记录、集体的记忆,以往几次课程中我曾与学生一起去过巴黎的拉雪兹神父公墓和蒙帕纳斯公墓,去过阿根廷首都布宜诺斯艾利斯的雷科莱塔国家公墓,那儿葬着艾薇塔"庇隆夫人"。这次时间再紧也不应该错过新圣女公墓,有幸我们还"偶遇"了扎哈罗夫的葬礼。

说起扎哈罗夫，二十多年前与查导同时在莫斯科学戏剧的上海资深媒体人邵宁，用了"如雷贯耳"一词，认为当年他同他的列宁共青团剧院在莫斯科和俄罗斯都首屈一指，地位崇高。中国知道他的人并不多，我们都还是第一次听到他的名字。他只来过一次北京，1987年为中国青年艺术剧院排演了苏联话剧《红茵蓝马》，但他对中国戏剧后来的发展却有特殊的影响。

1988年，作为他副导演的查明哲在中央戏剧学院学报发表了论文《扎哈罗夫之谜》："我们突然发现了自己工作中的一个疏漏：竟一直没有对扎哈罗夫——近年来在苏联最有影响的大导演之一，进行研究和介绍。他对我们来说是个谜……"

扎哈罗夫带来了观念的冲击。在《红茵蓝马》中扮演列宁的张秋歌那年才二十三岁，身高近一米八，一点也不像列宁。但扎哈罗夫就是反对演员从外形上追求与角色相像，要求"非肖像化"。他用列宁夫人克鲁普斯卡娅的话说，"列宁的思想就是形象"。演出开场了，张秋歌就穿着夹克衫和牛仔裤从观众席跳上舞台，以第三人称进入角色，开始还感到突兀的观众，不用太久就接受了他就是列宁。

为扎哈罗夫当副手的查明哲从旁观察，发现他"工作起来像一团火，生活中像一个猜不透的谜"。他传授的舞台秘诀是：保持观众的欣赏兴趣甚至吊足胃口，但是永远不要让他们猜到下面你给他看什么、出现什么场面。查明哲从中发现，导演艺术的关键就是把握戏剧节奏、营造戏剧氛围、设计矛盾冲突、呈现生动细节……

1992年查明哲赴苏联攻读博士学位，被扎哈罗夫留在莫斯科成为入门弟子。那四年正是苏联解体、社会沉沦的动荡时期，老百姓普遍承受着体制变动带来的苦难和压力，但他们并没有放弃对艺术、对文化的热爱、尊重与追求，莫斯科到处都有演出，剧场里晚晚火热爆满。回国前他去剧院同导师告别，临分手时问了一个想了很久的问题："戏剧对俄罗斯人究竟意味着什么？"

这个故事查明哲后来讲过好多次，在中国戏剧界已经广为流传。10月19日傍晚在上海东方艺术中心后台的化妆间里，他给我们再次回忆了当时的情景。扎哈罗夫当时说了一句"你问得很好"，却没有马上回答。两人走出剧院，扎哈罗夫在台阶上停了下来，若有所思看着夕阳，旁边的教堂正好传来钟声。这时他喃喃自语般地说了一句"剧院就是教堂"，既回答了学生最后的问题，又像是给自己一个答案。

戏剧和剧院给俄罗斯观众带来了精神的升华，而对扎哈罗夫来说，那儿就是他的天堂。但10月1日那天他离开了剧院，来到了公墓，他的另一个天堂。这块新的墓地就在新圣女公墓的当中，上面铺满了鲜花，他的黑框大照片搁在棕黄色的东正教十字架前，暂时代替未来会有的雕像。往左几十米就是俄罗斯文学和戏剧巨匠契诃夫的墓地，对面则是果戈理，又一位俄罗斯大文豪。夜深人静时，他们会谈论些什么？

葬礼结束了，参加者陆续散去，也有人留在细雨中整理周边的花圈。最庄重醒目的那只花圈，绸带上写着"俄罗斯联邦政府"的字样。深秋的莫斯科很美，尤其在新圣女公墓里面。金黄色的树叶一半铺在地上，另一半还挂在树上，不时飘落到两万多座墓地上。从10月开始，公墓提前到5点关门，管理人员催促我们离去。时间太短,我们只能希望下次有机会再来。

第二天翻到《俄罗斯报》,关于扎哈罗夫葬礼有大半版的报道,说他最钟爱的列宁共青团剧院今后将以他命名。俄罗斯人很尊重艺术家和文化人,他们尊重这位戏剧导演,无论生前还是死后。

(2019年)

博卡的颜色

|||||||||||||||||||

翻查护照上的图章，过去几年我居然五次进出阿根廷，其间三次到了她的首都布宜诺斯艾利斯，可谓不俗的纪录。要知道，布宜诺斯艾利斯是世界上离咱们最远的都会城市，整整两万公里，要绕半个地球才能到。换言之，在上海外滩打个洞，笔直不停钻下去，说不定就从博卡的足球场当中穿出来。

对，就是那个博卡，用狂热和色彩把足球与探戈融为一体的博卡，去布宜诺斯艾利斯必定要去"朝圣"的地方。可惜今天还不能直飞，从上海出发，两段飞行加巴黎转机大概三十小时，如果诸事顺利，不遇上机场罢工。

前两次采访博卡都是在下午的强烈阳光下，满街对比强烈的大色块即刻令我目眩眼花。在游客和球迷交织的人流中推搡穿行，又想起曾接到"当心小偷，博卡最多"的警示，情绪难免紧张起来，无心驻足细看。

这次却大不一样。时逢G20峰会举行（2018年11月30日至12月1日），那两天布宜诺斯艾利斯全市地铁、公交停驶，主要道路封闭，路口排起高高的铁栏阵，两三万重装军警分布各处把守，防范各种示威抗议演变成暴力冲突。所以，当我们在午后细雨中到达时，博卡显得与平时大不一样，安静得有点异乎寻常。

见不到一辆旅游车、一个旅行团，除了我们前来采访的报导团的二十来位上海外国语大学师生，整个博卡街上的零散游客寥寥无几。小偷们大概也给自己放假了，何况两头路口还停着警车。雨停了，路边摊贩开始布置，酒吧和餐厅的伙计仍在一旁闲聊，一位礼品店店主向我抱怨"这个周末生意全泡汤了"。对我来说，心态放松了，倒可以细细打量这个地方，弥补前两次的遗憾。

博卡的旧港区一带，今天打扮得挺有艺术感，比旁边的老街淡雅素净许多。当初，博卡区就因码头而热闹，移民和船员从欧洲带来了音乐和舞蹈，他们日夜狂欢街头，渐渐演变成阿根廷国宝探戈艺术。博卡人几乎个个都是舞者，我们学生同餐厅招待聊起探戈，他们马上伸手迈步教起舞，几乎任何街角都可跳起来。

今天博卡街头特别强烈的色彩，也源于早年横渡大西洋随船而来的移民。他们登岸后用铁皮搭起了简陋的家，却又不甘生活的乏味，就用不同颜色的油漆装扮自己的居所。后来他们陆续住上了砖瓦房，却仍然保留了早年穷街陋巷的五彩风格，喜欢把屋墙漆成醒目的大色块，使得博卡特有情调。

穿行到旧街另一头，就是产生博卡青年队的地方，"糖果盒球场"。远远就可看到外墙上的蓝黄两色，与博卡街头色彩风格不大一样，单调些。原来，一个多世纪前博卡俱乐部创建之初，球衣是别的颜色，第二年有场比赛与对方撞色，输了球的博卡队承诺改换，就以那时刚驶进港的一艘瑞典籍船上的国旗颜色作依照，从此定为蓝黄相间。

我不是球迷，关于博卡青年队，我只知道马拉多纳这个名字。上两次球场里都有赛事，没机会进去看看，总有点遗憾。这次阿根廷朋友带着我们进去，站到了糖果盒方型球场绿草地边上，环顾四周蓝黄色相间的观众席，想象比赛时全场狂热的喧嚣。跟着上外学生在博卡青年队的足球博物馆中穿行，用手机拍下他们的兴奋，只是四周唯有蓝黄二色，连洗手间也都是。走出球场纪念品店大门，好几位同学戴上了BOCA（博卡）球帽。对面街上一间间旅游纪念品店，也都是蓝色和黄色，未免感到有点"审美疲劳"，就想尽快回到街上的五颜六色当中。

博卡为什么既出探戈又出足球？当初大概这些都是移民社会草根阶层的街头娱乐吧：大人跳探戈，孩子踢足球。但今天的博卡街上，又多了几分当代艺术的气息，走不了几步就能发现一幅壁画、一座雕像、几抹涂鸦……

给我印象最深的，是街角一堵蓝色砖墙前的庇隆夫人头像，一头秀发，面容姣好，静静地在一旁看着、听着前面"弹格路"上从早到晚的热闹。

庇隆夫人，伊娃，艾薇塔，在布宜诺斯艾利斯和阿根廷其他地方，今天仍经常可见到她的纪念地。看过音乐剧电影《庇隆夫人》，一定会记得麦当娜饰演的艾薇塔帮她总统丈夫收买草根民心的手法。实际上，庇隆这个姓氏代表的"民粹"政治，今天在阿根廷仍大有追捧者。在好几位左翼学者的办公室或书房里，我都发现墙上挂着庇隆夫人和庇隆总统的照片、画像。一家杂志的主编更说她是他们心目中的"圣女"，因为她真正为底层民众着想。

但这半个多世纪以来,阿根廷从一个经济发达、社会富裕的国家,一步步降到普通发展中国家的水平,却是不争的悲哀事实,令人叹息。这两年阿根廷再次堕入严重金融危机,货币大贬,物价大涨,布宜诺斯艾利斯地铁票价八个月就翻了一倍,博卡街头旅游纪念品价格数日一改,总统府"玫瑰宫"前广场上示威抗议接连不断……老百姓日子不好过,政府日子也不好过,无论朝野政客都找不到脱出困境的出路。

如此局面下,阿根廷人或许更需要探戈,更需要足球,更需要热闹,也更需要博卡的五光十色来吸引游客、安抚自己。

(2019 年)

天不亮出门看世界

不是为了赶早班机,也不只是为了等候日出朝霞,只是为了感受一个陌生的城市。这是最好的时光,天色刚蒙蒙泛白,街灯还通亮着,前面有点雾气,踩着地上湿漉漉带着露水的石块和落叶,我出门上路了。往左或者往右,穿行在完全陌生的街区,只须记得回来的方向。

此后两个小时里面你不知道会"撞"到什么,但一定会有记忆终生的偶遇。前不久,一个月内两次去俄罗斯,大清早曾来到空无一人的莫斯科红场,也来到水天一色的贝加尔湖东岸,还有秋雨扫面的圣彼得堡涅瓦河桥头——每次摸黑出门都会有难忘的收获。

你可能也去过美国华盛顿的国家大教堂,离乔治城大学不远,但你一定没试过夏日早上 6 点推开大教堂的后门,进去发现里面就你一个人,微光中只面对圣像和十字架,在幽暗中探索四周。突然东侧彩绘玻璃长窗的上方射入第一道阳光,一切都明亮起来,这时有人推开大门进来。

另一个清晨时分,我来到法国南部土伦军港,站在当年拿破仑率领舰队远征埃及的起点,与成排的军舰一起迎来波光粼粼的日出。还有一次在巴黎，本来想去看一下早上的埃菲尔铁塔，结果却陷入了铁塔后面好大的农贸早市，久久不愿脱身。意大利那次夜宿佛罗伦萨和威尼斯之间一家旧纺织厂改建成的酒店，大清早走入几公里外一处小镇，花了大半小时独自欣赏满城堡的中世纪壁画，感叹当年曾经的繁荣辉煌……

当然，每次大清早外出都会留下几百张自以为不错的照片，成为日后不时回忆的记录。9月去俄罗斯，第一次踏入红场，没想到能拍到如此空旷而壮美的画面。从住处到红场三公里，穿过"古姆"百货公司旁边的步行街，已近早晨6点钟。挂满整条街的灯幕仍然五彩闪烁，渐渐转蓝的天空衬托着克里姆林宫尖顶上的那颗红星，一切都变得柔和起来。

道路当中好几排铁栅栏挡住我们的去路。怎么办？从旁边喀山圣母教堂走过一位妇人，对我和朋友比了个手势，意思是"移开就行"。嗯，那就试一下，大不了——结果真没什么大不了。我们把面前的铁栏刚挪出个口子，从斜对面克里姆林宫侧门过来两名警察，二话没说就同我们一起把挡路的铁栏都移到边上。教堂开始传出钟声，早上6点或许正是红场开放的时刻。

红场实际上是个小山坡，我们在坡底，圣瓦西里大教堂和克里姆林宫钟楼在坡的上方，太阳刚刚从教堂背后发光，一道耀眼的金色从教堂尖顶慢慢降落下来，不一会儿就把地面上的石块都染上同样的色彩，一直推移到我们的脚边。除了列宁墓前的三名警卫，整个红场上只有两只鸽子围着我们啄食。

又过了一会儿，开始有人在广场上走动了。行色匆匆的应该赶着去上早班，父母带着孩子的一家，像是游客，还有跑步的一对男女和一路自拍的背包客女孩。两位俄罗斯大妈直接就走入克里姆林宫钟楼下的小门。红场上还是没多少人,钟楼另一侧的地下公共厕所倒已经开放,挺大的,当然也是空无一人。

我们离开红场时,一束阳光正好聚焦在列宁墓正中央的红褐色大理石上,反射出火焰般的金黄。后面的克里姆林宫的红墙更是一片通红,隔着栏杆,墙角那排已故苏联领导人的墓碑和雕像仍然清晰可见,正对着我们的是斯大林。没时间多逗留,更没有时间再细看,但这个早晨已经很足够了,所有的遗憾都留给下一次,好在过半个月我会再来。

圣彼得堡迎接我们的是绵绵细雨和浓浓秋色。一定要去看看涅瓦河,时间只有清晨。雨夜的圣彼得堡街景很美,尤其在涅瓦河畔。街头不见行人,路灯还是通明,雨中的路面铺着金黄的秋叶,像一面镜子把灯光反射到天上。没起风,涅瓦河很平静,两岸连绵不断的历史建筑外廓的灯光,还有河上座座桥梁的灯光,都在水面形成对称的倒影,比白天更加壮观。突然,街上与河边的所有光亮一起熄灭,教堂钟声响了,这时是早上 7 点,天色仍然带着阴沉,四周又是另一番景象。

在圣彼得堡街头行走,不时就会"撞上"历史。大桥下面的码头边立着一块石碑,我只认得出上面的阿拉伯数字 1922 和 2003,用手机拍了下来。过了桥再往左行走约一公里,是一长排黄色的宫廷式建筑,墙上一块纪念石碑,上面刻有 1825 几个数字,也拍了下来,一定是重大历史事件的记载。

果然,懂俄语的朋友告诉我,前面的地方是 1922 年著名的"哲学船"事件上船的码头,2003 年立碑为记。后面的碑文告诉人们1825年反对沙皇专制的"十二月党人"起义，就发生在面前的枢密院广场，后来这地方也被称作"十二月党人广场"。广场中央，彼得大帝意气风发骑着战马的铜像，竖立在一块大岩石上。读过普希金长诗《青铜骑士》的，一定知道那就是诗人讴歌的主角。

与别的国家不一样，俄罗斯会不断让你震撼，不只因为历史，也因为那儿独特的自然风光。我第一次接触贝加尔湖，到了她的东岸，靠近乌兰乌德。夜晚在无人的沙滩上漫步，顶着漫天的星星和中秋刚过的月光，黑色的湖面上星星点点。谁知第二天天没亮再来湖边，已是秋风寒雨。本来应该日出的时候，却见乌云一层压一层堆在湖面上，浑然一体。我们站立在沙滩边上，看着风推浪涛拍打上岸，溅出白色的水花和细沫。

清晨时分的贝加尔湖似乎变得更加浩大，人在她面前显得更加渺小。这儿或许就是苏武牧羊十九年的"北海"，两千年前的湖畔景象应该与今天不会有多少差别。身边没有别人，没有一点人的声音，只有野狗在沙滩上留下爪印，只有南飞的群雁从湖面上喳喳掠过。你突然会感觉到一种极度的孤独，无边无际，内心的煎熬迫使你在恐惧中逃开。我来过这儿了，这辈子或许不会再来，也不敢再来。

过几天会去日本看红叶。日本的清晨曾经给我特别的印象，那是四年前的春天在"谈山神社"雨中访樱。上一晚临时改换住地，黑夜中来到奈良附近多武峰下一个完全日本式的传统酒店。一查地图才知，对面就是日本历史上有名的谈山神社，图像上了两百元的日币。第二天，我们又天不亮摸黑出门了。

我在微博中记录:"清早6点,山门未开,栏栅虚掩。红门衬樱花,细雨中更显娇嫩。"缓缓行上对面的坡道,渐渐看清那座世上少有的十三重木塔,晨雾中更显庄严肃穆。周边株株樱树枝头挂着水珠,雨中带艳。此时之美,无可言喻;唯有清晨,方可品味。不知再过几天来到日光、福岛,早晨又会给我什么?

(2019年)

安那波利斯军校挺好玩

|||||||||||||||||||||||||||||||||||||

笔者年近花甲，农工商学都沾过点边，就是没有正式扛枪当过兵。最多也就是"上山下乡"时拿了支老掉牙的"三八式"日本步枪，半夜值班吓唬来偷东西的附近农民。一共才发给两颗带铜绿锈色的子弹，白天装玩枪走火打掉一颗，实际上是告诉小偷，这是真枪实弹。晚上就通宵太平无事。

正因为从未当过兵，至今对军人和军营里面的事情仍然有一点神秘感和好奇心。没想到，第一次有机会进入一处军事基地，东游西逛好几个小时，竟然是在美国。

那是 2000 年夏末初秋一个阳光十足的周末，上午朋友驾车到首都华盛顿附近的乔治城，接我去巴尔的摩有名的码头餐厅吃海鲜。午饭结束，朋友突然想到今天是星期六，距离此地不远的安那波利斯海军军校可能正举办"开放日"活动。"有没有兴趣去看看？"当然去，还用问！

驶近军校正门，哨兵挡住前路。不让进？不是，外来参观者请走另外一处大门。没有预先联系登记，没有任何熟人介绍，当然更不用花钱买门票，我们就堂堂皇皇地进入了美国最负盛名的海军军官学校。请看以下资料：安那波利斯军校有近一百六十年的历史，是美国海军唯一一所培养正规军官的院校，由海军部直接统辖，也被列入当今美国五十所最重要大学名单。

安那波利斯军校十七个系每年招生一千三百名，十七至二十一岁，未婚、未孕、无子女（美国中学结婚生子绝不稀奇），无品格缺失。一定要是美国公民，外国人不行。符合条件的中学毕业生要进这所大学仍然很不容易，最好有国会众议员、参议员甚至内阁部长、总统、副总统的推荐。经过四年的淘汰，一般只有近千名能够毕业，可见教育训练之严格。不然，这所学校也不可能培养出卡特总统和尼米兹上将等精英人物。最近到访上海、香港的美国第七舰队"蓝岭"号指挥舰、"小鹰"号航空母舰的舰长，想必也出自那个校门。有意思的是，这所军校特别注重品德教育，要求学生"尊重人类尊严，尊重诚实正直，尊重他人财产"。问题是今后这些学生到了军舰上，在向别国的城市乡村投弹发炮时，又如何实现上面的"三尊重"呢？

学校办"开放日"活动也有实际目的，校园的大草坪上面，驻守首都华盛顿的一个海军陆战队连队正摆出摊位，展示各类火器，不时还端在手中摆 POSE 让人拍照，看来是想招兵买马。有位老兵把五六岁的小女儿带在身边，用野战防护油彩给她画了个大花脸，再穿上小军装，很是神气。校园的另一边停放着一架美国海军航空兵用过的战机，应该是"企业"号航空母舰上的，机身洁白，与旁边一圈漆黑的老式潜艇恰成对照。

除了这些，安那波利斯军校的校园与其他大学没有太大的差别。显示它海军军校特征的，主要是学员都穿着统一的军服，连跑步的男生女生都是一样的汗衫短裤。码头旁整整齐齐停泊着数十艘完全一样的小艇,应该是平日学员训练用的,六人一组扬帆出海,在风浪中相当艰辛。美国人看重体育,军校里面看不到什么战斗英雄人物的介绍,反而摆出多名海军军中体育明星的图片,男女都有。

安那波利斯本身是个漂亮的海边小镇,历史比军校更加悠久,美国独立战争期间一度还作过临时首都,前后大约八九个月。结束战争的《巴黎条约》就在此地获得批准。镇上的房子、商铺也多年岁久远,与历史、海港、军校多少都有些关联,有间餐馆就叫"巴黎条约",以美国刚刚独立时十三颗星的星条旗为标示。不少店铺卖海军用品,谁如果是美国海军的发烧友,去一次应该会大有斩获。

以上写的是三年多前的所见。近日因为采访,上了几次外国军舰,突然想起旧事,翻出当时的照片资料,有一张是学校教堂前的婚礼:学员入学时必须未婚,在校期间也不准结婚,但毕业后却会有许许多多学生回校举行婚礼,制服加军刀,场面雄壮。

(2003年)

鬼话连篇的异国行

不久前到东南亚参加一个会议,与窦文涛以及另两位做事十分认真的凤凰女同事一起前去。我不管到什么地方,晚上倒下就睡,天亮即醒,从来没想半夜会有什么东西不请自来。这次亦然。第二天早上,却见到 L 小姐满脸倦容,居然一夜未睡。原来她怕饭店房间里"不太平",睡觉时把所有的灯都开着,但还是越想越怕,越怕越想,就这么过了一个晚上。第二晚她们去了另外一个地方,有关的传言更多,L 小姐自然又担心了整个晚上。好在第三天她被窦文涛拖着到处跑,到了晚上想必眼皮直打架,太太平平睡了个好觉,什么事情都没有发生。

那几天搭车来来往往,途中难免讲起世上有没有鬼,她们问我信不信有鬼,我的回答是"见到了才信,可惜年过半百,还没有机会"。又问如果见到鬼我会怎么样,我不假思索就说"跟他讲话"。其实,这里的"他"也可能是"她",我当时还想到,真的遇上了鬼,应该抓机会做个专访或者请"他"上节目。但放在哪里呢?"锵锵三鬼行"、"名鬼面对面",还是"VIG 会客室"? VIG 者,VERY IMPORTANT GHOST 是也。要是请"他"开讲,那真是百分之百的鬼话连篇了。

女士们继续追问："要是遇上鬼，你又如何辨别是不是自己的幻觉呢？"其实很简单，如果世界上真有鬼，那就有劳"他"多到访几次，对"他"应该不是很难的事情吧？又问："要是鬼的样子很可怕，两眼流血呢？"早先在梁冬的《娱乐串串烧》中答过类似的题目："大不了变得像鬼那样，再去吓唬别人。"但这次是在"9·11"事件之后，我认为鬼再可怕也不如人可怕，我宁可遇到两眼流血、满口利齿的恶鬼，也不要搭上被恐怖分子劫持的飞机撞进世界贸易中心。

刚刚在香港报纸上面看到一个医生作者写的鬼故事，转送给那几位对鬼特别感兴趣的女士。深夜阴暗冷清的街头，一位全身素白的青年女子拦下计程车，说要去医院。计程车司机为了生计，硬着头皮上路，从后视镜里看到她满脸鲜血，心中暗暗叫苦。开了一段路，两旁更加荒僻，司机再看镜子，后面的女子已经不知去向，他想一定遇到女鬼了，到医院不是去投胎就是去索命。总算开到医院门口，司机壮着胆回过头去，那女子竟然又出现了，还递上钱来说："刚才我流鼻血，所以在后座躺了一会儿，现在好多了。"

世上如果没有鬼，就不会有《哈姆莱特》和《聊斋志异》那样的杰作，也不会有其他许许多多有趣的鬼故事，人的世界会寂寞许多，乏味许多。导演李安小时就喜欢画鬼。而且，鬼的本事也令人神往。一般而言，鬼不要打工，不要住所（也就不要交房租），想去哪儿就可以去哪儿，不要护照签证，无须买车票机票，随时都可以来到心爱的人身旁，也随时可以同自己讨厌的人开开玩笑，无须害怕任何有权有钱有势的人，反倒可以让他们害怕。梁冬曾问我为什么喜欢同他讨论鬼的事情,我想原因之一,可能我是阴历七月十五日出世,这天乃十分热闹的盂兰盆节,俗称鬼节。小鬼投世,却只能空谈鬼话,始终有点遗憾。梁冬下次如果真的遇到鬼,别忘了约我一起去(把小鬼"串串烧"是什么味道?)

(2001年)

首陀罗也要站起来：导游陈香

对印度稍有了解的，都知道那里一直有种姓制度。种姓主要分四种，最高等级为婆罗门（僧侣贵族），其次为刹帝利（军事和行政贵族），再次为吠舍（商人）和首陀罗（被征服的奴隶），最底层还有不可接触者。所以，这次我们到印度拍节目，也特别留意种姓制度今天还有多大影响，对印度的未来发展又会怎样。

三十年前在复旦大学听张荫桐老师讲印度历史，常常被一语点醒，至今难忘。他告诉我们印度没有严格意义上的历史记录，大部分只是不同统治民族、不同王朝的传说累积。因为印度半岛每过几百年就会受到来自北方的游牧民族入侵和征服，原来的居民就会往南逃迁。经过这样一次次的征服与南迁，不同民族就像千层饼那样叠加在一起，最后因英国人的殖民统治而被捏成一个国家。

种姓制度就是历史上的征服与被征服的遗迹，最底层的种姓就是最早被征服的民族，肤色也比较黝黑。无论在新德里还是班加罗尔，从事底层体力劳动，例如街头扫地修路的，一般肤色都比较黑，也往往来自南部贫困地区。随处可见的街头流浪者和要饭的也如此，大概都属于最低种姓的。那么，今天的印度究竟还有没有种姓制度呢？

在新德里采访的第一天，我们的一位同事就把这个问题向导游陈香提出了。陈香是他的中文名字，旅行社朋友派他来陪我们，原因是他比较老实，不大会老是带游客去买东西，比较适合我们。但对于我们不断改变行程，不断要同各方打交道，而且天天超时工作，开始时他也有点不适应，常常不知所措。

对于种姓制度的问题，陈香的回答比较含糊："现在有还是有，只是不再那么明显了。"同事又问他本人属于哪个种姓，他说在印度不能直接问人家是什么种姓，但根据姓氏和外貌就可以判断出来。而他，并不想告诉我们他是哪个种姓。而我们的判断是，他应该属于较低的，一是他肤色较黑，衣着也比较随便，不管冷热都是一件棕色的皮夹克。再就是，他同别人打交道时往往比较软弱，底气不足。要不是我们的坚持，好多东西就拍不到，好多地方就去不了。

直到在印度拍摄的最后两天，我们来到了佛祖悟道的菩提迦叶，陈香才告诉我们："我属于首陀罗种姓，但我们最低下的人也要站起来。"那是在傍晚的暮色中，他同朋友站在他们合伙购买的两万平方米土地上，语带自豪对我们说这番话的。

陈香属于最低种姓，我们已有猜测，因为他同别人打交道时总有点畏畏缩缩，常常告诉我们按照印度规定这也不成，那也不行，而我们也不满他不敢去试、去争取。所以，在印度行程的前半段，我们同他关系一直不那么协调，直到我们提出要到他老家去采访拍摄。

我们在比哈尔邦首府巴特纳停留，是为了拍摄恒河。陈香

行走世界篇 | 331

说他老家就在恒河边上,而且就在我们从巴特纳前往菩提迦叶的途中,顺路。这当然很好,而对于陈香来说,更是一件大事,因为这是他当导游后第一次带客人去家乡,更不要说是带中国客人来拍电视了。

我们一早从班加罗尔经新德里转机到巴特纳,因大雾延误,傍晚才到达,陈香的父亲已早早在旅馆等着了。他看上去敦厚老实,天冷,穿着陈香送他的中国产短棉大衣。他有四个子女,老二陈香能够到新德里读大学、读研究生,在他们乡下委实很不容易。第二天我们一早摸黑起床出发,饭店给我们每人都准备了一份早餐,我们把两份给了陈香和他父亲,他父亲就收了起来,说是带给家人吃。

陈香的老家是恒河旁的一个小乡镇,有一处印度教神庙,供奉湿婆神,夏天会有不少游客来沐浴和朝拜。我们的车子穿过狭窄的小街,来到陈香家附近。他的两个妹妹迎了出来,拉着哥哥的手行了个半屈膝礼(陈香见父亲是也如此),很是亲热。

陈香同父母和兄弟姐妹都住在一起,加上嫂子和侄儿,全家八九口人。陈香用自己赚来的钱,把家里的房子造高到三层。楼顶上可以看到全村,几个不同宗教的寺庙正好分布在不同的方向。陈香特地指给我们看临近的一幢破旧房子,他已经花了约合两万美元的积蓄买下。问他是不是为了今后结婚成家造新房,他笑着说是的。新娘呢?等父亲帮着找,谈过两家,都不满意。

在这个一看就知道富不到哪儿的乡镇,他们家的生活已经算是不错,主要就是靠陈香在外面工作。所以,那里贫困低下阶层家庭看到陈香能够通过教育改变命运,也纷纷仿效,开始把孩子送出去读书。确实，接受好的教育，是印度下等阶层孩子改变命运的唯一途径。印度高考难度大，竞争激烈，不亚于咱们中国，该与此有关。

陈香说，他中学一位同学家里境况较好，考进新德里的尼赫鲁大学读书。那同学告诉陈香，可以向尼赫鲁大学申请奖学金。陈香试了一下，成功了。选择专业的时候，他不敢挑热门的，于是就选了当时没多少人留意的中文。毕业后，他曾为中资公司在印度承包的工程做翻译，现在又转做导游。

陈香只去过一次中国，那是到深圳为人做翻译。但他的中文已经让他积累起足以成家立业的财富。除了老家那块要建新房的土地，还有与朋友一起用五万美元在菩提迦叶买下的那两万平方米土地，将来还要盖一座精舍，专门接待中国来的朝圣者。他还在地价高昂的新德里近郊买下了一小块住宅地，准备建造自己的家。陈香这个首陀罗，经济上确实已经翻了身，但他身上仍然能感受到种姓制度的根深蒂固。最高种姓婆罗门占印度总人口不到百分之四，却占有七成司法界职位，占有近半数国会议席。陈香作为最低种姓首陀罗，对婆罗门仍然有一种敬畏。那天在他恒河边的老家，同我们一起拍照的村民中有位长者，陈香就悄悄地对我说："他是婆罗门！"

印度有许多事情变了，但婚姻大事父母做主，好像变化不大。陈香已经是全家的顶梁柱，仍然由父亲在帮他寻找未来的妻子。他说，合不合意，主要还是父亲的感觉，最后找到了门当户对的女方，他会同女孩见上一面，大约半个小时，如果不错，那就成事了。半个小时能够相互了解吗？他说差不多了。

对这种父母包办的婚姻，印度年轻人好像并不怎么反对。自由恋爱当然合法，但印度社会如此多元、复杂而又传统，年轻人或许相信父母考虑周详，自己寻找也许很困难，结果也未必更好。

　　所谓门当户对，除了社会地位和种姓，还有经济因素。陈香为了结婚成家，已经在老家买了造新房子的土地，另外还有自己的一些事业和投资，女方家庭也要有相应的经济实力才行。印度家庭嫁女儿是个沉重负担，等同一次小规模的分家。以陈香家的水平，女方嫁妆连同举办婚礼大概也要花上百万卢比（约合十万人民币左右）才行。如果一家有五六个女孩，那不就要破产了？陈香说："是啊，所以都怕女孩生太多。"好在他只有两个妹妹还没有出嫁。

（2012年）

印度街头的当头棒喝

这辈子第一次受到当头棒喝,而且是实实在在的当头棒喝,就是在新德里,印度首都。更确切说是在旧德里,我们到达印度的第三天,一个疯婆子给的。

那天的安排是在新德里采访,上午去旧区老街,下午去印度的"中关村"。我们住的地方离市区挺远,实际上已经出了新德里到了北方邦,所以得赶早进城,不然被上班的车流堵在路上,会怎么样咱们都懂。

2011年,印度的冬天特别冷,清早接近零度。报上说路边露宿的穷人死了好些个,这有点超出想象,因为我们一直以为印度是个热带国度,不会冻成这样,其实那里南北温度相差很大,就像这个国家的其他方面。

因为平时不冷,路边站着、蹲着、躺着的印度男人冬天就披块毯子、戴个帽子,挡挡风。颜色一般都是灰灰的,就如道路边所有东西,都沾上了尘土。我们从北方邦进入首都,经过公路收费站要交钱。所谓收费亭就是一间小铁皮棚子,玻璃窗下方破了一大块,收费员就从那里伸出手来。但司机不是把钱直接给他,而是给外面站着的小哥,再转交给他。

小伙子站在清晨的寒风里，就用毯子把全身裹得紧紧的。不明白一个收费亭为什么要安排两个人收钱。是因为里面的那位怕冷？是怕外面的车子不给钱就冲过去，所以找个人拦住？还是为了解决劳动力过剩，一个人的活两人干？有一点可以肯定，如此简陋的收费站一定不会装有探头。

我们来到新旧德里的分界处，同我五年前的清华第一个助教廖政军会合，他现在是《人民日报》驻印度首席记者，主管分社事务。在他指点下，我们顺着大街往旧德里十分有名的月光集市走去，一路拍摄。

印度人多，统计数字早就告诉我们，再过几年人口总数就会超过咱们，荣登世界第一的宝座。但让我们真正感受到印度人多的，是街头到处都有许多无所事事的贫困流民，从孩子到老人各种年龄都有，男性为主。进入旧德里的街口就聚集着一群，因为那里一连串有好几个宗教的寺庙，印度教的、耆那教的、伊斯兰教的，还有基督教的，比邻排列开来，好些贫民清早就等着神庙的施舍。每个人都用毯子紧紧地裹住身子，抵挡寒冷。

他们很安静，坐在街边静静地看着身旁经过的路人和荷枪警察，静静地点着一堆火取暖，静静地抽着烟，静静地用神庙外的水龙头洗脸。一忽儿有人提出几桶食物，他们也就静静地在桶前排起队来，等待派发。忽然想到两年前的"六一"儿童节，在西安采访潘石屹，他说小时候老师告诉他们不要打架，否则容易肚子饿。安静，应该也可以节约能量吧。

他们领到的早餐分量不多，一张薄饼，或者一片硬纸盒上，倒上一小堆糊糊，应该是豆类煮成的。排队时他们的目光都集中在那几个食物桶上，领到自己那份后也不忘道谢，身后则留下一地纸盒片。

印度人少吃肉，也少吃绿色蔬菜，豆类是最主要的能量和营养来源。贫民靠这点施舍度日，当然很精瘦，但黑黝黝的脸上眼睛都很亮，尤其盯住你看的时候。

街头来往行人越来越多，我开始录一段串场，也就是电视专题片中主持人自说自话的段落。我一边慢慢行走一边说话，摄影师小何倒退着拍摄。我向观众介绍说，前面就是有名的旧德里集市，这里除了一座座神庙，更有各种各样的小店铺。

对面的街道上，紧贴着基督教堂就是麦当劳，大门口打出"家庭餐馆"的概念。世界各地的麦当劳都卖牛肉汉堡包，就印度例外。进了店，只有两种选择：素食、非素食。那家麦当劳招牌的上面张挂着大大的电影广告，也许上面就是一家小电影院。再往前又有一家小电影院，从外面广告上男女演员的打扮来看，很可能带点色情内容。那里还有一家小店铺，门前招牌是 CHINA MARKET，中国市场，三十五卢比起，相当于四五元人民币，这也许就是中国货的起价。

串场录到这儿，我左眼角看到有一个黑色的身影向我迅速靠近，接着就感到一根棍棒朝我头上打来。来不及反应，来不及躲闪，只能咬一咬牙等着挨这一下。还好只打到额头，没伤着脸部，但把我的眼镜打飞了。摄制组的同事惊叫起来，旁边的一些人立即把袭击者拖住，没让她再来第二下。

她，一个街头流浪的妇人，年岁看来不小，路人说她是个疯婆子。也许她看到电视摄影机，感到不安了，也许她特别讨厌我这样的外来者,也许……但对我们来说,原因不再重要,重要的是还能不能继续拍摄下去。毕竟,我们的印度拍摄才刚刚开始,如果我真的被打伤入院(如果袭击者不是疯婆子,而是疯汉子),后面所有的采访计划就可能统统泡汤。

我的初步感觉是打得不算重,尽管后来额头肿起一块,应该不会妨碍继续拍摄。尤其看到那一刻周边同事的慌乱,我反倒有责任"故作镇静",以免动摇军心。但有一件事情最最重要,就是必须找回被打飞的眼镜。眼镜找到了,架子没坏,却少了左边的镜片。满地再找,很快也找到了,粘上了许多尘土,好在没有被人踩到。我运气一直很好,尤其这次在印度。

这时候,摄影师小何已经同当地旅行社派来的陪同陈香吵了起来,批评他没有尽到保护我的责任。陈香是印度人,会讲中文,这时候却是一脸的无奈,不知道怎么办才好。我说,应该没大问题,还是继续拍下去吧,小心点就是。

但先要解决眼镜的问题,总不能戴着只有一个片子的镜框吧。只是周边找不到眼镜店,没办法,只能试着把镜片推嵌进框架。坐上招揽游客的三轮车后,我一直不敢随便晃动脑袋,生怕镜片又掉下找不到。直到那里的拍摄结束,街旁的小店铺全都开业,才找到一家藏在巷子边的眼镜店。

我的眼镜是在香港配的,柜台上的小伙计拿在手里左看右看。还没等他动手,店铺后面出来一位戴着眼镜的老人,神态庄重自信,英语没多少当地口音,看着不是店主就是师傅。他拿过我的眼镜,马上拿出工具修理起来。完工后他又检查了其他几个地方,确定没有损坏,再把两边的眼镜脚校平,揩拭干净镜片,交还给我。最后收我二十卢比手工费,大约人民币三元钱。

他的样子,让我想起了早些年上海不少商店里的老师傅,不管什么到了他们手中都能对付,谈吐间颇有风度。这样的老人,现在咱们那儿很少见到了,印度却还有,还保存在这样的地方。

我们坐三轮车也是为了拍摄,两辆车,摄影在前,我在后面。三轮拐进了大街后面的小巷子,那才是旧德里集市的核心部分。小巷两旁开始见到的多是买卖衣服、布料、日用百货、食品、旅游纪念品的小铺子。陪同我们的导游陈香说,除了游客,来这儿购物的还有当地中下层老百姓,因为价格便宜,东西种类又多。上层家庭当然不会来。

一路最吸引我的却不是这些店铺,而是巷子上空密密麻麻的电线,少说也有七八十根之多。有一个电杆上缠着不同方向的电线,密如蛛网,其中一些已经陈旧不堪,令人感到恐怖。我想,只要其中一根漏电,四周的店铺一定遭殃;如果日后看到那里起火的新闻,很可能就因为如此。但人家还是安之若素,全不当回事,也许今后还会不断增加电线的数目,而不是想办法减少,更不会铺设埋入地下。

当我们的三轮车来到巷子的尾部,我发现两旁的店铺变得整洁起来,全都变成了旧书店,一家接着一家,起码有几十家。铺子都不大,堆满了旧书和旧课本,里面地方不够就堆在店门口的两旁,堆得比人还高。穷人家庭的孩子买不起新书新课本,就到这样的地方来买旧的。这让我想起了香港,那里也是如此。北京、上海倒见不到,或是因为咱们已经富裕到孩子全都可以用新课本了?

巷子尽头正对着亚洲最大（世界第三）的贾玛清真寺后门，宏大的砖红色建筑和围墙与小巷里的旧书店成为强烈的对照，但都关系到印度人的精神世界。后来到了孟买，在著名的维多利亚火车站附近的一个街角，又看到门面更大的旧书店。到了南部高科技城市班加罗尔，我们在最热闹的商业区街头采访了一个书摊贩子。中午时分，他刚刚在地上铺开垫布，摆出书籍，有旧有新，旧的平装流行小说每本约合人民币十元。

旧德里小巷子里的旧书店卖英文书和课本，班加罗尔的那个小贩卖英文书，旁边的一家正规书店卖的更全是英文书。可见，印度知识精英看的、读的都是英文，报刊也一多半是英文。印度的英文阅读人口世界第一，基数比咱们中国庞大得多，这正是它的一大竞争优势。

这半天旧德里的采访，让我们看到了印度的另一个侧面，顿时明白了不少道理。就像那个疯婆子对我的袭击，犹如当头棒喝。结束拍摄时，我问摄影师小何那段挨打的过程有没有拍下来，他说都录了。如果那些原始素材到今天还没有被揩抹掉，就麻烦小何复制一份给我吧，让我看看究竟是怎么回事。因为那时我的眼镜被打飞了，连那个疯婆子究竟长成什么样子都看不清楚。

再补充一条信息：2010年9月19日上午11点，两名台湾电视摄影记者就在我上面提到的贾玛清真寺门口遭遇枪手袭击，中弹受伤；印度伊斯兰激进组织"印度圣战士"声称枪击事件是他们所为。这或许就是到印度拍摄电视的风险，还好，我只受到"当头棒喝"而已。

(2012年)

他乡"香港"：巴拿马的故事

前些日子看亚视《寻找他乡的故事》，有一集讲到在巴拿马谋生的中国人。实际上，西半球那面，除了加拿大和美国，与香港关系最密切的国家就数巴拿马了，也是西半球最像香港的地方。首先是航运，巴拿马靠那条连接太平洋和大西洋的巴拿马运河为生；再就是那儿也有个自由港，名叫科隆（COLON），算是巴拿马的第二大城市，与首都巴拿马城分别扼守运河的两端，附近也各有李嘉诚和黄集团近年开始承租经营的大货柜码头。所以，美国的右派政客和媒体才会制造出中国意图控制巴拿马运河的"神话"。

三年前（1997年）我有机会去那里采访，就听到美国人在哇哇乱叫，和黄不得不发表声明驳斥。直到今天，李"超人"仍然经常要出面澄清，他连手枪都没有一支，如何能够控制这么大的一条运河。另外一件事情更能够显示那些美国人的荒唐无知或精神有毛病：巴拿马仍然同台湾建交，而不是同中国大陆。自从南非转向北京之后，巴拿马就成为台湾今天在世界上最重要的邦交国。台湾张荣发的长荣集团早就在巴拿马经营码头和航运，EVERGREEN的绿色标志在那里无人不识，我去巴拿马也是从台北搭乘长荣的客机，不过最近听说这条航线因亏损太大而停飞。（注：2017年，巴拿马与中华人民共和国建交。）

香港人到巴拿马去，最方便的是不用计算货币汇率。港元同美元固定挂钩，巴拿马则更加彻底，干脆不发行本国货币，全境通用美元，自己只铸造少量辅币，名叫"波尔波亚"，与美元完全等值，可见美国才是对巴拿马经济影响最大的国家。本来，巴拿马运河连同巴拿马这个国家，都是美国制造出来的，过去一个世纪更被美国视作私产和后院，驻守重兵。现在，运河对美国的用处大不如前，美军也陆续撤出，运河区的管理权年前已经移交给巴拿马政府。但华盛顿的右派政客认为"放弃"巴拿马运河会危及美国的国家安全，所以就拿和黄承包运河码头的事情大做文章，为美国"重返"巴拿马制造舆论。顺便提一下，最近又有两个中美洲小国决定改用美元取代本国货币，以免再受汇率波动之苦。那也是实在没有办法的办法。

采访期间，当地朋友带我到巴拿马运河西侧山里的一个小镇"赶集"，看到一对中年美国夫妇在买蔬菜、水果和鲜花。朋友说，那位男子就是美国中央情报局派驻巴拿马的特工，我刚拿起照相机，那人立即紧张起来，匆匆离去。原来，早几年巴拿马局势不稳，美国密切关注那里社会各界的动向，为了及时掌握最新变化，中央情报局的那位特工就奉命到首都巴拿马城最热闹的地方，装扮成卖彩票的探听消息，不料时间长了被人发现，成为新闻。因为有运河和航运的收入，巴拿马算是中美洲最富有的国家，但仍然遍地赤贫，卖彩票就成为穷人最方便的谋生行业，三步一档，五步一摊，许多流言都是在他们之间首先传开。

巴拿马是中美洲最重要的国际金融中心，世界各大银行都在那里开设分行，同香港又有几分相似。在当地人眼中，打银行工最令人向往，收入最丰。

这也许因为，那里的某些银行兼做偏门生意，即为中南美洲的"特种行业"做"洗钱"的勾当。据朋友讲，有时，某个"老客户"提着几个箱子进了银行，银行主管马上就下令停止营业，关上大门，叫所有员工一起来帮忙数钱。也因为如此，巴拿马多次发生黑帮仇杀。有天晚上采访结束后，同几位当地同行去吃宵夜，来到一家相当有名的西班牙海鲜餐厅，只见大门紧闭，里面的人先从一扇小窗打量我们一番，再决定是否放我们进去用餐。原来，近年来最有名的一场黑帮厮杀，就发生在这家餐厅里面。我一面享用十分可口的大虾，一面听着朋友描述枪战场面，才知道有位黑帮小头目就倒在我们的桌子底下，而他的脑袋和肢体的一部分，大概就散落在我们的台面上和四周。

巴拿马有许多特别而有趣的事情，要分几次才讲得完。今天先讲打雷。那里比香港更近赤道，午后和半夜常常来一阵暴雨，电闪雷鸣，常令初到者惊恐不已。我在巴拿马城住的酒店，窗外满街停满汽车，第一晚半夜下暴雨，把我从梦中惊醒的倒不是雷声，而是街头汽车的防盗器感受到雷雨的震动，一齐鸣叫起来，令人一时间真不知道出了什么事情。后来听当地人说，每次下雷雨都如此，他们从来就不当回事。几天后我独自到一个名叫孔塔多拉的小岛休假，整个岛就是一家酒店，中美洲各国首脑曾在岛上开过有名的"孔塔多拉会议",组成"孔塔多拉集团"。那两天游客稀少,半夜一个人坐在房前的阳台上,四周一片漆黑,突然间只见天上五六条粗壮的闪电直扑眼前的海面,极为壮观……

(2000 年)

第五辑

他们眼中的曹景行

我的弟弟在凤凰卫视

曹雷

以前，我的朋友如果向人介绍景行，常说："这是曹雷的弟弟。"倒不是我有什么了不起，只是因为我是干演艺行当的，小有名气；弟弟是搞研究工作的，很难成为公众人物。可是现在不同了，常有人瞪着吃惊的眼睛问我："你是曹景行的姐姐？"因为景行已经成了香港凤凰卫视时事评论节目的主讲人，几乎天天在荧屏上亮相，而且有了相当数量的忠实观众，比我"公众"得多了。

台湾大选时，景行去做现场直播。朋友打电话给我总要带上一句："我在看你弟弟呢！"可是偏偏我家收不到凤凰卫视的节目，只好向别人打听情况，或者出差在外住宾馆，守着电视机等到半夜，看一档《时事开讲》，见他一面。因为工作太紧张，我们姐弟俩的通信已经不多了，电话也比过去少了。虽然每天他的节目不到半小时，但我知道为了这短短的30分钟，他要积累大量的知识才能开讲。他的睡眠时间常常压缩到最少最少，眼睛经常熬得红红的，刚刚五十出头的他头发已白了许多。看着电视屏幕上的他，我常会觉得心疼，不由得想起孩提时代的景行，也会想起我们的父亲。

景行和父亲一起生活的时间最短,但父亲的遗传基因他比我要多得多。父亲曹聚仁是中国著名的记者、作家。景行的乳名闲闲,是父亲起的,可惜的是,闲闲从小就爱忙活,大起来也不知"偷闲",现在是越来越忙了。

景行小时候很好奇。有一回,他忽然想尝尝肥皂的味道,就用舌头去舔,那时的肥皂碱性大,把他的舌头蜇得肿了起来,急得妈妈和我连买了几根冰棍给他吃,才慢慢消了肿。还有一次,他在爸爸的书房里玩,忽然大哭起来,我赶忙跑去看,原来他觉得电线插座很有意思,就把小手指伸了进去,结果被电击了。更多的时候,他坐在小凳上一本本地翻书,可以静静地看上一两个小时。才念小学二年级,他就看完了《水浒》《水浒后传》,向《三国演义》进军了。他很小的时候就开始跟我抢书看,拿去一本书,半天就还给我了,我不相信他全看完了,经常考他,他次次都对答如流。这样的阅读速度和记忆力,到现在还保持着,对他的工作帮助极大。

父亲很早就离家在外,母亲忙得顾不上他,景行从小就没有受过娇宠,所以自主能力很强。记得他十二岁那年,我们家从虹口搬到市中心。搬家前,父亲因公事到了北京,把妈妈接去了;我在大学住校,还没放假;景行见他转学的事还没着落,就自己拿了户口本,坐电车到新家附近找了一所小学,把转学的事办妥了。

小时候对他影响比较大的,是我的大弟景仲。因为两人年龄相近,感情特别好。景仲小时候相当淘气,到了高中时突然发愤用功,后来成了清华大学的高才生。假期里他们两兄弟常一起骑着自行车出门旅游，白天啃大饼充饥，晚上找小学的教室过夜，游遍了苏杭。景仲在"文革"中毕业，分配到塞北农村，参加战备工作时因公牺牲，这是我们家人心中永远的隐痛，也是景行最伤心的事。

景行中学毕业是 1966 年。那时"文革"开始了，他失去了进大学的机会。像当时许多青年人一样，他满腔热情地报名上山下乡，黑龙江兵团没资格去，他被分配到安徽黄山茶林场。这一去，就是整整十年！

在黄山茶林场，知青们搭棚造房，犁田种粮，创业十分艰苦。甚至在沙质土里种水稻，一季稻秧插下来，手脚的指甲都给沙子磨薄了，泡软了。修水库时，往山上背百多斤重的大石头，他从不落后。他很能吃苦耐劳，磨炼出乐观、豁达的个性。他还有一副好嗓子，每天收工后，常在田埂上一路唱回来，赢得了"喇叭"的外号。于是，在他队友的嘴里，我就成了"喇叭的阿姐"了。有一回我去茶林场深入生活，那里的头头以及队员一律叫我"喇叭的阿姐"，他的本名和我的本名倒没什么人叫了。

景行在农村成了家，有了孩子，但他始终没有放弃看书的习惯。他在黄山待了十年，看了十年的书。有一次他来上海治病，带回家的书籍和写得密密麻麻的一大摞读书笔记，让看到的人惊异得直咋舌。很多人不理解，在那"读书无用"的时代，竟还会有这样嗜书如命的"农民"！

正因为有了多年的积累，在我国恢复高考后，1978 年他只用了一个半月的时间复习文化课，就以很高的考分被上海复旦大学历史系录取了。有趣的是，他的妻子，同是茶林场的上海知青，与他同时考取了复旦，两口子双双进了大学。在班上，他是年龄最大的学生，那年已经三十出头了，但他也是最成熟的学生，原有的基础、接受能力、理解力都超过比他年轻的同学，再加上刻苦勤奋，所以他的成绩总是班上出类拔萃的。毕业时他以全 A 成绩分配到上海社会科学院世界经济研究所工作。

在社科院工作时，每天他都在资料室翻看各种外文报刊，对世界经济情况进行综合分析，他的英文阅读能力就是这么培养出来的。加上他阅读速度快，记忆力强，综合分析能力也提高得很快，每星期他都有一两篇文章发表。

十多年前，景行追随父亲到了香港，四十岁的人又开始重新创业。凭着他的实力和勤奋，很快在一家杂志社担任了较重要的职务。那是在华人地区很有影响的一份新闻周刊，1994 年他当上了副总编，那真是十分辛苦的工作。1996 年我去香港，在他那里小住了一段时间。他那小小的客厅里有一个硕大的筐，专门用来装剪过的报纸，他每天要看十几份各地的报刊，凡认为有用的消息就剪下来。不管夜里工作到多晚，第二天一早他必定起来看电视早晨新闻，然后去买早报，看报、剪报、分析信息和资料。他总是睡眠不够，总是要在最短的时间里做最多的事情，然后就看书。

像父亲一样，他的书架上什么书都有，看起来很快。每次到上海或内地其他地方，他第一样要买的就是书。每次返港，总是担心行李超重，于是把最重的书挑出来，放在随身的手提箱里。有一回，他带的书太多太厚，过海关检查时，安检机的射线居然透不过他的箱子，只见屏幕上黑乎乎的一片，他不得不把书一本本拿出来，引得海关人员和旅客们都用一种怪异的眼光望着他。1998年，他跟踪采访台湾的辜振甫先生到了北京，正好我也在北京拍电视剧，他就邀我去逛书摊，还买了一串冰糖葫芦津津有味地嚼着，说是好多年没尝过这种味儿了。他报出一串书名，闹得那些书摊的摊主们相互吆喝着打听："哎，有《别闹了，费曼先生》吗？哎，你那儿有那本畅销书吗？"不消说，那天他的行李又增加了不少分量。弟媳也直犯愁：香港房价那么贵，房子那么小，那么多书报杂志往哪儿放呢？莫非也像父亲当年那样，装在一个个简陋的木箱里靠墙一层层码上去吗？

　　景行的兴趣爱好十分广泛：他爱音乐，总在交响乐声中写作、看书，而且对音乐的选择不保守，常给我带来一些相当前卫的信息。他爱唱歌，从《智取威虎山》的唱段到意大利的《我的太阳》，他都能唱得有板有眼，"喇叭"至今还很响亮。那年他去欧洲旅游，到了意大利，在一个餐馆里，有位当地歌手正引吭高歌意大利歌曲，景行站起来拉开嗓子和了上去，居然珠联璧合，引得满堂掌声，把同行的香港游客唬得一愣一愣的。他爱摄影，

| 2014年，与姐姐曹雷在上海大剧院同台回忆上译厂往事 |

常在电话里教我要用什么样的胶卷，什么样的相机，什么光线下该怎么拍。他在旅游途中还真拍了一些不错的照片（至少我看来不错）。他还爱看电影、爱看戏，平时没时间看，他就去买录像带，把漏看的补回来。香港租片店相当多，有的店即将倒闭，有的店要出清存货，他会到这些店里把全店三分之一以上的录像带买下来，带回家细细品味。这样的录像带他有一柜子，当然全是文艺片和经典名片。他曾很得意地告诉我："这类片子，在香港租看的人不多，相当一部分还很新呢！"谈起这些录像带，他如数家珍，对影片、演员的分析评论，比我这吃了几十年电影饭的人还要在行。他的财产，除了书，大概就是这些录像带和 CD 碟片了。

景行担任凤凰卫视台一些节目的顾问已经有些日子了，《锵锵三人行》刚开播的时候，他还跟窦文涛一起"锵锵"了一段时间。有了《时事开讲》节目，他才天天露面，观众也开始对他熟悉起来。有人很好奇地说："哪里冒出来这么一个白发主持？谈天说地，知道那么多事还让不少人'崇拜'"。我想，父亲曹聚仁如果在天有灵，看到他的小儿子继承了他的事业，干起了与他的本行相近的工作，而且干得这样出色，那该是多么欣慰啊！

(2000 年)

曹先生是个年轻的老头

曾子墨

说他是老头儿,大概没有人会异议,毕竟,他有花白的头发,略微发福的肚子,还有在黄山脚下修理地球的上山下乡的经历,这一切都足以让人信服,曹先生的身上刻满了岁月的痕迹。

然而在我看来,再老的年龄也掩饰不住曹先生年轻的心。谁让他带着我们在北京泡吧、深夜不归,面对我们没大没小的隐私性问题,又总是毫无怨言,欣然招供呢?

尤其是去年夏天的湖南之行,更让我对曹先生的绝不落伍有了新的认识。

去年8月,我和曹先生一起到长沙拜访广告客户。周一下午,我刚一下飞机,就看到已经从上海先行抵达的曹先生坐在咖啡厅里,手中一如既往地抱着一摞当天的报纸杂志。

还没等我来得及开口问候,曹先生便急切地问我:"这个周五你想不想去现场看看'超级女声'?"

我吓了一跳,怎么也无法想象年过半百,而且应该算是正宗学院派的资深评论员曹景行先生,居然会像少男少女一般成为"超女"的"粉丝"。

是我听错了,还是曹先生在开玩笑?又或者是曹先生返老还童了？我疑惑不解地试探了一下："你想去看啊？"

曹先生认真而严肃地点点头，仿佛他和我在讨论的不是引发全民娱乐风潮的"超级女声"，而是陈水扁的台独倾向。

曹先生的美妙建议自然得到了我的积极响应。周五晚上，我们准时来到"超女"的演播大厅。

比赛还没开始，"玉米""笔迷"和"凉粉"们早已依次就座，发出一阵高过一阵的欢呼和尖叫声。被稚嫩而狂热的面孔包围着，我第一次清晰地感觉到，对于这个地方，我实在是有些太老了。转身看看白发苍苍的曹先生，他却身处其中，泰然自若，仿佛产生"代沟"的是我这个小字辈，而不是他这位老先生。而且，他还拿出了随时随地都带在身上的数码相机，对着四面八方一通狂照。

很快，曹先生的角色便从照相转变为了被照。单反的，傻瓜的，还有手机等各式各样的照相机全都对着他拍个不停。也难怪，平日里曹先生就有"粉丝"无数，只要他现身湖南的名胜古迹，总会被热心的观众（多半是女观众）围得水泄不通。更何况在"超女"的演播厅里，密密麻麻的一千多人中，清一色的黑头发、黄头发和红头发，只有一头银发夹杂其中，所以说，曹先生怎么能够不吸引众人的眼球、又怎么能够不消耗相机的电池呢！

公平而坦白地说，曹先生并不算是"粉丝"，因为他一没发短信投票，二没因为哪位"超女"和别人争得面红耳赤。在长沙，他只是不止一次地说，他其实是想知道为什么这样一个电视节目会如此火爆。说这些话时，曹先生的表情像极了他在《时事开讲》里正襟危坐，对嘉耀说，为什么"3·19枪击案"会在台湾发生。

他们眼中的曹景行 | 353

无论如何,跑到现场去观看"超女"的老头儿并不多见,曹先生若非独一无二,也一定可以称得上是稀有罕见。

但愿在凤凰的下一个十年里,曹先生能够继续带领我们泡吧喝酒,做个越来越年轻的老头儿。

(2006 年)

他鬼月鬼日出生

师永刚

很难清晰地说清曹景行的以前。

在他从事电视行业之前,他的身份混杂,经历曲折。你不能单纯地认定他是某个领域的爱好者或者创造者,更不能向人证明他的耐心与雄心。客观上讲,他的经历带着相当多的变数与不确定。

而这样的人生基本上一言难尽,如同他这个人,他的家族背景,他的数次变易的生存处境,处世心态。他的人生只能分段去看,而无法完整地放在一起。

曹先生的经历简直就是一部中国人因国家的变化而发生的传奇,他的步子里充满相当多的时代背景。

1947 年 8 月 30 日,农历则是中国人传说中的鬼月鬼日,曹景行生于上海。童年时代可以想象的不过是他的聪慧。"父亲书架上的书,不管有多厚,我都喜欢读。刚刚认识字,小学一年级读完了《水浒传》,二年级就看完了《三国演义》。"可以证明这一点神奇的事例是他在初中三年读完了据说存有上万册图书的上海少年儿童图书馆的馆藏书籍。这样的代价是他早早地戴上了眼镜。

1966年，刚刚高中毕业的曹景行遇上了"文革"。两年之后，成千上万的青年从城市走向陌生的农村。曹景行开始了他人生中最重要的经历。这段经历被他认为"是我生命中最为关键的，它决定了我的性格、爱恨与价值观"。

1968年8月20日，清晨。二十一岁的曹景行带了一口旧箱子。箱子里有一些旧衣服，是母亲用了一星期为他一件件补好的。因为父亲在香港，有"海外关系"，他们被抄家以及冻结存款。姐姐向上海电影制片厂的造反派申请了两百元钱。"我走了之后，母亲就病倒了。那时候没有想过什么时候回来，根本就没打算说还可以回来。"

曹景行插队的地方在皖南山区的黄山茶林场。在那里，他们自己种田、盖草房，所有的一切都是自己用双手创造出来的。对这些来自上海的学生来说，无异于一场革命。曹景行的身体开始结实起来。那时候他每个月可以吃掉近百斤大米。

当年他们没有书报可读，找到什么就看什么，结果使得曹景行患上了"资讯饥渴症"，至今仍然对文字的东西十分"贪婪"。当时极度缺乏文化生活，使曹景行变成了"电影迷"。现在他没时间上影院，就不断收集影碟，以至于成为凤凰卫视主持人们的"片库"。

当时在农场能够看一场电影是极奢侈的活动。到农场第二年的一个初夏夜晚，为了看一场露天电影，知青们忍饥受饿，苦苦等候电影队，从晚上收工一直等到凌晨3点，几百名观众没有一人离去。毕竟，这是两年来，他们中多数人看到的第一部电影，黑白片《智取威虎山》。

曹景行用颤栗形容当时的兴奋，"片头交响乐的主题旋律刚奏出，立即让我激动起来——离上次听到交响乐，已经有五六年时间了，简直有一种上帝降临的感觉。"

在农场期间，他遭遇到了人生最大的两次变故，他的哥哥曹景仲在张家口意外身故。自小哥哥就是他的偶像，这位清华大学的高才生，是对他影响最大的人，自觉慎言评价他人的曹景行，谈及哥哥，忧伤而激动："他是个非常有才华的人。如果活着，他至少会是个大厂厂长吧？"

两年后，他们的父亲在遥远的澳门病故，与此同时，他的私人生活发生变化，他与同样来自上海的知青女友结婚，在农场安了家，很快又做了父亲。这时候，一个重返上海回归城市的机会出现在面前。邓小平复出后主持工作，恢复大学招生，给老知青们两次报考大学的机会。

他们夫妇赶"末班车"考回了上海。曹景行考入了复旦大学历史系，妻子考入了化学系，他们成为了全中国许多对共同上大学的夫妻之一，他们两岁女儿的户籍也迁回了上海。他迎来了一生中"最幸福的四年"。

此时曹景行已经三十一岁。生命中最重要的十年，留在了皖南山区的茶林场。他带回上海的是一个完整的家与已告别青春的人生，包括他对生活的重新理解。"十年给予我的就是极好的承受力。到后来再多的苦看起来都没有当初艰难。这是我坚持下来的一个极好的理由"。

学习对于一个人的重要在此际得到充分的爆发。"四年的历史系本科生活，他把历史好好地端详了一番，从类人猿直到中国现在的改革开放"。在大学里,他是个狂热的学习者。除了历史,他还大量选修了世界经济、国际关系以及新闻课程,但最能激发他兴趣的则是世界经济。美国及欧洲经济、科技、文化实力雄厚,日本、新加坡、韩国以及台湾地区经济兴起,让他深有感触。他花了大量时间自修英文,这是接触真正的外部世界的重要通道。他希望能看懂英语世界里真实的原貌。他自学英文版的 H.G. 威尔斯《世界史纲》,像是一个热情的小学生。在复旦,学校要求 120 分的学分,他拿了 180 分。他说:"我读大学的时候,三分之一的时间是在学本科的东西,三分之二的时间是在向更多和更广的范围做一些了解。"

1982 年,曹景行大学毕业进入了上海社科院世界经济研究所,研究美国农业以及美国和亚太经贸关系。在这里,他待了五年。这五年,他觉得最重要的是,他找到了一个接近世界的窗口。社科院有一个中外报刊资料室,那里有许多外人无法看到的其他国家以及香港台湾地区的主要报刊。这是一次更为重要的学习,资料室几乎成为他的磨刀石。

在那里的五年时间,可以讲述的似乎只有一本他闲暇时与老同学合作翻译出版的《谈判的艺术》,以及上百篇关于遥远的美国、欧洲政经变化的文章。面对这样的生活,曹景行开始觉得自己的一生如果是每年写两份也许并没有人关注的研究报告,将变得毫无意义。

这时,他得到了一个去香港的机会。

1989 年 4 月,四十二岁的曹景行来到香港。他给自己的理由是,"有机会到香港,我为什么不试试呢?"曹景行自觉自己从农村到上海，再到香港，起码可以拥有两种不同的人生。

曹景行来到香港时，面对的已是一个基本成型的香港主流社会。这个社会，又恰恰处在一个变化的不稳定的时代。

到达香港，生活的压力陡然上升，找工作，找房子，给孩子找学校等，一大堆现实的问题摆在眼前。他必须在较短的时间内找到工作。亲友与父亲好友的帮助对他来说没有什么实际意义。他开始放弃这条许多大陆人到香港的初始生存模式。他想试试自己的实力。他与香港的对接是在寻找工作时开始的。

一切都得从头开始。他的学历在这里失去了效用，因为香港不承认大陆的学历。他想，至少承认经历吧。只用了一周时间，曹景行就得到了第一份工作。他从报纸的招聘广告上，看到中文《亚洲周刊》招聘撰述员。他投出应聘简历，参加了面试，改写了两篇稿子，然后回家等消息。

一周后，《亚洲周刊》编辑部增加了一名四十二岁的WRITER（即撰述员）。他到周刊上班时，连身份证都还没有办下来。他第一个月的薪水是9000港元，三个月后，就升到了13000港元。这份工作对他在香港能够活下去是一个重要的心理保证。

《亚洲周刊》由新西兰人麦克·奥尼尔于1987年创办，与姐妹刊物英文《ASIAWEEK》同属美国《时代》公司。全盘照搬美国《时代》周刊的所有运作模式，在中文的新闻周刊里还是第一家。采编方面，外面有记者，编辑部里的工作是撰述员初步整理记者的文稿，然后由编辑定稿，另外还有研究员为每篇文章收集资料、核对事实。广告经营方面，走的也是跨国跨地区的办法。曹景行体验了这种纯美式模式，受益匪浅。同时也感到外国人办中文杂志，把握不住华人读者的口味，营运成本高，结果是连年亏损。

周刊编辑部内的"官方语言"是广东话和英语。同事听不懂他的普通话，他只能用自己并不流利的英语与大家沟通。但他的适应能力非常强，在最短的时间里，他学会了听，再用几个月时间，他已可以用半生不熟的广东话与同事讨论文稿了。

1993年，香港媒体已开始电子化运营。从来没有经过电脑训练的曹景行，自学了几周后，已能用电脑撰写文章。他用了最短时间，试图与香港同事同步，了解他们的行为与思考方式，包括他们的价值观，因为他必须尝试用香港人的眼睛去看这个世界。

他的学识储备在《亚洲周刊》上得到施展，他的分析能力与文笔，得到了认可。一年后他升为编辑，不到一年又成为独当一面的资深编辑。

到香港三年后，母亲在上海去世，他把女儿接到身边。给女儿寻找学校的过程，让他对香港社会对新移民的态度有了切肤认识。香港多数学校对大陆来的孩子看不起，英文名校干脆不接受，曹景行历尽周折，才在周刊同事帮忙下，让女儿在一所非常有名的中文学校——培正中学就学。

《亚洲周刊》的经历对曹景行来说至关重要，在这里，他接触到全新的新闻理念，也曾兼任周刊评论的主笔。1993年，曹景行内心的不安再次使他做出选择，他希望改变，让自己不再局限于编辑部、办公室。他提出改做特约记者，即与公司不再是雇佣关系，而是作为这本杂志的特约记者，采访供稿。

这时上海正处在重新的开放初始，活力正在涌现。曹景行站在另外一个角度重新打量故乡，用半个月时间采访，撰写了《上海陆空巨变——市场经济大潮中动力澎湃》的封面文章，刊载了近三十页的篇幅。上海方面更是对此给予关注。

曹景行很喜欢自由记者的身份与感觉，辛苦，但却自由。1994 年 3 月，《亚洲周刊》转手给金庸先生创办的《明报》。《明报》新老板于品海想以此打造一个全新的倡导华人声音的平台，请曹景行就任副总编。曹景行参与了杂志其后几年的转型，精简架构层次，降低成本。《亚洲周刊》为了集中资源，压缩撰述员和研究员，加大编辑和记者力量。在题材方面，《亚洲周刊》的焦点由国际转向了内地、港台，代表华人立场与声音的风格开始成型。

曹景行就任副总后，没有放弃采访的机会。他觉得只有实地观察才能真正地感受到那里的情况，同时也可藉机建立自己的人脉关系。台湾进行县市长选举的时候，他和同事开着一部车，跑遍了全台湾，遍交各界媒体人士。在有大陆背景去台湾采访的记者中，他可能是较幸运的一位。

通过每天大量的阅读，曹景行对香港与台湾的媒体非常熟悉，他知道哪些新闻在哪些版面，知道不同杂志的不同特色与不同立场，消息来源的可靠与否，不同媒体的内部运作方式，甚至知道哪个记者哪条线，哪个主笔水平如何。

1996 年年底，曹景行五十岁。他回顾自己来香港后的这八年时间，选择了第二次辞职。离开《亚洲周刊》后，他进入于品海创办的电视台就任中天新闻频道的总编辑。这是他接触电视的开始。这份工作的挑战性在于他从来没有做过电视,一个外行做电视的快感可能在于你对这份职业的陌生。

在这个电视台,他虽然只待了四个月,却参与了两件大事。邓小平去世的消息,全球所有媒体中他们最先报道出来,引起世界的震动。于品海与他拍板于凌晨1时在电视中发布这一消息,同时请来《快报》主笔杨锦麟先生做现场评论。为表扬自己的这一胜利,他们拍了一个专题来记述这个过程:《我们唤醒了世界》。

但紧接着发生的收购与反收购的事件,使曹景行提前结束了与电视的机缘。

其后差不多有九个多月的时间,曹景行以专栏作家的身份,给《亚洲周刊》及新加坡、马来西亚的华文报章写新闻评论分析。自由状态使他用另外的身份切近大事。1997年香港回归时,他帮助日本的TBS(东京放送电视台)做现场评论。回归前一个月与回归后一个月,他在马来西亚的《中国报》上开了一个专栏,接连发表了六十二篇记述香港回归全程的评论。

曹景行重新进入电视行业,最早是从认识一个人开始的。1996年凤凰卫视初创,时任《亚洲周刊》副总编辑的曹景行,认识了试图与《亚洲周刊》探讨合作可能的凤凰卫视中文台台长王纪言。他们见面,讨论的就是凤凰卫视要开设的时事节目《时事直通车》。王纪言的智慧与激情给他留下深刻印象,这次见面虽然没有成为《亚洲周刊》与凤凰卫视合作的开始,但却埋下了他与这家在香港小得不能再小的电视台结缘的伏笔。1997年《时事直通车》开播,这个节目成了曹景行关注凤凰卫视的一个重要理由。

其时凤凰卫视已向时事新闻方面转型,现场直播重大事件,已成他们的优势。1997年初的邓小平去世,年中的香港回归,秋天的中共十五大和江泽民访美,都成为凤凰卫视初展身手的机会。

1998年,凤凰卫视新开了许多节目。即将开播的《杨澜工作室》需要一个涵养深厚的人物来出谋划策,这个人至少要具备对内地深刻的了解,又能够用国际化的华人视角去解读事件的能力,这是个极其微妙的角色。

曹景行再次进入了王纪言的视野。曹景行与王纪言交谈过后,结束了自己的专栏作家身份,到凤凰卫视担任顾问工作。凤凰卫视的做法使他很迷恋。"他们不讲究专业出身,只谈是否符合我的需要。不会管你之前的职业是什么。也许只有凤凰台才敢找我这个百分之百的外行来做电视。"

杨澜其时在凤凰卫视风云初起。同其他主持人一样,她同时要做几个节目。曹景行的工作是帮助杨澜确认当期采访人选;每次确定人选后,他需要与杨讨论这个人的特点与优势,包括他可以搜集到的一些坊间要闻,资料,以及采访提纲。采访金庸时,曹景行在《明报》系统工作的经历,给他提供了方便。他通过熟人找到十多集相关的金庸的访问带,供杨澜采访前恶补。杨看了一个通宵的资料,第二天与金庸对谈,她对资料的熟悉使金庸大为吃惊。那期采访引发了较大反响。

当然,他的人脉仍在发挥作用。他通过台湾的高信疆先生,联络了李敖、证严法师等人。这些人平时极难采访,曹景行则有本事将他们从幕后推出来,由杨澜去与他们对谈。曹景行邀请他们出面的理由很简单,使他们很难拒绝,凤凰台两岸桥梁的作用正在呈现,被采访人对于能够得到在大陆的影响十分看重。曹景行说:"你总不能拒绝吧,我将可以给你提供大陆观众第一次从电视上看到你的机会。"当然,他偶尔也会动用自己父亲的影响力。李敖很崇敬曹聚仁先生,曹景行数次采访,李敖很给面子。

刚进入凤凰时,曹景行很难设想自己出镜去做某个节目,或者成为一个主持人。但机会很快就降临到了他身上。1998年两会召开期间,凤凰卫视第一次尝试用做新闻的方式报道两会,刘长乐与王纪言有个想法,试图在两会报道中加入评论,以此来与大陆的两会新闻区别出来。老板选定了曹景行做这个节目的新闻评论员。长达十多天的两会报道中,曹景行采取与北京连线对话的方式,就"人大"的热点话题进行点评,他的花白头发、紧张与独特的评述,使大家觉出新鲜。

凤凰卫视还准备制作一个时事性的谈话类节目《锵锵三人行》。老板设想这是"三个人用漫谈的方式来谈时事"的节目,拍板窦文涛做主持人,曹景行是这个节目的顾问与嘉宾。

开播前,他们做了个样片,有一场讨论印尼总统苏哈托,基本上还能做到"不跑题"。但到了正式开播的时候,节目开始了"跑题跑不停"。曹景行推荐了圈子里的许多人,如马家辉等来做节目嘉宾。很快,窦文涛找到了一种真正的"说话"方式。他的秘密是让一个节目成为许多人生活的一部分,让这个节目演变成一个《老友记》式的连续剧,让三个人的生活成为大多数人关注的连续剧。

通过这个节目，曹景行见识了凤凰卫视创办一个节目的灵活与创意，为才华提供平台的大气度，同时见识了一个主持人如何起步、如何成功的全面经历。他在这股激变的过程中，体验到了一种不同的激情。曹景行带点上海口音的普通话，得到了完整的播放。电视正在成为普通人的事业。他正在快速感受电视的表达方式，许多新的事件不断将他推向前台。

1998年6月，美国总统克林顿访华，凤凰卫视每天直播，曹景行作为评论员参与直播评论。这次即时性的体验，使凤凰卫视的直播格式加入了评论的要素，这个悄然的变革，很快就成为凤凰卫视后来的直播范例。

这年凤凰卫视决计开设一个财经类的评论节目。高层想定的这位主持人年龄比较大一点，又懂一点财经金融，能够让人感到说话的可信度。高层决定由曹景行出任主持人。

这个试验曹景行认为并不成功，至少证明了自己并不太适合做主持人。"我会是一个较好的嘉宾，因为我需要一个可以刺激我说话的对手。但这个节目给予我的功能是去与嘉宾对话，并且要尽量让嘉宾说话，不论他们的说法我赞同与否。"

1998年7月，《财经论坛》开播。这个节目每周日晚播出，形式是由曹景行寻找一位嘉宾，谈论本周最热门的话题。嘉宾的来源成为一个棘手的难题。五年前，在香港要找一个普通话讲得好，又对他本周的话题有独到见解的专家，并不容易。每次题目定下后，曹景行发愁的就是寻找嘉宾，且嘉宾不能讲广东话与英语，因为这个节目是准直播状态，根本来不及加字幕。但这个过程，也使他积累了相当的人脉，一批可以用普通话来讲述自己观点的学者，被他挖掘出来。但节目的专业性，使收视群局限在较小的范围内，曹景行觉得除了偶有亮点，自己做得很吃力。1999年7月，《财经论坛》一周年时，他愉快地结束了这个节目，开始接受新机会的挑选。

这年8月，时事评论节目《时事开讲》开讲了，他成为凤凰卫视第一位全职评论员。

(2004年)

为电视评论而生的银发师奶杀手

董嘉耀

先说一个渊源，凤凰卫视 1996 年开播，曹景行 1998 年 1 月 1 日加入凤凰，而我是 1998 年下半年来的，所以我们算是同年进入凤凰的"战友"。我们的关系应是亦师亦友，大家都叫他曹老师。他有一头抢镜的银发，特别适合做电视。

曹老师是为凤凰卫视电视评论而生的。他的前半生都在积累，当知青时上山下乡，十年后考入复旦历史系，再后来在《亚洲周刊》当副总编辑、《明报》做主笔，这些都是新闻积累，丰富的阅历和知识为日后的电视评论工作做了铺垫。另外，做电视需要一个很好的形象，曹老师那时候五十多岁，睿智、成熟加上满头银发，一"出道"就成了师奶杀手。

华语电视评论节目第一人

曹景行最早是凤凰的时事顾问，而我是记者兼主播。1999 年，老板想了个点子，提出除了正常播新闻外，再做些新闻评论。于是，曹景行和我历史性地创办了凤凰第一个评论节目：《时事开讲》。所以在理论上，曹景行是凤凰第一个时事评论员。

曹老师跟我是"绝配",我们有相同但又不同的新闻爱好,并且都充满了新闻激情。他有人生和知识积累下的经验,而我那时才二十五岁,在香港这个资讯发达、自由的地方,对新闻充满了好奇。当时人们看《时事开讲》,就像看一位睿智的老师跟学生对话。

1990年代末是非互联网、非微信年代,那时获取资讯的主要方式是看报纸。直到现在,我还"遗传"了曹老师的一些习惯,比如每天翻报纸。他每天要看中国香港、台湾的报纸,及英国《金融时报》等十几份报纸,他翻完我翻,我翻完他翻。他的一大习惯是翻完报纸后,把有用的撕下来,没用的扔掉,所以他的座位基本上是垃圾堆,满地报纸,以至于扫地阿姨特别喜欢到他座位下收拾废报纸,一天就可以卖几十块港币。

曹景行给我留下几个很深的印象,可以用几个关键词代替。第一是好奇心,他永远对新闻有高度的好奇心。这种好奇心驱使他做新闻并且热爱新闻。即使他后来离开凤凰,他还会给学生上新闻课,尝试多媒体、全媒体的新闻活动,甚至他的微博和微信玩得很火,朋友圈恨不得一天发三百条,轰炸式地把别人的朋友圈都覆盖了,他就是个新闻好奇人。

曹景行的第二个"身份"是分类大师。他每次看完报纸都会分发给别人,比如说我喜欢这个他就给我这个,那个适合锵锵就发给文涛,喜欢体育的给喜欢体育的同事。现在是搜索引擎时代,百度一下所有东西都出来了,资讯很容易获得。但在1990年代末,资讯的分类很重要。曹景行爱分类,说明第一他关注所有的事;第二,他在分门别类的时候是有一个新闻判断的;第三,向不同人推荐,跟别人分享,可以理解为一个教育的过程。比如,我作为一个内地来的主持人,在凤凰的头五年没去过台湾,但是每天曹景行都会把很多台湾的报道如《联合报》《自由时报》等分类给我,那时还是李登辉时代,《财讯杂志》《新新闻杂志》都是他分类给我的。

第三,他在公司有个绰号叫"影帝",但这个影帝不是电影,是影印大师。当时公司还在创业阶段,很小,一台影印机供十个部门用。如果找不到曹老师,在影印机那儿总能找到他,我们开玩笑说他是占用公司行政资源最多的人。曹老师为什么热爱复印呢?因为报纸的字太小,他要把它放大,但实际上他也是在做评论工作的准备。为什么大家说凤凰卫视开创了华语电视评论呢?曹景行是第一人,好奇心驱使他消化了大量信息,通过自己的知识积累提炼出观点,变成每天播出的《时事开讲》。

开拓"凤凰评论员"疆土

《时事开讲》是一个深夜 11 点播出的节目,收视率很高,开播两年已经是中国十大电视栏目。我跟曹老师很互补,一方面我在向他学习,另一方面我是学电视出身,曹老师更多承担的是当天话题的确定、展开和深入分析,而我配合着话题,从电视的角度去补充。例如当年台湾大选,各个政党的宣传片和他们最新电视片的表述,是我一盘盘看台湾电视台的磁带,找出最好的片段穿插在《时事开讲》中的。与曹老师一起做节目,是我自己学习、提高的一个重要过程。他们开玩笑说,我的研究生是从 1999 年开始,导师是曹景行。

曹老师是一个坐不住的人,他第一天做《时事开讲》便想着找替身,这样既不用周一至周五每天录节目,也可以使凤凰评论更多样化、个性化。曹老师很聪明,除了坐不住,他也觉得同一个人每天评论会枯燥,还是应该去各种新闻现场。于是他开始不断地挖掘嘉宾,推荐给我,尝试做节目。后来慢慢发现有些嘉宾也很合适做节目,因此开辟了一个凤凰评论员团队。曹景行在凤凰第一个行政职务是言论部总监,几年内,他推荐了阮次山、何亮亮、石齐平、杨锦麟,再到后来的邱震海、朱文晖等众多评论员。如今凤凰评论类节目约占节目总数的四分之一,曹老师功不可没。

曹老师永远希望自己出现在新闻现场。每次台湾大选、美国大选甚至中国的两会,他都会去现场做评论。我与他做现场连线,使《时事开讲》也开创了除了棚内评论、新闻现场评论外,还有棚内与现场结合的互动式评论。此外,我们还去过湖南、湖北、北京及新加坡、马来西亚,做现场的《时事开讲》,与当地的观众现场互动讨论。现在这种"走出去"的节目很常见,但在十几年前的电视上却是突破常规,因为曹老师和我都喜欢"尝新"。

兴趣 range 广,爱偷拍

曹景行兴趣广泛,甚至演变成凤凰的一个传说。当年已是泛娱乐时代,曹老师是非常喜欢看电影的人,但又没有时间常去电影院,于是他就疯狂买 VCD 和 DVD,每个月花两千块投入香港影碟店。他买的均为正版,便宜的两百港币四张老电影,新片大概要一百多块港币一张。他的口味广泛无国界,尼泊尔、印度、孟加拉、英国等等,从 1930 年代一直看到 1990 年代。曹老师语重心长地说,看电影就是看世界,外加学英文。他每天回家休息会放一个新碟,一边看片,一边撕报纸,然后继续分发资料,所以每天至少消耗一两张新碟。

香港住宿环境比较紧凑,电影看完,影碟无处可放,所以大约一个礼拜到十天,会看见曹老师提着一个袋子,里面装着三十到五十盘 DVD,他把袋子转交给我,说嘉耀啊,我看完了给你吧。可我也没那么多时间,而且兴趣也没那么广泛,最后我就挑我爱看的。我家也放不了那么多,曹老师就给我一个任务,说嘉耀啊,问问其他同事看不看。于是在当年凤凰公司内就出现了交换情报似的场景,我们拎着两袋 DVD 到处发给同事。曹老师的电影囊括不同尺度,有评论员专门悄悄问我:"嘉耀,没时间,看不了这么多,重点给我分发三级片就行了。"(小馆主捶墙逼问董台此人是谁,可他守口如瓶,不愧是做军情节目的)

在手机随手拍还不流行的时候,曹老师就已经随身携带小相机了,到哪都喜欢偷拍人家,还专门出过一本图文集叫《光圈中的凤凰》。曹老师还有几个神奇的技能,他非常喜欢喝红酒,且一喝就脸红,但从来喝不醉。有次我们去新加坡做《皇牌大放送》和《时事开讲》,我喝多了在新加坡迪斯科跳舞,他还拿着小相机偷拍我,他是我的旁观者加监护人。用曹老师自己的话说,他有两个肝可化解酒精。他的身体是很好的,虽然从来不运动,唯一的运动就是知青年代留下的习惯——走路。那时候他每天拿着十几份报纸和杂志，加上两袋 DVD 到公司，他认为负重走路就是运动。

我认识曹老师的时候他已经五十多岁，但我认为直到现在近二十年过去了，他依然愿意尝试当下的新鲜事物。在凤凰工作了十余年，他尝试离开，因为他非常敏锐地看到除了电视之外，还有一些新的媒体传播方式，于是他给不同的媒体比如广播、网络、视频去做新的尝试。他还到清华大学做新闻系的导师，带着上海外国语大学的学生一起去国外采访。尽管电视让曹景行功成名就，但他并不会站在原来的成就里头，他的心态永远是一个年轻人。

(2017 年)

1978年,三十一岁曹景行和妻子一起走出大山

卢梦君

曹景行认为自己的人生被一分为二,分水岭便是1977年邓小平主持的那场科教工作座谈会。

座谈会前,1947年出生的他是从上海来到黄山茶林场的插队青年,因为父亲曹聚仁的"海外关系"备受困扰,几乎已抱定决心和妻子在黄山扎根。

在1977年8月举行的座谈会上,时任武汉大学副教授的查全性对招生制度改革的呼吁(一说是时任教育部党组成员、高教司司长刘道玉向查全性提出了发言建议),得到了座谈会主持人邓小平的拍板。会后,因"文革"而中断十一年的高考重新回到舞台,几百万知识青年重新获得了进修知识的入场券,人生轨迹因而转折。

座谈会后,曹景行参加了1977年、1978年两次高考,终于在三十一岁时拿到了复旦大学历史系的录取通知书,和考入复旦大学化学系的妻子蔡金莲走出大山。

毕业后,曹景行先是在上海社会科学院世界经济研究所从事研究工作,蔡金莲则分配到上海中医学院做研究。

1980年代末,两人又共同移居香港,开始新的打拼。曹景

行转而进入传媒业，历任《亚洲周刊》副总编辑、《明报》主笔、中天新闻频道总编辑、凤凰资讯台副台长等职；蔡金莲亦兜兜转转，最终落定在香港中文大学任教。

今年6月1日，在上海同澎湃新闻记者谈起四十年前的这段经历时，曹景行仍然对当时的诸多"偶然性"感慨不已：如果邓小平不是在那个时间复出，如果座谈会直到最后一天都没有人提出改革考试制度，如果……那么他和妻子的人生都不会是现在这样。

"文革"后，没想过还能再高考

1966年"文革"全面启动后，很快，高考也成了被打倒的对象。

这一年原本应是曹景行从上海市西中学毕业的年份，等待他的却是1968年的知识青年上山下乡运动。

"老师说，或者去崇明或者去黄山，问我要不要去黄山？我同意了。内心也觉得跑远一点算了。"曹景行内心生出的"避走他乡"的想法，源自于父亲曹聚仁不能公开说明的工作以及"海外关系"。

曹聚仁是国学大师章太炎的弟子，曾在复旦大学担任教授，亦是国内有名的报人，全国抗战爆发后，曹聚仁走出书斋成了战地记者。

1950年，曹聚仁只身前往香港，羁留港澳二十二年直到去世。其间，他作为"中间人"反复奔走于大陆与台湾之间，主张两岸和平统一。

曹景行清楚父亲从事工作的重要性，但在当时无法向外人说明。

在黄山茶林场，曹景行一待十年，工作内容从扛木头、挑担子，到种水稻、下车间。其间，他结识了上海姑娘蔡金莲，两人在1975年结为同好。

"那时候完全不知道以后会怎么样，凭着一股热情响应上山下乡的号召，想在那里'大有作为'。"在茶林场，蔡金莲一开始的工作是种田采茶，后来调到场部政宣组，管理资料室。

有关在茶林场的日子，曹景行夫妇在为《知青部落》一书撰写的书评中写道，黄山给了他们承受力。

"从春至夏的农忙日子，每个早上天还没亮就被广播喇叭惊醒，天黑好久才收工回到宿舍，瘫在床上就起不来，常常连洗把脸的力气都没有了，沉睡不了几个小时又被广播喇叭惊醒。一个星期七天，连续几个星期没有一天的休息，这就是承受力。"

"冬天上山砍柴，傍晚时分扛着百多斤重的柴捆一步步往下走，肚子饿了，浑身的汗水变得冰凉，腿有点发软，但只有硬挺下去。不只是我们这些六六届的'老骨头'，旁边咬着嘴唇扛着柴一起往下来的，更有同一个班里的七几届小女孩。这就是承受力。"

在日日夜夜的劳作中，曹景行并不对高考抱有希望，后来恢复工农兵学员招生，看到别人读大学的他虽然羡慕，但考虑到家庭成分，他否定了自己这点微薄的希望。"'文革'以后，我就没有想到过还能高考。因此1966年以后，英文一个字都没有再碰过。"

同样的想法也存在于蔡金莲心中。婚后,两人住在黄山茶林场分的一套十几平方米的房子里,很快就有了孩子。

好在两个人没有放弃阅读。

"每天干活很累,总想看点东西,精神上才能不空虚。"曹景行说自己那段时间什么书都看,比如马列的、历史的、科技的、自然科学的,为了工作甚至还学习了金相学。

蔡金莲所在的资料室也为夫妇俩的阅读提供了原料。她回忆,资料室里的书籍类型不多,大多是些马列著作、历史读本、翻译过来的人物传记等,虽然按规定是供领导阅读的内部读物,但其实也没有说谁可以借谁不可以借。"平时劳动很累,从早到晚,到了晚上就看一些,不管看得懂看不懂都看,填补空闲时间。"

无心的"准备",终于让曹景行夫妇等来了"机会"。

"录取复旦,景行历史,金莲化学"

"1977年夏天,各方消息都来了,说要恢复高考。我们同龄人几乎都开始心动了。"谈到这里,曹景行有些激动。

匆忙拾起考试的青年们没有充足的时间和资料。

曹景行回忆,当时大家都用手抄题目,传来传去,中学课本和教辅都是抢手货,各地新华书店的这类书籍全部卖光。蔡金莲也说,当时是抱着试试看的心情报考,想着可以多一条路,没有时间也没有资料复习,都是靠以前的积累。

1977年10月21日,新华社、《人民日报》、中央人民广播电台等媒体都以头条新闻发布了恢复高考的消息。12月，全国各地五百七十万考生走进考场。

这是迄今为止唯一的一次冬季高考，曹景行和蔡金莲是五百七十万考生中的两个。

两人在黄山茶林场场部参加了考试，曹景行的分数过线，蔡金莲没有过。原因是，刚调到场部小学教书的蔡金莲，不仅要忙着带孩子，还要同时备课、上课。在当地简陋的学校里，老师们身兼几门课程是稀松平常的事，比如蔡金莲就不仅要教数理化，还要教政治。

尽管高分过线，但曹景行没有能够通过体检。

"冰天雪地里，厂里用大卡车装着我们去太平县体检。因为我说自己生过肝炎，一个不及格图章就上去了。同行的金光耀（现任复旦大学历史系教授）因为血压稍微高了一点，也被挤出去。"

当时茶林场的知青们分析，是安徽方面不希望上海知青占用安徽名额，分数好的，在体检中，一点小病就被刷下来；而考上的，也被分到比较远、比较差的学校去。

"后来想想，还好当时没考取，如果考取了我一个人去上学，我妻子还留在场里。而且弄不好也是比较远、比较差的学校。"曹景行说。

1978年，曹景行被派到上海崇明新海农场工作。在新海农场，又要干活又要开会，每天都是工作到10点以后。他选择在一天工作结束后，躲在蚊帐里看一小时书，两三个月下来，复习了数学、化学，到最后物理实在来不及了，原本想学化学的他最终选择了文科。

蔡金莲则从上中学的时候就喜欢数理化,尤其化学是强项,因此选择报考理科。

1978年7月,夫妇俩在各自所在的农场再次高考,两人双双过线。这一次,他们和其他黄山茶林场的知青都被算作上海考生。

体检后没多久,已回到黄山的曹景行接到了母亲从上海拍来的电报。电报内容很简单:录取复旦,景行历史,金莲化学。黄山茶林场也给夫妇俩带来了录取的消息。

"1978年,整个政策感觉跟1977年很不一样,尽可能把学生中能读大学的招收进来。后来一些同学也说,当时如果稍微卡一下就进不了大学了。1978年,可以说是最后一批像我们这个年龄的人读大学的机会。"曹景行说。

| 曹景行和妻子蔡金莲的入学照 |

就这样,黄山茶林场当年有三十多个上海过来的知青考取大学,连队干部走了一半左右。

9月份,曹景行接到了正式录取通知。但对他来说,心中依然充满了不确定感,"老是觉得可能随时还会有变化,失去机会。"

一直到这年10月,他正式到复旦报到、搬进宿舍、考试上课,这才真真实实感到,自己确确实实读大学了。

"不仅要了解历史,还要知道世界"

相比现在同一级大学生多数由同龄人、同年毕业生构成,77、78级大学生年龄差距大,在上大学前的遭遇亦相差甚远。

"第一天报到的时候,有的同学都没有离开过家。"被推举为班长的蔡金莲实在看不过去,帮小同学缝被子、照顾生活,也由此被同学们叫了四年的"老大姐"。曹景行笑称自己比班级里最小的同学大了十四岁。

1978年考入复旦大学历史系攻读研究生的葛剑雄曾撰文回忆:当时复旦校园内疮痍未复,大草坪上依然种着庄稼,大字报、大幅标语随处可见,一些知名教授尚未恢复名誉,或者还不能正常工作。

此外,他写道,当时学校图书资料严重不足,不少同学吃饭时到食堂买几个馒头就去图书馆、资料室抢占座位和书刊。工农兵学员与新招的本科生、研究生形成明显差异,往往意见相左。

"大学四年对我来说，就是读书。"那时的曹景行，只想读书，他甚至劝同班同学，如此宝贵的时光实在不该浪费在除读书以外的事情上。

大学期间，黄山茶林场每月依旧给曹景行夫妇发放工资。当时，学校给贫困学生的助学补助也仅有十四块，夫妇俩每月八十多元的工资无疑是高收入水平。

这八十多元，刨去四十元用来购买每个月的饭票，二十元用来补贴家用、抚养女儿，剩下的二十多元全部被曹景行用来买书。

有些书买不到，但是非常重要，同学们只能从老师那里借过来，然后手抄。曹景行记得自己曾抄过英国军事学家李德·哈特的《第二次世界大战史》，美国历史学家威廉·曼彻斯特《光荣与梦想》的第一本，等等。

蔡金莲读的理科没有太多需要购买的书，但完成功课依然艰苦。

"年轻的同学理解力强，学得快，但我也不甘心，比较努力。"她回忆，大学期间课程排得满满的，不仅要上课还要做实验。周一到周六都在学校，周六下午回家，周日晚上又要赶回来，还好婆婆（曹景行的母亲）帮忙照顾孩子，帮了很大的忙。

说起自己的学习能力，曹景行颇有些自豪。

他在入学复旦前，花半个月时间又重读了自己的中学英语课本，这让他在入学后的英语摸底考试中，成为全班仅有的两个拿到六十分以上分数的人。也因此，他有了更多时间选修自己感兴趣的其他专业的课程。

"入学后，我逐渐意识到，不仅要了解历史，还要认识世界，因为中国开放了，十一届三中全会让我们意识到中国真的开放了，我要知道世界。"就这样，曹景行把美国当代史确定为自己的研究方向。

在历史系的课程之外，曹景行又选修了世界经济、国际关系等专业的课程，总共修了一百八十个学分，比学校提出的毕业要求多出了五十个学分。

"他把他看到的最好的东西教给我们"

那时的老师，则倾其所有，只想把最好的知识教授给学生。

回忆起大学时的老师，蔡金莲用"很敬职"来评价，"那时候没有教材，老师自己找很多资料复印给我们，而且还需要收集和学习世界上新的研究内容和方法。"

"以前不让他们讲、不让显示才能，如今老师都太愿意把东西教给你。我们还接触到一些上一代被打倒又复出的'教父'级的人物，例如谭其骧、周予同、周谷城，你能跟这样的人直接接触。"曹景行说。

历史系教授专业英语的陈仁炳老师，是全国五位未获平反的"右派"之一。

陈仁炳是1936年的美国密执安大学哲学博士，曾经兼任上海市政协副秘书长和民盟中央委员。近代军事史学者姜鸣曾撰文回忆，陈老师上课时总是西装笔挺，打着领带，这在当时校园里，是绝无仅有的派头。

那时候没有专业英语的教材,已年过古稀的陈仁炳自己选教材,从名著中把他认为最好的段落找出来,自己用打字机打在蜡纸上,然后油印出来分发给大家。

"他把他看到的最好的东西教给我们。世界上东西这么多,你怎么知道什么是你应该去看的?比如汤因比(英国历史学家),一句话就是一段文字,把他的语法看透了,看其他书就一点都不难了。"曹景行说。

令其印象深刻的还有教授南亚史的张荫桐老师。

2012年,曹景行根据自己两年前去印度采访的经历写作出版了《印度十日》,他形容这本书是毕业三十年自己对老师交上的一份迟到的作业。

"我所有这些关于印度的印象,都只是零星碎片,直到1978年到复旦大学读书,听了历史系张荫桐老师的南亚历史课,才算对印度有了一点真正的了解。"曹景行在书的前言中写道。

转折

"后半辈子,走了另一条路。"蔡金莲说。

1982年,曹景行和蔡金莲分别从历史系和化学系毕业。

曹景行自己找到了上海社科院的工作,在世界经济研究所从事美国和亚太经济现状研究,蔡金莲则分到上海中医学院,从事教学和研究。之后,两人移居香港,一个转行新闻,一个继续从事与化学专业相关的工作。

曹景行说,大学四年以及之后在上海社科院的大量阅读,为自己从事新闻工作打下了坚实的基础。蔡金莲认为,大学四年学到了很多知识,但更重要的是培养起独立思考的能力,以致之后不断接触新事物,靠自学就能够掌握。

当年黄山茶林场的两个不算年轻的年轻人,通过高考,走上了另一条人生道路。

1997年2月19日晚,邓小平与世长辞。忙碌一整夜报道,天亮后,曹景行与中天电视台同事共同前往新华社香港分社架设的灵堂祭拜。

"香港回归前夕,邓小平是香港回归的决策者,香港社会对邓小平是很尊重的。那天,街上都是前来祭拜的人群。"

已经守在灵堂现场的记者问他,为什么要来祭拜?

曹景行答道:"如果没有邓小平,我今天不可能在这儿接受采访,根本不可能有今天。"

(2017年)

附记
上海之子：曹景行最后的拍摄

|||||||||||||||||||||||||||||||||||||||

我相信像曹景行这样好奇心旺盛，而且精力非常充沛的新闻人，一定会在身后留下一些未能完成的采访，未及尽兴的谈话，来不及完成分析的结构……他就是要工作到不能工作了的那一分钟才会停下来的人，他的生命不是为了静享。

如今这样想，我就觉得 2021 年春天我们开动的黄浦江滨江的采访系列视频，最终未能完成，也是可以接受的，虽然遗憾。甚至可以说，这样的结果，也是意料中的。我们一起做一个观察黄浦江滨江改造的系列视频节目，这个计划在曹景行做完胃癌切除手术后开始发动。当时我们已经做完了关于和平饭店的一套视频，所以，我们觉得可以一起做个体量更大的节目：45 公里的黄浦江，在 2010 年上海世博会之后发生了什么改变。这就是我们想要探访的。我们看拍摄的素材时，曹景行常常会突然发问，将我们从江岸上巨变带来的吃惊击溃，拉出被忽视的问题。那些疑问将感觉引向思辨。思想与提问都是一种体力活，有时候曹景行不停地说话时，我几乎能感受到他的头脑像陀飞轮般摆动着。

手术后他变得消瘦，我却依稀在这种消瘦里看到一种江南男子的清秀，他年轻时一定是个非常俊朗的人。他很庆幸自己做了体检，得到了及时的治疗，更庆幸的是，身体的消瘦没有影响到他的脑力，他的头脑仍能高速运转，产出思想。他渐渐不能边走边谈话了，需要有张椅子坐下来谈话。他渐渐不能长时间在室外谈话了，需要留在室内。"黄浦江是上海的母亲河。"同济大学的张松教授在江边摄制的素材里这样说。黄浦江是上海永远不会改变的河流，它决定了上海的地理面貌，孕育了这座城市，造就了它的历史，并限定它的未来。上海的街道和房屋一定会有改变，但把黄浦江填埋或者改道，这是不能想象的。

黄浦江决定了上海会成为怎样的城市，上海决定了它的居民会成为怎样的群体。所以，我们去探寻黄浦江两岸的面貌，就是去探寻我们自己。曹景行提了一个问题："你仔细想想，黄浦江和你的日常生活有什么关系吗？像你我这样，从未在江边居住，也不每天需要跨江去办公室的人，上海有多少？我们这些人怎么能说，黄浦江是我们的母亲河呢？"我来自移民家庭，年幼时随父母迁来上海。我父亲在中波公司工作，我在他的办公室窗前认识了黄浦江，那时江上还航行大型蒸汽轮，上面挂着旗语旗。我还知道从黄浦江一直往下游去，最终就能到达大海，地球上的陆地被大海围绕，而大海连通着全世界。

曹景行也来自移民家庭，他出生在上海。他的父亲是上海老报人曹聚仁。他少年时曾跟家人坐过一次飞机，从北京到上海，飞机降落在龙华机场，现在，当年的跑道已是徐汇滨江的跑道公园。龙华机场的航站楼曾是他的舅舅参与设计的。尔后，他的舅舅就随设计团队前往台北,设计台北机场的航站楼。许多年后,舅舅跟代表团回到上海,参观杨树浦发电厂时,那次他带上了年轻的曹景行。1956 年,在扬子江码头,曹景行的姐姐曹雷参加了苏联太平洋舰队来访的欢迎仪式。1964 年,曹景行作为中学生代表,参加了横渡黄浦江的活动,他记得那时的黄浦江水并不干净,从浦西游到浦东后,从水里站起来,发现自己前半身跟水面接触到的地方,包括唇上刚刚长出的胡子,挂着一层黑黑的油污。1967 年,高中毕业的曹景行被分配去做随车小工,跟载重卡车在黄浦江边的各个码头装卸货物,有时扛几百斤的粮食包,有时搬运成箱的梅林牌猪肉罐头,或者蝴蝶牌缝纫机的机头。1968 年他从浙江湖州回上海,清晨时见到过被晨曦染得金红的江水,直到 74 岁时说起,仍然不能忘。

　　他说起几次随香港记者团在和平饭店采访的经历,那正是上海经济腾飞的年代,第一次在浦西看浦东,看到的是造到一半的东方明珠。第二次距此五年不到,同样的记者团,在浦西同样的位置,看到的已是林立的高楼和金茂大厦。"记者们看着浦东拔地而起的姿态,都沉默了。"第三次到了世博会的 2010 年,"浦江两岸灯火璀璨,你就看到这座城市的生机和能量啊。"曹景行说。细数我们自己个人生活中看上去偶然发生的往事,来连接一个人与一座城市的母亲河。我们在江上共同的交集点,是 2010 年的世博会,上海那一年,充分表现出自己对世界的热爱,我们也充分意识到了自己对上海的热爱。

　　我标注了一张黄浦江的河流图,来确定滨江不同的区域。曹景行拿着这张图,指向河流的两端:一端通向大海,通向世界各地。另一端蜿蜒而上,连接广袤的中国内地。是的,这曲折的两端,都是黄浦江的生命源泉。因为这样的母亲河,上海才成为上海,我们才成为上海之子。这次工作,是我和曹景行的最后一次工作,在狄菲菲的领声录音棚里。我们对拍摄素材的梳理不及十分之一。

现在再读曹景行先生的文字,他已经过世一周年了,世事沧海桑田,他的生命在世上也是如白驹过隙之迅疾。只是一个曾经活泼俊朗,通透努力的人,留下身后这些健康时的文字,病痛时的影像,令人追忆他眼睛里始终有的,思想时明亮的光芒,也是大好的人生。

陈丹燕

2023 年 2 月 10 日

图书在版编目（CIP）数据

我老曹：行踪 / 曹景行著. -- 上海：上海文艺出版社，2023
ISBN 978-7-5321-8701-0
Ⅰ.①我… Ⅱ.①曹… Ⅲ.①杂文－作品集－中国－当代
Ⅳ.①I267.1
中国版本图书馆CIP数据核字(2023)第039833号

发 行 人：毕　胜
责任编辑：李伟长
装帧设计：钱　祯
封面摄影：徐永昌

书　　　名：	我老曹：行踪
作　　　者：	曹景行
出　　　版：	上海世纪出版集团　上海文艺出版社
地　　　址：	上海市闵行区号景路159弄A座2楼　201101
发　　　行：	上海文艺出版社发行中心
	上海市闵行区号景路159弄A座2楼206室　201101　www.ewen.co
印　　　刷：	苏州市越洋印刷有限公司
开　　　本：	890×1240　1/32
印　　　张：	12.5
插　　　页：	5
字　　　数：	269,000
印　　　次：	2023年4月第1版　2023年4月第1次印刷
I S B N：	978-7-5321-8701-0/I.6851
定　　　价：	78.00元
告　读　者：	如发现本书有质量问题请与印刷厂质量科联系　T:0512-68180628